· 自然文学译丛 ·

动物私生活与公共生活场景

[法] 巴尔扎克　乔治·桑　等◎著
由沛健　周梦凡　房美◎译

海天出版社
· 深圳 ·

图书在版编目（CIP）数据

动物私生活与公共生活场景 / （法）巴尔扎克，（法）乔治·桑等著；
由沛健，周梦凡，房美译. — 深圳：海天出版社，2018.10
（自然文学译丛）
ISBN 978-7-5507-2423-5

Ⅰ．①动… Ⅱ．①巴… ②乔… ③由… ④周… ⑤房… Ⅲ.
①小说集－法国－近代 Ⅳ．①I565.64

中国版本图书馆CIP数据核字(2018)第109930号

Scènes de la vie privée et publique des animaux （Ⅰ）
Études de mœurs contemporaines
par P.-J. Stahl , Honoré de Balzac et autres
© J.Hetzel, éditeur, 1842/ MM.Marescq Et Comagnie 1852

动 物 私 生 活 与 公 共 生 活 场 景

DONGWU SISHENGHUO YU GONGGONG SHENGHUO CHANGJING

出 品 人　聂雄前
责任编辑　林凌珠　岑诗楠
　　　　　李 尧　戚乐也
责任校对　李 春
责任技编　梁立新
装帧设计　知行格致

出版发行　海天出版社
地　　址　深圳市彩田南路海天综合大厦7-8层（518033）
网　　址　www.htph.com.cn
订购电话　0755-83460239（邮购）83460397（批发）
设计制作　深圳市知行格致文化传播有限公司　Tel：0755-83464427
印　　刷　深圳市华信图文印务有限公司
开　　本　889mm×1194mm 1/32
印　　张　12
字　　数　200千字
版　　次　2018年10月第1版
印　　次　2018年10月第1次
定　　价　58.00元

致读者

P.–J. 斯塔尔

读者朋友，让我们继续前行。

在远征的最后一程，请满怀信心地跟着我们：我们不会再毫无经验地去探访一个陌生的国度，我们现在知道将把您带往何处。我们了解您的喜好，我们可以向您保证，不担心误导您，也不害怕自己弄错，我们将带您领略真正的山川美景。我们的撰稿作家越来越多，笔锋越来越犀利。我们在数量和质量上都有所提高。这里有许多宝藏等您来发掘！

而通过格兰德维尔的人物肖像和风景画，您会高兴地遇到您未曾见过的朋友和邻居，而他们也会乐于认识您。我们相信应该告诉您，他发现了一种新的创作方法，亲爱的读者朋友，您一定会喜欢，因为他以前从来没有为任何人画过这样的画——您看着好啦！

晚安，读者朋友。回到家中，关上门，好好睡一觉，做个好梦，明天见。

总编辑：猴子、鹦鹉和公鸡

前言

出版这本书，我们的想法是给格兰德维尔精美的动物画添砖加瓦，把我们的钢笔与他的铅笔结合起来，帮助他批评我们这个时代的不足，包括各个时期、各个国家的弊端。

我们相信，借用动物的形象，让人附属于动物，这种双重意义的批评，可以不失公正、明朗和灵活，

又可以避免粗暴和敌意，把评论家的笔变成单种批评。这一武器到了一些别有用心的人手里，会变得十分危险，有时甚至很不公正。上帝禁止我们伤害任何人。我们之所以选择这种方式，是因为它能让我们坦率而不粗暴，不直面人和事，而仅仅针对某些特点和类型。这种做法今日非常盛行。

我们的批评会因此变得更加广泛，我们也希望它能更加庄重，更少伤人。

我们在此庆幸自己没有滥用某些善良者可能会给予我们的鼓励。我们觉得自己做得没错，我们很好地与他人分摊了任务，把最重、最难的那部分任务交给了一些杰出的作家，他们很乐意用他们的名字和才能来支持这本书。

如果说，由于多人合作，体裁不同，这本书在整体上会失去什么，我们却相信，它因此而获得的东西可以让人忽略给整体造成的影响，这种影响即使有也微乎其微。

我们想利用这个机会感谢热心的合作者，他们非常乐意前来帮助我们起步。我们知道，他们在参与我们的创意的同时，各自都找到了融会贯通的办法，用他们非凡的才能来实现我们的主张。我们很高兴在书中发现了这一点。

当然，我们并不会贪天之功，认为让动物说话是我们发明的。但我们相信，在这方面，我们与在这之前写过动物，或把动物拟人化的作者走的是不同的道路。

至今为止，在寓言、童话和戏剧中，人类一直是历史学家和讲述者，他们总是自己给自己上课，在扮演动物的时候也从来没有让自己完全消失。他们总是主角，而动物永远是附属品，是配角，最终还是由人类来照管动物。而在这里，是动物为人类担忧，它们在自我评判的同时也评判人类。大家可以看到，我们的角度变了。在这方面，我们终于有所区别了，人类没有永远掌握自己的话语权，相反，他们要从动物那里获取这种权利。动物成了法官、历史学家和专栏作家，也可以说，成了领导。

我们不敢说我们的发现是伟大的、正确的，只是表明，我们在什么方面与别人不同。

人们也许会承认，由于这一创意，不管它显得多么微不足道，我们可以带着某些创新、某种成功走在好像曾中断在某个地方的道路上。

我们感谢公众对这本书的喜爱。从各个方面来看，我们认为，它获得如此巨大的成功，不可能是没有理由的。我们坚信，我们之所以得到这样的鼓励，是因为人们在我们身上看到，才能也许会有不足，但善意和美好的感情不容置疑。

最后，我们得说，这本书，如果没有格兰德维尔先生的合作，是无论如何也不能完成的，因为我们知道，这位大画家无所借鉴，也无所模仿。我们还要说，这本书，哪怕它只有一个目的，即给那支独特的铅笔提供一个画框，让那位画家信笔由缰，也足以保证它的成功。

P.–J. 斯塔尔

CONTENTS
目录

开场白

P.–J. 斯塔尔

动物大会

在世界大国都不知道的情况下，刚刚发生了一件大事。然而已经习惯了代议制政府的人们可能觉得这事儿稀松平常，不过还是要通知整个新闻界，使后者可以就此讨论一番，并且好好衡量这事儿带来的影响。

动物们对于不停地被人类剥削、中伤已感厌倦，它们越来越意识到自己应享有的权利，也开始醒悟"平等"这个概念不应该只是说说而已——于是，动物们召开了磋商大会，想方设法提高自己的地位，推翻人类的奴役。

事情进行得十分顺利，动物们成功地密谋了这次行动。可以肯定的是，这一事件发生在春天的一个美丽夜晚，就在瑞士山谷中的植物园里。

一只聪明的猴子，曾经跟著名的锁匠生活过，喜爱自由，并且热衷于仿制物品，他自愿担任开锁匠的角色，准备给大家创造一个奇迹。

当晚，在万物安然入睡之后，全世界的锁真的都被撬开了。就像被施了魔法，所有笼子的门都被打开了，动物们悄悄地走出来，在会议现场围成一个大圈：家养动物在右侧，野生动物靠左，软体动物站中间。此时，无论是谁瞥见这一场景，都会立刻明白：有十分重要的事情将要发生。

◎ 此时，无论是谁瞥见这一场景，都会立刻明白：有十分重要的事情将要发生。

即使是当年撰写宪章的历史都无法与今夜发生的事相比。在这里，食草动物与食肉动物齐聚，土狼们神采奕奕，鸟类们楚楚可怜。大会结束后，代表们纷纷互相拥抱庆祝。其间只发生了三起小事故：一只开心过头的狐狸掐死了一只鸭子，一只兴奋的狼咬死了一只羊，一只狂喜的老虎弄死了一匹马。由于肇事者与受害者之间的恩怨由来已久，他们声称这是一时的情绪失控和惯性使然，是这次大会胜利结束的喜悦导致他们犯下了这些外交礼仪上的小小失误。

一只存活下来的鸭子，抓住这一适当的机会，承诺会对包括他哥哥在内的为动物王国牺牲的殉难者谱一曲颂歌，并自告奋勇要为这些遇难者吟唱，尽管他们光荣牺牲了，但永远活在大家心中。

听完这些感人的话语后，大会宣布这一插曲告一段落，回到正常秩序，开始处理一只大象踩死了一窝老鼠的事故，还递交了一项反对死刑的提案。

这些细节和大会上其他一些值得关注的东西，已经被在场的速记员记录了下来。这位速记员可是一位消息灵通的重要人士，就是他通知我们动物王国要召开这次大会的。他是我们朋友家的一只鹦鹉，长久以来已经熟练掌握了人类语言，不过我们大可对他放心，因为他只重复他所听到的事情。为了对他的身份进行保密，此处我们没有给出他的名字，望读者谅解。因为一旦曝光，他很可能会被同伴们收拾一顿。毕竟他们都曾发誓，就像以前的威尼斯参议院一样，对国家事务绝口不提，绝不吐露半个字。

他这次愿意冒险站在我们这边，我们还是很感激的：毕竟要找到个口风不严的动物代表实在太难了，而且，当狼、老虎或是野猪这类重要动物不想发表意见时，我们还要委派他私底下去打探他们的真实想法。

　　以上，就是从我们的联络员那儿得来的情报，比较详细地披露了这场会议的过程。这些画面倒是让人不禁想起当年法国的三级会议是如何拉开帷幕的。

◎速记员记录下了大会上的一些细节和值得关注的东西。

大会总结

P.–J. 斯塔尔

夜晚流程

（午夜一点）

　　猴子、一只特别有文化的乌鸦和一只德国猫头鹰发言——驴子谈论关于当主席的先决条件（稿子是写好的）——狐狸回答——主席任命。

　　关于人类暴力压迫的问题，反驳他们长期以来对动物的污蔑——大家发表意见——野生动物要战争，家养动物要维持现状。

所有日程问题，包括东方问题①，都已被尊贵的与会人员讨论过了。总结性发言：狮子、狗、老虎、一匹纯种英国马、一匹博斯马、夜莺、蚯蚓、乌龟、鹿、变色龙，等等。

狐狸总结每一个发言，使大家都同意了一项提议——通过提议——决定出版本书——猴子和鹦鹉被任命为主编。

动物们熙熙攘攘地聚在植物园的小径上。

伦敦、柏林、维也纳和新奥尔良的动物园代理人也历尽艰险，来到现场，代表他们那些被抓进动物园的兄弟们。

几乎每种动物的代表都赶来为自由事业辩护。

从凌晨一点开始，会议就变得十分热闹了；我们可以想象结果一定很戏剧化，毕竟这一集会的成员们还不太熟悉学院式议会的运作。

而且，总的来说大会的氛围悲伤而忧郁：这是拉封丹的忌日。有点文化的动物们都戴上了黑纱，一副参加葬礼的打扮。而其他人觉得这些表面功夫毫无意义，只是垂下了耳朵，耷拉着尾巴以示哀悼。

---

① 指近代欧洲列强为争夺昔日地跨欧亚非的奥斯曼帝国及其属国的领土和权益所引起的一系列国际问题。从欧洲来看，奥斯曼帝国地处其东，故将上述问题统称为"东方问题"。

在几个分会场中，大家已跃跃欲试，开始讨论准备工作、流程顺序、规章制度，当然还有议会主席的问题。

猴子提出要模仿人类的所有做法。在他看来，人类在这方面已经驾轻就熟。

变色龙同意演讲者的观点。

蛇则发出了嘘声。

狼对于要模仿敌人的做法表示愤怒，说道："滑稽的模仿和真正的学习是两回事。"

一只博学的老乌鸦在自己的位子上呱呱地叫了起来，说，这样模仿很危险。他引用了一句很有名的诗：

"我惧怕人类，也害怕一切从他们那儿得来的东西。"①

一只德国猫头鹰操着维吉尔式的语言，对这一绝妙的引用赞不绝口。这只猫头鹰致力于研究消失的语言，一点儿法语都不会说，这下终于找到人说说话了，开心得不行。

鸳崇拜地看着两位拉丁语学者，嘲鸫则告诉乌鸫，想进入有文化的动物圈，有个万无一失的办法，就是大谈那些他人不懂的事情。

变色龙先后同意狼、乌鸦、蛇和德国猫头鹰的意见。

旱獭站起身，说人生就是一场梦。燕子表示人生更像是一段旅程。一个左派提醒大家言归正传。

野兔已经忘了会议主题是什么了。

---

① 原句为"即使希腊人带着礼物来，我也怕他们"，出自维吉尔的《伊尼德》。

驴子终于明白过来大家在讨论什么，尖声叫了起来，让大家安静。（他的讲话稿已经写好）

喜鹊塞住自己的耳朵，说，这些讨厌的人就像聋子，他们说话的时候，总是听不见别人在说什么。

演讲人说，考虑到主席问题是讨论的重点，他自告奋勇担任这一有挑战性的职务来为议会服务。他认为自己是出了名的可靠，也像希腊谚语中说的那般聪明，而且他对任何事都有耐心，这些优点足以让他当选。

狼很生气，认为驴子这种人类的玩具，竟敢认为自己可以主持这样一个自由而有变革意义的议会；他认为驴子夸夸其谈自己的耐心，就像是对各位尊敬的代表狠狠地踹了一脚。

驴子的内心很受伤，在位子上嚷嚷起来，让狼尊重议会秩序。

所有家养动物都附和起来：狗吠了起来，羊咩咩地叫，猫发出喵声，鸡打起了鸣。

鸭子说我们仿佛置身于人类当中，无论有理没理，最后都要喊叫。

场面乱得吓人，对主席的需求更加急迫了：因为假如有主席，他就可以出面来解决这个问题。

豪猪认为这个问题太棘手。

狮子对议会竟然有如此丑恶的一面感到恼怒，发出了一声雷鸣般的狮吼。

这声怒吼让全场瞬间安静下来。

狐狸抓住这一机会溜到了主席台前。

一看到狐狸，鸡立即瑟瑟发抖，躲到了羊的身后。

狐狸以一种随和的口吻说道，这样的小问题远远没有其他问题来得重要，没想到竟然引起了如此大的争议。他表扬了驴的好意和狼出于正义的愤怒，然而，月光已经淡了，时间不等人，大家需要加快进程了。

他表示他要推荐的这位候选人肯定会让大家心服口服。

"也许，他也像在座的大多数一样，被人类驯服了。但是，大家都会同意，他不顺从人类时很值得尊敬。"

听到这里，牡蛎半开了壳，打了个哈欠。

"先生们，骡子拥有驴所有的优点……"

旱獭昏昏欲睡。

"……却没有驴的缺点。他的脚步更坚实，习惯做更困难的工作。而且，他是唯一拥有真正的议会主席所必须有的东西——你们都看见了他胸前闪亮的铃铛。他赶来赴会纯属偶然，也许多亏了他匆匆赶来。"

大家无法不承认这一如此明显的事实，论据充分，无法反驳。

骡子以全票通过成了议会主席。

荣耀的骡子幸福得说不出话来，低头表示感谢。

就在他低下头的一瞬间，颈间的铃铛发出清脆响亮的声音，正是这声音在必要时可以让全场肃静。

这铃声一响，一只上了年纪的狗以为自己是在主人家门口的狗窝里，立刻叫了起来，问道："是谁？"这个小插曲顿时让全场的气氛活跃了起来。恼怒的狼耸耸肩，向还没反应过来的狗投去了蔑视的眼神。

骡子被大家围绕着，恭维着，立刻就坐上了主席的扶手椅。

鹦鹉和猫从鸟那儿借了几根羽毛，做成了羽毛笔，分别坐在主席两边，担任秘书。

议会的正式讨论终于开始。

狮子登上讲台，在一片安静中，建议被人类破坏了生活环境的动物们都去辽阔的非洲荒原和他一起生活。他说："陆地面积很大，人类没办法全部占领；人类最大的力量，就是他们团结；所以不应该在他们的地盘上攻击他们，而要等他们自己送上门。远离了城墙，人类根本打不赢动物。"

这位演讲者憧憬着独立带来的幸福生活，给大家描绘出一幅生动的画面。

他充满阳刚之气的声音和明智且高贵的语句牢牢吸引着听众。

犀牛、大象和水牛表示没什么可以补充的，不发言了。

◎ 演讲者喝了一杯糖水后，走下了讲台。

　　演讲者喝了一杯糖水后，走下了讲台。

　　狗第二个演讲，他只是赞颂文明开化的生活，推崇家养动物的幸福。

　　但他的演讲很快就被狼、鬣狗和老虎打断了。老虎纵身一跃，跳上了演讲台，虎视眈眈地盯着狗。

　　家养动物们惊惶地互相对视，野兔已经开始逃跑。

　　老虎喊了三次战争；他呼吁战争，喜欢血的味道；他只要战争，歼灭战，只有战争才能给动物们带来期待已久的和平。

　　"战争的可能性很大；伟大的将军是不会放过任何一次机会的，胜利是一定的。"

　　他举例说，当年波斯国王沙普尔二世的军队就是被一群苍蝇歼灭的。

胡蜂一听，就大吹大擂起来。

老虎又说，西班牙的塔拉戈纳城就是被一群兔子破坏和颠覆的，对人类的仇恨成就了无数英雄。

兔子听了大吃一惊，转过身，表示不信。

老虎又说，亚历山大大帝当年的海上之战，就是被印度洋里的金枪鱼打败的。

池鱼被这一幕深深地吸引住了，他们正坐在远处，竖起耳朵倾听演讲者铿锵有力的声音，没想到那位演讲者会以鱼类的这一战功为例，自豪得脸都红了。

老虎大声喊道，在双方利益发生冲突时，战争是不可避免的，不可能进行任何商谈；被叫作人类的这种动物已经退化，他们的统治已经结束。地球被人类破坏得支离破碎，面目全非，森林被毁，铺满铁路和林间小路，该将它归还给动物了。那是它的第一批且唯一合法的主人。他们的罪恶我们不是看不见，反抗是忍耐到极限的结果。

最后，他以极富说服力的征兵结束了演讲。他邀请狼、豹、野猪、鹰和一切想要自由生活的动物一起来捍卫动物王国，王国不能灭亡。

左派从座位上跳了起来；右派备受鼓舞，鼓起了掌；中间派无动于衷，拒绝对此做出评论；沮丧的鳌虾举起了爪子。

一匹英国马，以前过着奢侈的生活，现在沦落到拉马车，说有私事要发言。

它的英式口音让速记员的工作变得格外困难，他们不得不先把这位外宾难懂的语言翻译过来。

"尊敬的动物们，我没听说过什么林间小路问题，但我很赞成老虎说的关于铁路的问题。为了挣我的干草，我每天要在伦敦和格林尼治间汗流浃背地往返四五次，而铁路一建好，我的主人就坐上了火车，我就没活干了。那些可憎的火车在整个英国来回穿梭，不需要我们就能行驶。我要求摧毁那些铁路，至少也要让我加入法国籍。我爱法国，那儿的铁路很少，马也很少。"

一匹来自博斯地区的壮实的马，前一晚刚从沙特尔往巴黎运了一大车麦子，他焦急地嘶鸣起来，说，这些外国马老是不满，不断抱怨，真是矫情。他觉得，每只头脑清醒的动物都应该为铁路的建设大力鼓掌。

牛和驴子，在座位上附和道："正是如此。"

大家的注意力已经没有那么集中，主席先生宣布大会暂停十分钟。

很快，铃声再次响起，代表们迅速地找到自己的位子坐下，对议会的新鲜感和热情显露无遗。

夜莺飞到主席台上，要求上帝还他一个干净的天空和温暖的夜晚，使他可以继续高歌；他用动听的歌喉唱了几段拉马丁①的诗歌。

---

① 阿尔封斯·德·拉马丁(1790—1869)，法国19世纪第一位浪漫派抒情诗人。

他的歌唱得真是好极了，但他并非为大家代言，麻鸟提醒了他。

驴子记着笔记，并指出其中一个韵脚不是很押韵。

孔雀和天堂鸟则嘲笑演讲者其貌不扬。

一个左派要求平等。

御鸟和大猫头鹰对这位独立的演讲者投去不屑的目光。

一只被关了十年的鹿，用哀怨的声音祈求自由。

蚯蚓哆嗦着提出想取消土地和财产所有权。

蜗牛快速地缩回了壳里，牡蛎关上了壳，乌龟表示他永远不会放弃他的壳儿。

一只从麦加赶来的老单峰驼，之前一直谦虚地保持沉默，现在他说必须设法让人类明白，在这个世界上大家都有自己的位置，可以携手生活，没有必要彼此抱怨，否则，今天的会议就毫无意义了。

驴子、马、大象和主席先生都表示赞同。

单峰驼身边的几个代表问他关于东方的情况。他聪明地回答说，上帝确实伟大，穆罕默德①是他的先知。

一只还没长大的绵羊鼓起勇气说了几句，说乡下的生活很舒适，青草很嫩，牧羊人对他也很好，并问，难道没有办法维持现状么？

猪低声叫了起来，大家并没听懂他说什么，不过感觉

---

① 穆罕默德（约570—632），伊斯兰先知，伊斯兰教的创始人和最早的传教者，广大穆斯林认为他是安拉派到人间的最后一位使者。

像是对现状表示赞成。

一只上了年纪的野猪，被他的对手批评亲近家禽，声称最好还是接受现实，听天由命。

鹅傲慢地说，他不搞政治那一套。

喜鹊反驳道，他对政治的冷漠，一定会被那些将来拔他毛的人所喜欢。

变色龙走上演讲台，说他和往常一样，幸福而骄傲地赞同大家的意见。

狐狸本来一直在座位上记着笔记，看到登记演讲的人都讲完了，便上了讲台。而喜鹊试了三次都没跳到台上，他失望极了，只好让位给狐狸，一边自言自语，一边将厚厚的一大沓演讲稿夹在翅膀下，那可是他和他的朋友鹤一起写的。

狐狸说，他认真地听了每个人的发言，赞赏狮子的主张高尚而伟大，不会有任何人比他更欣赏狮子威严的性格。但这位狮子代表也许是议会里唯一的狮子，对大家来说，荒原距离植物园太远了。

他说，他本想保留狗的幻想，但他好像瞥见狗竟然还戴着项圈。

狗尴尬地搔了搔耳朵。一个恶作剧者发现狗耳朵的长度比一开始短了很多，便问他现在是不是流行短耳朵。（哄堂大笑）

狐狸表示，他曾一度同意老虎的好战热情，几乎就要和老虎一起喊战争口号了。但要知道，人类发明了火药，而动物们还不会使用武器。"在这个悲惨的世界里，无数事实证明，正义并不能永远获胜。"动物们很少能取下镣铐，且大多都没有逃往国外的护照。

右派表示同意，左派一片沉默，中派什么都不说，也没有多想。椋鸟指出，在许多情况下，沉默是金。

狐狸又说，夜莺的嗓音确实很不错，但对于解决问题没有任何帮助。

大家应该取得一致意见，人们所要求的平等只是一种物质上的需求，真正的智慧是不会屈从的。

左派大喊反对。

狐狸说，鹿一旦获得自由，很可能还需要别人告诉他如何使用自由。

"有时自由不一定是件好事：奴隶制已经如此完善，以至于对奴隶来说，牢笼外的世界充满痛苦。"

他举例为证，二十万名被解放的俄国农民，不知道自由后该做些什么，又自发地回到了原来的封地。

鹿深感失望，默默地流下了两行眼泪。

狐狸说，猪的言论有对有错，对问题没什么帮助，野猪的理论也不见得好上多少。

极端分子表示赞同。这时，麝猫递烟给一只老海狸。——他们邻座的猪正觉得有些失态，闭上眼睛，装作打喷嚏。

狐狸为绵羊的诚实和善良的意图所打动。

"这个世界就是这样，过于善良只会被人瞧不起。"

他提醒绵羊说，那个所谓的好主人不是把他母亲送到屠宰场了吗？

绵羊扑到公羊的怀里啜泣起来，公羊批评狐狸太理性了，没点儿同情心。这一幕勉强让大家动容。一只斑鸠晕了过去；水蛭同意河马的意见，正趴在他身上吸血呢！野鸽大声地说，没分寸的人往往都有副硬心肠。

狐狸为自己的说法辩解，忠言逆耳利于行；他承认他倾向于温情，但社会病得太厉害，不痛不痒的制度不解决问题。就像马基雅弗利在他的《君主论》一书中所说，有的残忍是有益的、仁慈的。

接着他回答变色龙说，动物不是清一色的，每种动物都有其特点，变色龙的特点就是赞同一切。他斗胆希望变色龙也投他一票。

猴子推了推眼镜，望着变色龙，两位会心一笑。

接着，狐狸请全体作证，说，假如已经证明，和平、战争和自由都被证明是不可能的，但至少在某一点上我们可以达成一致：确实该做点什么了。

大家一致同意。

恶是存在的，我们至少应该与其作斗争。

最后，狐狸建议大会对此做出新的努力。

大家觉得非常好奇。

"目前还没有尝试的斗争，也是唯一合理、合法、可以取得胜利的斗争，就是智慧之战。这场战争的逻辑是，最强的不一定就能胜利，斗志、人心、充分的理由才是最有力的武器，在这场战役中，我们不可能输给压迫我们的人类。智慧战无不胜……"

"是的，"一只雌鹦鹉说，"就像条条大路通罗马。"

思想是有爪子和翅膀的，它们彼此交汇，碰撞出火花。

必须通过新闻让自己变得强大，对动物的处境、自然需求、每种动物的风俗习惯进行一个全面调查，根据严肃而全面的数据，撰写一部动物史及他们在公共生活与私生活中、在奴役与自由中的高贵命运。

"拉封丹，那是个人类，在他去世的那个悲伤的日子，所有的动物都为他哭泣，可以说，只有他有这种荣耀。他通过新闻为动物所做的，比打赢了沙普尔、塔拉戈纳人和亚历山大的人更多，比跟参孙及其驴腮骨打败非利士人的三百只狐狸做得更多。"

驴骄傲地扬起了头。全体动物起立，向拉封丹的名字恭敬地鞠了一躬。几只动物要求将他的骨灰送回植物园。

"自然学家以为，只要给动物称称血液的重量，数数他们的椎骨数就够了。

可以根据他们的身体组织找出他们气质高贵的原因。

只有动物们能说出他们生活中不为人知的苦痛、他们无时不在的勇气和一生中少有的快乐，人类已经压迫动物近四千年了。"

说到这里，演讲者有些动容，全场的动物都被感动了。

安静了几分钟后，狐狸重新走上讲台，补充道：

通过新闻，也只有通过新闻，在各种斗争中都会败北的喜鹊、鹅、鸭、鹤和母鸡们，才能找到自己的价值。嘴战一旦打响，他们出了名的语言天赋和用羽毛写字的才能就会得到发挥。

在这样的磋商大会上，这些动物不该进行这种稀奇古怪的抱怨以扩大自己在圈子里的影响：

"她们的位置不是在公共大会里；大部分人都认为，她们从事政治，结果是增加了缺点，减少了魅力，就像古代的亚马孙女人。"

她们应该继续美化森林和牲畜棚，并注意给自己留下闲暇时间，把观察到的东西记录在未来的出版物上。最后，他很荣幸地要求所有动物代表就以下三条进行讨论：

条款一：

设立无限贷款，出版一部全国性的插图本动物大家族通俗史。

这笔贷款将并到公共教育部的基金上。一个左派成员提出修正案，要求说明这些资金的使用情况。鼹鼠表示反对，他喜欢神秘主义，认为要避免一切透明化的行为。由于他的意见很有说服力，修正案未获通过。

条款二：

为了避免真理的两大灾难——无知和诽谤，这一作品将由动物们自己来写，只有他们有能力来评判。

条款三：

鉴于艺术和书店在动物界才刚刚起步，动物世界通过大使，找到了一个名叫格兰德维尔的画家为这本书插画。如果他不是时不时浪费自己的才能，为他的同类画些溜须拍马的作品，他应该配得上当一只动物。（参见《变形》）

至于印刷，动物世界在这个美丽的行业内找到一家著名的书店兼出版社，名叫黑泽尔和保兰，他们对动物没有成见。

这三个条款被一一表决并通过，尽管中间派全体起立表示反对。

主席先生现在对主持讨论已经很熟练，他不动声色，大声宣布了这一结果，全场激奋，所有的动物都站了起来。许多代表离开座位，上去和演讲者握手。演讲者对结果很满意，他谦虚地穿过人群，走到演讲台前面坐下，不左不右，也不坐在中间。

"哦！简直是胡说八道！"一只上了年纪的爱尔兰鹰叫道，"奇怪的逻辑！你们明明有尖爪和利齿，世界在你们面前，自由就在某个地方，而你们竟然觉得动动笔就够了！"

这一抗议声很快就被讨论声淹没了，消失在全场的激动之中。

乌鸦从翅膀上拔下一根羽毛，开始在公文纸上做会议记录。

会议记录交由负责执行的一个委员会审阅、通过、签字；人人都参与其中，尽最大努力，保证这本书的成功出版。

狐狸，动议的提出者，以及鹰、鹈鹕和一只年轻的野猪被认为是最适合的人（后三位是经抽签选出来的），一大早就去了圣芒代，拜访格兰德维尔先生。

这次见面引人瞩目，报告都写了好几份。

格兰德维尔先生很热情地接待了他们，因为他们是大使，并且很快就与他们一拍即合。他从狐狸那儿了解动物的风俗习惯，打算好好利用充满狡黠的信息。

他认为，为了全面地表现动物，不仅要画动物，还要在书中给人类也留一点篇幅。

为了让动物们同意，格兰德维尔说，人类和动物之间的差距其实没有大使们想象的那么大，而且只有通过比较，动物们才会显得略胜一筹。出于礼节和谦逊，要大使们承认这一事实确有困难，但最终他们还是承认了，在各方面都与大家达成一致。

对大使们来说，好事需要慢慢磨。他们终于乘上四轮马车，回到了巴黎。在城门口，一个入市处的职员，也是一个很坏的自然学家，把野猪看成了猪，要向他收过路费，结果被野猪拱了。到了塞纳路55号，大使们下了马车。

大使先生们受到了出版商的热情接待。

出版商们一直很重视动物，被委托出版这样一本重要的书，他们感到荣耀至极，答应一定全力以赴，出好这本书。他们认为，荣耀比利润更为重要。

野猪是有备而来，事先做了预防出师失利的措施，但最后表示很满意，并且很开心收到了出版商送给他一本拉瓦莱写的《法国人的历史①》，他似乎很喜欢。黑泽尔先生让鹈鹕收下了一套精美的《儿童大全》，请他一定要送给他的儿子们，因为他当着黑泽尔的面对他的孩子们赞不绝口，这位模范父亲被这种细心的举动所打动。保兰先生感到很遗憾，他只能把梯也尔先生的《执政官与帝国的历史②》送给鹰了，高贵的鹰很想要这本书。狐狸是个聪明绝顶的家伙，他坚决拒绝一切礼物，只拿了几千张广告单，狡猾地说，只要有时间，他就帮忙分发出去。

对书的形式做了一点小小的安排后，大家同意让猴子当中间人，在鹦鹉的陪同下，负责与编辑先生们接洽。编辑们会把手稿寄给猴子，上面仔细地标明地址——哪个窝，哪个巢，哪棵树，等等，以便清样能准确无误地送到作者们手里。

在临别前，主编们叮嘱各位作者，寄往编辑部的手稿

---

① 泰奥维尔－塞巴斯蒂安·拉瓦莱 (1804—1867)，19世纪法国历史学家、地理学家。1838 年，黑泽尔出版了他的这本书。
② 马里·约瑟夫·路易·阿道夫·梯也尔(1797—1877)，法国政治家历史学家。路易·菲利普时期的首相，1871 年至 1873 年，先后担任国家首脑和临时总统。

一定要拼写正确，明白易懂，否则会产生校对费和重印费。他们还说，这么多人才共同写作，是一件不可思议的事情，怎么排名都有失公允，所以先到先排，按顺序给每份手稿编号，无论如何，这一顺序都不能变。动物们同意了这一做法，满怀希望地离开了，低着头，若有所思，有的已经在构思自己的故事了，有的在想别人会怎么写。

附言：

好消息，我们决定向读者们泄露一点机密，我们的好朋友鹦鹉先生本来要我们保密的，但我们送了他几打干果和几块方糖后，他就让步了。

猴子起初有个诱人的计划，出份报纸，甚至想好用《森林》这个题目，写一篇很乏味的社论，在社论中博学地讨论所有的问题，除了当天发生的事。

鹦鹉负责海外联络和重要的社会新闻。我们在此例举他打算放在第一期里的一篇新闻：

一只鸭子从加洛林河边发来消息："在我们的沼泽地带，大家都在说有一只年轻的青蛙失踪了，朋友们都很喜欢她。由于她想象力丰富，容易激动，大家都担心她会自杀。我们都在不遗余力地寻找原因，想知道是什么原因迫使这条年轻的生命走向如此困境。"

◎ 这份报纸由动物们自己作画和设计绘制，只花费4分钱。

　　一只动物（他不想公开自己的姓名），已经在幻想自己的漂亮文章大获成功，让某些字母 J.J.–X–Y–Z 等大放光彩。他似乎用姓名的首字母署名，在文章中描写了一只无与伦比的蚱蜢，在一出新上演的芭蕾舞中一炮打响。

　　嘲鸫征得同意，决定在每期报纸的最后都以同音异义的文字游戏来结束。他聪明地给它取名为《公鸡对驴的惊人回答》，这是继承《嘈杂报》①的传统，政客们常在该报玩这种文字游戏。

动物们的这份报纸上是不会有广告的。想出这一新招的火鸡决定就这一想法去申请发明专利，但专利奖金的负责人猞猁拒绝了他，认为这种谨慎是多余的，不会有人来抄袭其创意。

现在只需给报纸取个名字、找个经理人了。狐狸常常有好点子，兔子当然没有恺撒那么勇敢，只要他们不在困难面前低头，那事就一定能成功。狐狸十分明智地指出，这份报纸肯定会从高高在上的哲学、科学和道德掉到悲惨的日常政治生活中。记者的生涯中并不总是玫瑰，他们要和法律与法庭打交道，甚至面临着罚款和牢狱之灾；他们会树敌无数，而读者很少；他们要付高额的印花税和保证金；他们的钱可能会付诸东流。报纸哪怕定价再低，一贫如洗的动物们，比如说老鼠，也可能买不起。而任何东西，如果想变得有用，想大众化，想影响大家，关键就是价格合适。毕竟，报纸看完就扔了，不像书，会一直留着（至少会留在仓库里）。

由于这些原因（当然还有其他原因）大家一晚上都在讨论这一在别的地方没有讨论过的问题。

这次难忘的密谋行动进行得如此巧妙和开心，以至于

---

① 1882年在巴黎创办的插图版讽刺报纸。

第二天，巴黎的警察局长和植物园看守在睡了一整晚后，完全没有发现这里发生了如此惊天动地的大事。这个晚上将载入动物革命的史册，成为最为辉煌的一页。

（信使送来的消息）

代表们离开几分钟后，一只信鸽给《动物私生活与公共生活场景》的出版人带来了如下的这封信，要求立即出版和发行这本书：

猴子和鹦鹉先生，

主编们，

所有动物们，

我亲爱的未来合作伙伴：

我们认为应该向你们传达负责编辑的特别委员会的决议。

为了在精神与物质上出好我们共同合作的这本书，建议各位动物编辑全面科学地陈述自己的观点，让大家都能从中找到有用的建议、严肃到位的批判，所有年龄段、不同性别、不同观点的动物，包括人类，都不得违反不受时效约束的道德和礼仪法律。

因此，常常在人类社会中让作品名誉扫地，让高贵的灵魂和文明的机构感到讨厌的含有粗俗、暴力、恶意的文章，将全部退回作者，作者的名字也将从合作者名单中删除。

又及：

编辑委员会只会在清样的校对方面，求助于几个擅长这一艰苦工作的人类。他们厌恶人类，所以值得推荐。况且，他们对动物都很友好。

写于巴黎植物园

在主编们的建议下，分发这一重要通知的工作自然就落在了乌鸦的肩上。他非常有心，为此成立了一个广告办公室，其效率超过了该行业最有天才的人类。这只聪明的鸟还负责发放该书的宣传单，在巴黎、法国外省和国外送货上门。他雇用了一群鸭，比公认最勇敢的叫卖者还大胆，不惧风雨；他的狗当中任何一只都可以将皇家邮局的投递员远远地甩在身后。多亏了他的信鸽，各国的订户都可以准时收到刊物，这连最牛的信使都做不到，并且乡下读者会和城里读者一样准时收到。一声令下，该书的广告就会贴在世界各个角落的墙上，甚至包括中国的万里长城。编辑们希望所有真诚地想见证这份公正之书的动物和人类踊跃订阅，书中的内容客观真实，不容置疑。

◎ 这只聪明的鸟还负责发放该书的宣传单。

野兔的故事

P.-J. 斯塔尔

喜鹊女士给猴子和鹦鹉主编们的话：

先生们，大会决定出版此书，并指出，我们如果没有说话的权利，至少还可以写。

尊敬的主编们，在你们的允许下，我就动笔了。

感谢上帝，羽毛笔是一件多么高尚的武器，它让大家势均力敌，而我希望终有一日可以证明，在一只聪明的喜鹊手中，它的价值不比在狼或狐狸的爪子里来得低。

故事讲的不是我，也不是鸟、鸡或是鹤女士们，而是一位风趣且思想深刻，既是裁决者又是当事人的演讲者，他好心地让上述各位都回家歇着。① 我只想给你们讲讲这只野

---

① 我们的女性读者想必没有忘记在大会上女性也是有权发言的，自然，第一份来稿是出自一位女士之手也就不奇怪了。我们快速地印刷了这份稿件，希望可以扫除狐狸的讲稿给喜鹊女士带来的不快之处（参见序言）。出于谨慎的态度，作者在文章中的每一处都把自己的名字抹去了。——原编者注

兔的故事，他遭受的痛苦无论在动物当中还是在人类当中，无论在城市还是乡间都是出了名的。

先生们，相信我，在这样一件与我毫无关系的事情中，我决定打破一直以来自我约定的安静、保密原则，因为我无法拒绝，并且也绝对没有违背作为一个朋友的基本责任。

一

喜鹊的前言——主人公野兔的一些哲学思考和开场白——查理五世的最后一次狩猎——我们的主人公被捕——野兔论勇气

本周的一个晚上，我坐在一堆石头上忘了时间，在酝酿作一首十二节的诗，用以捍卫女性未知的权利，已经写到最后几行了。这时，草地中间跑来了一只我认识的小野兔，是我们这个故事的主人公的外孙。

"喜鹊夫人，"他气喘吁吁地叫着我，"外公在树林的角落里对我说，赶紧去找我们的朋友喜鹊女士……我就来了。"

"你是只可爱的小野兔，"我友好地用翅膀拂过他的脸，"完成外公交给你的任务是好，可是你跑得这样快，会生病的。"

"啊！"他悲伤地看着我，"不是我生病了，是我的祖父！他被田里的野狗咬了……很吓人！"

没有时间浪费了；我快速几步就飞到了我可怜的朋友身边。他像所有善良的动物一样，友好地接待了我。

他匆忙间用右爪拿两段灯心草做成绷带支撑着；一只同情他的母鹿用几片白鲜叶做纱布，围在他可怜的脑袋上，遮住他的一只眼睛：血还是流个不停。

一看到这种悲伤的场景，我就知道这是人类制造的悲剧。

"我亲爱的喜鹊，"老野兔说，脸上浮现出悲伤和一种不寻常的严肃，却还是保留着他原本的朴实，"也许我们生下来就不是享福的。"

"唉！"我回答道，"这还不清楚吗？"

"我知道，"他继续说着，"我们总得担惊受怕，一只野兔永远不能肯定他是否能在自己的兔窝里安然离世；但是，您也看到了，我更不指望大家所谓的好死：乡下不是个好地方，我现在可能是只独眼兔了，至少要残废了；一只猎犬追上了我。那些凡事总往好处想的野兔，认为狩猎期已经结束，现在总该承认，两周后又开始狩猎了。我想最好还是整理一下自己的事情，把我的故事留给后代，希望他们能吸取教训。祸兮福之所倚，如果说仁慈的上帝让我经历了人类的折磨后，重新回到自己的家园，他是想用我的不幸为后代的野兔敲响警钟。在这个世界上，出于谨慎和礼貌，对很多事情我们闭口不谈；但是，在死亡面前，谎言是无用的，我们可以畅所欲言。另外，我还要承认我的缺点。在身后留下一段光荣的回忆而不是完全消亡，应该是件令人快乐的事情。你们说呢？"

我很难对他说我同意他的观点，因为在和人类的斗争中，他不幸失聪了。但他死不承认，这就让人尴尬了。我多少次诅咒这不幸的残疾，它让我的朋友失去了听力！我在他耳边大声喊道，能通过作品达到不朽总是幸福的。想到生命逝去，光荣永存，他应该感到欣慰。总之，这样没有坏处。

他跟我说他现在十分不便，这该死的伤口让他无法动笔，因为他的右爪断了；他想讲给孩子们听，让他们记下来，可他们除了吃就是玩；他也想过让年长的孩子把他的故

◎我希望有一天能证明，一只聪明的喜鹊手中的羽毛价值不亚于狼爪子上或狐狸腿上的羽毛。

事背下来，像歌谣一样传给后代，但那个冒失鬼，一跑起来就全忘了。"我发现，"他补充道，"不要指望以口口相传的传统形式来保留真实的故事；我不奢望成为像毗湿奴、圣西蒙、傅立叶那样的神话。亲爱的喜鹊，您是有文化的人，请您帮我这个忙，把我的故事写下来。"

我抵不住他的恳求，开始听他的故事。老野兔的故事很长，但里面不乏有很多有用的教诲。

这是他最重要可能也是生前最后一件大事了，为了体现仪式感，我的朋友冥想了五分钟，然后才想起来自己是只博学的野兔。他认为要以一段引语开头（他的这种引用癖是从他在巴黎认识的一位老喜剧演员那里学来的）。他借用了人类难得一致认为有点才能的一位悲剧作家的开场白：

靠近点，孩子们，我的秘密
该为你们擦亮双眼了。

拉辛的这两句诗，是一个叫米特里达梯的说给他孩子听的，背景虽然不同，但我们的口述者具有杰出的叙述才能，让这两句话产生了很好的效果。

年纪最大的孩子毕恭毕敬地坐在他外公的膝盖上；年龄小一点的特别喜欢听故事，站得笔直，竖着耳朵听；年纪最小的一只，坐在地上，嚼着一段三叶草的嫩茎。

◎ 年纪最大的孩子毕恭毕敬地坐在他外公的膝盖上;年龄小一点的特别喜欢听故事,站得笔直,竖着耳朵听;年纪最小的一只,坐在地上,嚼着一段三叶草的嫩茎。

年长的讲者,对听众的态度非常满意,看到我还在等着,便接着说:

孩子们,我的秘密就是我的经历,希望你们可以引以为鉴,因为智慧不是伴随着年纪自然增长的,你们要自己去找寻。

我已经活了十年;在野兔的历史中,不是所有的野兔都能跟我一样长寿。我 1850 年 5 月 1 日生在法国,父母是法国人。我就生在这附近,在美丽的朗布依埃森林里最美的橡树后面,生在一张苔藓床上,母亲用她毛茸茸的身体温柔地抱着我。

我还记得起我童年时那些美丽的夜晚,我很高兴能来到这世界上。生存对当时的我而言如此简单,月光如此皎洁，青草如此柔嫩，各类百里香如此芬芳。

即使是苦涩的日子，也显得那么甜蜜！

那时我还很机灵，也和你们一样冒失又懒散；我跟你们一样大的时候，也无忧无虑、四肢灵活，对生活一无所知。我很幸福，是的，幸福！如果了解和经历了作为一只野兔的生活，你们就会懂，那感觉就是分分钟都面临死亡的威胁，时时刻刻都在战栗。唉！脑子里只有不幸的回忆。

但我也要承认，在这个悲伤的世界上，并非事事完美。日子一天天过去，但又天天不尽相同。

某天，一大清早，我在草地和田野间奔跑玩耍后，乖乖地回到母亲身边睡觉，就像这个年纪的孩子会做的一样。突然，两声巨响和一阵可怕的嘈杂声把我惊醒了……母亲就在我两步开外的地方被枪杀了！流着血正在死去……"快跑！"她用着最后的力气喊，"快逃命！"接着，她就在我面前咽下了最后一口气。

我只用了一秒钟就明白了什么是猎枪，什么是不幸，什么是人类。啊！孩子们，如果地球上没有人类，那将会是野兔的天堂。地球如此美丽，如此肥沃！我们每天只想着哪里有最干净的水、最安静的窝、长得最好的植物。如果上帝不是为了惩罚我们，造出了人类，还有谁能比野兔更幸福呢？但是，唉！凡事都有两面，福兮祸之所伏，人类总像阴影一样跟着野兔。

"你能相信吗，"他问道，"我亲爱的喜鹊，我在人类写的书中读到，上帝是借用了自己的形象来创造人类？这是怎样的亵渎啊！"

"外公，"最小的孩子说，"有一次，就在那边的田里，有只凶狠的大鸟，拦着两只小野兔和他们的姐姐，不让他们经过。那就是人类吗？"

"闭嘴，"哥哥说道，"既然都是一只鸟了，肯定不是人类。别说话了，你要大喊大叫爸爸才能听到你说话吗？吵死了，我们都吓了一跳。"

"安静！"老野兔发现大家都不再听他讲话了，就喊叫起来，"我说到哪儿了？"他问道我。

"说到您母亲去世了，"我回答说，"对您喊道'快逃命！'"

"可怜的母亲！"他接着说，"她是对的：她的死亡只是个前奏。那是一场大型的皇家狩猎，一整天都是恐怖的屠杀：无论是在被铅弹打落嫩芽的矮木丛中，还是在被人类无情践踏的残花上，到处血流成河，地上铺满了死尸。在这个可怕的日子里，五百个伙伴遇害了！我们明白了，那些魔鬼无所事事，所以决定血洗乡村。他们竟然称其为娱乐，对于他们来说，狩猎、谋杀，只是一种消遣！

但我母亲的仇也算报了。别人告诉我，这是最后一次皇家狩猎了。那个狩猎者又一次经过朗布依埃，却不再是因为狩猎了。

我听从了母亲的意见：作为一只十八天大的野兔，毫无疑问，我自救的做法十分勇敢，没错，勇敢。孩子们，如果你们不幸遇到相同的情况，不要惊慌，设法逃命。在比你更强大的敌人面前让步，这不是可耻的逃跑。这可是跟那些最伟大的将军学来的，叫作撤退。

一想到大家总说我们懦弱，我就气不打一处来。危险关头还能站起来奔跑，难道是件很容易的事？那些夸夸其谈的家伙，全副武装地对付我们这些毫无反击之力的动物。正因为我们的软弱，给了他们力量。伟人之所以看起来伟大，是因为我们过于渺小。就像著名诗人席勒所说：如果没有野兔，也就不会有那些大庄园主。

于是我就跑了，跑了很长时间；就在跑得上气不接下气时，我突然被重击了一下，晕了过去。我不知道我昏了多长时间，醒来时，恐惧地发现，我已经不在绿色的乡间，抬头也不见蓝天，不是在我热爱的土地上，而是在一个狭窄的牢笼中，一个关着门的笼子里。

幸运女神抛弃了我！当我发现我还活着后，便放心了。因为我听说，死亡是最痛苦的事，因为那是生命中最后一次痛苦。但我也听说，人类不会囚禁其他人的啊！反正，我不知道等着我的是什么，便不再自寻烦恼，胡思乱想。我被有规律的颠簸颠得很难受，突然，一下剧烈的摇动，震开了我牢房的门。我这才发现，提着笼子的人并不在走路，而是有一个物体托着我们，迅速地前行。你们没有见过肯定很难相信。绑架我的人正骑着一匹马！人在上，马在下，这完全打破了动物的逻辑。不久之后，我这只可怜的野兔将向人类屈服，这是可以理解的。但是一匹马，如此高大有力，有着坚硬的马蹄，却像狗一样，服从于人类，懦弱地驮着人类，这不禁让我们对动物的崇高使命产生了疑问。幸亏对未来生活的希望支撑着我们，并且，这种质疑本身也会改变事物的性质。

◎绑架我的人是法国皇帝身边的一个跟班。

绑架我的人是法国皇帝身边的一个跟班。公正的历史一定会给这位皇帝贴上"近代最爱狩猎的人"这一可憎的标签。

听到老野兔这句慷慨激昂的话，我不禁想，尽管他是在诅咒，但也不失公允，事实证明，查理十世确实不讨野兔喜欢。

<h1 style="text-align:center">二</h1>

七月革命及其必然后果——娱乐艺术的用处

片刻沉默后，我那陷入回忆中的老友，摇了摇头，以平静的口吻接着说：

我几乎没有反抗。

智者总是要遭受各种意外。

在人类当中，大家或多或少都得顺从，区别只在于服从的方式不同而已；我一踏进文明社会的恐怖中，就要承担义务。皇帝的一个侍从成了我的主人。

幸运的是，他的孙女，误以为我是只猫，把我当作她的朋友。因此我肯定不会被杀掉，因为我太小了，皇宫的厨房里不缺比我更肥美的野兔，而小女主人觉得我很可爱。我的可爱之处在于任由她拉扯耳朵，表现出一种极大的忍耐力。我被她的善良触动，认为女人比男人好（她们几乎不去狩猎）。

我这个囚徒，命是保下来了，但锁链并没有解开。只要我有可能逃离，我是有耐心承受不幸的；如果我不怕罗浮宫看守大门的守卫无情的刺刀，我一定会逃跑的。

在巴黎的这个小房间里，尽管是杜伊勒利皇宫，面对他们每天给的粮食，我天天以泪洗面。那些面包屑，我发誓，跟大地为我们而生的鲜嫩青草完全不能比。如果我们不能任意出行，宫殿也只是一处伤心之所罢了！头几天，我看着窗外来让自己分心，但往往你越想开心，便越开心不起来；窗外只有那些一直站着不动的人。我厌倦了这单调的风景。

我为什么不能拥有一小时的自由和一小截百里香呢！有好多次，我都想从监狱的屋顶跳下去，要么重回青草的怀抱自由生活，要么死亡。相信我，孩子们，镶金的墙壁并不能给你们带来幸福。

我的主人，是个宫廷侍卫，并没什么事做。从人类的角度看来，他大概觉得我没受过教育，竟然想让我补补课。我需要做一大堆练习（天知道我费了多大劲儿），一个比一个丢人，一个比一个难。天哪，太不光彩了！很快我就学会了看手势装死或用后腿直立，像只鬈毛狗。我的主人就是个暴君，训练方法简单粗暴，我怕挨打，所以学得挺好。他一看，便增加了难度更大的项目，他把它叫作"娱乐艺术"。

他给我上可怕的音乐课，尽管我厌恶声音，但我还是很快就勉强学会了击鼓。王公贵族每次从城堡出来时，他都逼我表演这一新学的才艺。

1830 年 7 月 27 日，那是个周二（我永远也忘不了这一天），艳阳高照，我刚刚给昂古莱姆公爵表演完。他总是要出去散步，我当时还气鼓鼓的。碰到鼓皮我就生气，因为那是用驴皮做的！突然，我生命中第二次听到了枪声，好像就在杜伊勒利宫旁，据说是在皇宫那边。

天啊，我想，可能有不幸的野兔不小心闯进了巴黎的街道，这里有这么多人类、猎犬和猎枪！想起朗布依埃可怕的狩猎，我吓得僵在了原地。我想，毫无疑问，在很久以前，人类肯定吃了不少野兔的苦，因为这种残暴只能用正当的复仇来解释。我转向我的女主人，用目光祈求她的保护，但我在她脸上看到和我一样的惊恐。她似乎对我的同类遭受的不幸表示同情，我本来准备谢谢她，结果发现她是为自己害怕，跟我们野兔没什么关系。

这些枪声，每响一下，都会使我静脉里的血液凝固，他们不是对着野兔开枪，而是对着人。我拼命揉着眼睛，把爪子都咬出了血，只是想确保我不是在做梦，我是醒着的：我可以说，我亲眼所见……用我的双眼亲见的。

人类这么喜欢猎杀，以至于宁愿自相残杀，也不想停止开枪。

"您所说的这些并不使我惊讶，"我说，"多少次，黄昏时分，我们都要拼命逃过那些猎人的枪口。他们老对着我们喜鹊开枪，只是为了不浪费枪里剩下的子弹。可我们不是生来给人吃的，懦夫们！"

"更奇怪的是，"我的老朋友向我点点头，接着说，"人类对这类反自然的战斗不但不觉得羞耻，反而引以为傲。好像在他们的世界里，只有大炮介入，事情才能解决，而在历史书中，那些血流成河的年代应被永远铭记。"

"我不想让您把这些所谓光荣的日子记在历史中；尽管关于七月革命还有很多不为人知的细节，但也轮不到我这只野兔来做历史学家。"

"什么是七月革命？"最小的野兔问，他就像所有小孩一样，心不在焉地听着，突然就有个新鲜的词吸引了他的注意力。

"你能闭嘴么？"他的哥哥说，"你根本没好好听；外公刚跟我们说那是一个人人都惊恐万分的时刻。"

"不过，万幸的是，"老野兔继续说，"此事只持续了三天，车轮的滚动声、炮火的爆炸声、子弹的尖啸声几乎震聋了我，接着整个巴黎陷入一种悲凉的死寂。人民在街上鏖战，王公贵族却都躲在圣克卢；我也不知道他们在那儿做什么。至于我们，我们在一个很不愉快的夜晚溜进了杜伊勒利宫里。人害怕时，总觉得长夜漫漫无尽头。第二天，28 日，枪声响得更激烈了，我知道，市政厅被占领了。我要是能像宫里的那些人一样成功逃走就好了，但想都别想。29 日一大早，在城堡的窗外就能听见愤怒的喊叫声，炮声轰鸣。

"完了！"我的女主人喊道，吓得脸色发白，"罗浮宫被占领了。"她抱着正在哭泣的女儿，发狂似的逃了：那是十一点钟的时候。

她走了之后，我想，剩下我孤身一人了，我没有任何自卫能力，不过，也没有任何敌人了，于是我恢复了勇气。人类怎么自相残杀，那是他们的事儿，野兔可没有任何损失。我躲在床下，房间被一群红衣士兵占领了好几个小时，他们向窗外开了好多枪，用奇怪的音调喊着："国王万岁！"喊吧，我说，喊吧，很清楚，你们不是野兔，国王不在城里狩猎！不久，我就看不见任何士兵了，他们消失了：一个可怜人，大概还是位智者，看起来很讨厌战争，躲进我刚刚离开的房间里，藏在衣柜里，但很快就被发现了。房间里顿时站满了人，大家都在嘲笑他。这些人没有穿制服，打扮得甚至很不得体。他们到处乱翻，并大喊："自由万岁！"就像是想要在我这小小的杜伊勒利宫阁楼里找出自由一样。对人类而言，自由似乎就像那些不想要国王的王后。这时，其中一人在窗边挂上了一面旗，其他人立刻激动地唱起了一首好听的歌，我记住了两句歌词：

行动起来，祖国的孩子们，

光荣的日子已经到来。

有几个人背着一身黑乎乎的火药，好像刚刚打了一场硬仗，就好像有人付钱请他们去打的一样，因为他们不停地大喊"自由万岁"！我想，这些不幸的人，在这之前也许跟我一样被关在了笼子里，或是被囚在小小的房间中，也许还被迫为国王演奏难听无聊的音乐。弱者一时或为鱼肉，但总有一天会复仇。

哦！狂热是会传染的！我向人类这一敌人靠近几步，突然想和他们一起高喊自由万岁，但转眼又想，这对我有什么好处呢？

在这三天里，相信我，亲爱的喜鹊，一千多人被杀被埋啊！

"可是，"我说，"人可以埋掉，思想可埋葬不了。"

"嗯！"他回答道。

第二天我的主人回来了，才二十四小时不见，他已变了许多，他撸起袖子，帽子上有一条显眼的三色带。

从他跟妻子闲聊中，我弄清了不少事情，一切都没了，不再有国王了，不再有国王的侍从了，查理十世也不会再回来了，不能再提起他的名字。现在的形势有些麻烦，大家都不知道事情会如何发展，眼下要做的就是赶快收拾东西搬家离开这里，他们被毁了，等等。

好了，我想，不管发生什么，对我来说都是好事，我不用再待在这宫殿里敲什么鼓了。

"唉！我可怜的孩子们，"野兔说，"人类总是主宰。如果你们不幸遇到了一场革命，人们向你们许了大愿，颤抖吧！我曾如此渴望的这场革命，其实我对它一点都不了解，它只会让我的命运变得更加悲惨。一个月后，我的主人越来越穷，没地方住，也没有吃的，眼睁睁地看着自己陷入悲惨的境地。穷苦之于人类，就如果寒冬之于野兔，冷得石头都冻裂了，大地一片荒芜。一天，他妻子哭了起来，孩子也跟着哭了，我们都哭了：大家都快饿死了！（如果富人们知道穷人的胃口有多大，他们会担心自己被穷人生吞活剥了。）我惊恐地发现主人绝望的目光常常落在我身上，看起来冷酷而又凶残。饿极了的人是没心没肺的。这大概是我遇过的最危险的境地了。孩子们，上帝保佑你们永远不会成为餐桌上的炖兔肉。"

"什么是炖兔肉？"小野兔问道，他俨然是个不折不挠的提问者。

老野兔回答道，就是把野兔大卸八块，扔到锅里煮熟。布封曾这么描写过野兔："它们的肉堪称一绝，连血都极好吃，是血中之血。"这人写了许多能催眠的故事，说我们睡着的时候眼睛都睁着的；还说人类就是这样做的。我得出结论，他应该是个残忍的魔鬼。

听了老野兔的回答，大家仿佛都惊呆了；安静得似乎能听到青草生长的声音。

"我大概永远都不会相信。"老野兔大喊，他不相信生命中的这段记忆会如此激动人心，野兔竟是为了变成人类的口粮而生，人类没别的事情干，就知道吃掉其他动物，那是他们的兄弟啊！

我本来在那一天就要牺牲了，但女主人说我实在太瘦了。

我那时才发现苗条的好处，不禁感激苦难让我瘦得只剩皮包骨。

他们家的小女孩似乎明白这件事关乎她的玩具。她尽管很讨厌干面包，但还是慷慨地站出来反对这场谋杀。这是我第二次欠她一条命了。"如果杀了他"，她流着泪说，"他会很痛的，那他就再也不能装死，不能表演用后腿直立，也不能打鼓了。"

"我怎么没想到呢！"主人一拍脑门，"我有主意了，咱们都得救了。我们有钱的时候，咱们的野兔为了自己和他人愉快演奏音乐，现在他可以用音乐来赚钱啊！"

他说得有道理。他们得救了，不幸的是，我要做他们的救星，就像你们看到的那样，从那天起，我就要干活养一个男人、一个女人和一个孩子了。

三

公共生活与政治生活——他的主人们靠他养活——荣耀不过是过眼烟云——东方问题与野兔关系

可我的主人想让我为谁击鼓呢？我心想。发生了这些事后，谁还会进杜伊勒里宫呢？我后来我才知道，除了国王外，我的老住处一切依旧；上流社会络绎不绝地在那里出现，孩子们在那里玩金鱼。

当晚，我就得知了我的命运：我再也不能回到我的王家小阁楼了。我的主人在香榭丽舍大街用四块板搭起一个灰顶小棚子，四面透风；在这露天的小剧场，我，生而自由的动物，朗布依埃森林的公民，被迫为虐待我的人类表演，牺牲我的骄傲、尊严和健康。

我还记得主人在我表演前几分钟跟我说的话。

"感谢上天，"他说道，"给了你超乎普通野兔的智商后，又让你遇上我这么好的主人。我一直管你温饱，给你住处，不求回报；现在是你证明野兔知恩图报的时候了。你以前只是一只乡下野兔，现在你是受过教育的动物了，还可以自称是第一只如此博学的野兔！多亏了我有远见，你才在娱乐之余学会了这么多技能，现在终于有机会派上用场了。这很公平。在人类当中，无私付出往往都会有回报。你记着，从今天起，我们有了一个共同的目标，你的观众是法国人，他们的严厉和高品位是出了名的，失败无法被原谅。要避免失败，只需取悦大家。想想你将在社会中扮演重要的角色，能够愉悦大众，总是件美事啊！暂时忘了查理十世的名字吧；在我们身处的这个时代，想活下来有时只能忘恩负义。所以，注意了，不能再乱七八糟地敲鼓了，因为不能再有过失，任何疏忽都将是致命的。你呢就好好表演，我就负责收

◎ 杜伊勒里宫的上流社会。

钱。我们可能赚不了什么大钱，但至少能勉强生活。"

"嗬！"我想，好一篇长篇大论！这位暴君既天真又无耻。听了这些话，大家该不会认为是我哀求他囚禁我，把我带离乡下，让我学习表演，成为最有才能的野兔？不会觉得我应该对他每次都放我一条生路而心怀感激吧？

尽管一开始我有情绪，但我的表演还是很成功的。全巴黎人都想看我表演，我表演的节目越来越多，三年来我去了很多地方演出，去过巴黎综合理工大学，为路易·菲利普、拉法耶特侯爵、拉菲特和十九位部长演出过，还去过波兰，一直为拿破仑……一世表演。

我学会了，记下来吧，我亲爱的喜鹊，这可是历史，我学会了开枪。

开第二枪时，我就习惯了。

我完全相信，我想，他在开第一枪时就聋了。

我开枪的次数甚至比那些打过仗的人还多，比如那些著名的国民警卫军，历史很快地就会忘记他们的名字。

幸运的是，在很长时间里，我没有一次认错人或是弄错对方的价值。然而生活中一直充满诱惑，不止一次，那些可能是谋反分子或者便衣警察的观众怂恿我，为了伟大的伯利亚克、威灵顿、尼古拉斯或其他人开枪，还好我总是能成功逃脱这些陷阱。

主人成了我的同伴，到处说我正直，说我是金不换。

在我的整个公共与政治生活中，我只对一个问题有过兴趣。那就是东方问题，东方以其大胆的外交征服了所有国家的野兔。在那里，野兔受到立法者的格外关注，他们禁止吃兔肉，所以我对奥斯曼帝国的扩张丝毫不感到担心。

但是，唉！瓦罐不离井边碎。一次，我辛苦了一整天，刚刚结束第五十场晚会表演，收获了不少掌声，主人拿了不少钱；照亮舞台的两颗蜡烛也燃烧殆尽，我想着这一天结束得不错，睁着眼睛正睡着（为了取悦布封先生），我的暴君应那些贪得无厌的观众要求，宣布要进行第五十一场表演。我承认，我已经没耐心了：把快乐建立在取笑或玩弄他人基础上的人永远得不到真正的快乐。我怒火中烧,当我再次站在那该死的舞台上时,我已经晕了。我还记得我机械地将爪子放在了枪的扳机上。

"为了路易十八!"我的主人喊道。

我没动,但是,我承认,我已经意识不到自己在做什么了。我出色的表演迎来了雷动的掌声。主人执着地拿着鼓向观众们求赏钱,那天的观众有的是钱,几张大票子落在了鼓上。

"为了威灵顿!"沉默之后掌声再次响起,钱又纷纷地落在鼓上。

"为了查理十世!"我的主人胜利般地大喊道。我一阵眩晕:

狗在吠,扳机扣动,子弹出膛。

"打倒卡洛斯派!"愤怒的人群喊道:"卡洛斯派去死!"我是朗布依埃森林的一只野兔,怎么会是卡洛斯派呢?但被激情冲昏了头脑的人群已经失去了理智!

一眨眼间,我的舞台、我的主人、收来的钱、蜡烛和我自己全被打翻,被掠夺一空。这就是人类!圣奥古斯丁和米拉波伯爵说得都有道理,神殿与废石间只有一步之差,光荣只是硝烟而已,什么都靠不住。我还想起奥古斯特·巴比耶关于民望的美丽诗句。幸运的是,恐惧让我恢复了理智和勇气,我趁乱逃了出来。

离开见证我光荣与失败的小剧场五十多步,我还能听见愤怒的人群在疯狂叫喊。就在我试着跳过香榭丽舍大街边的一个水沟时，像我一样逃离现场的人蜂拥而至，我撞在了其中一人的腿上。我跑得太快，撞得又太猛，我和这双腿的主人一起跌进了水沟。完了，我想，人类这种自尊心那么强的动物，绝对不会原谅我这只可怜的野兔害他栽进坑里，让他这么丢人了：我死定了！

四

物以类聚，人以群分——我们的主人公和一个低级公务员建立了友谊——一位穷人的死亡——永别巴黎

我简直不敢相信自己的眼睛。我担心被我绊倒的这人要发火了，但我却发现他浑身颤抖。这么说，我想，我的幸运女神还未抛弃我。这位老先生对于勇气的理解似乎与我一致：在同样害怕的人之间，应该比较容易讲和。

"先生，"我声音温柔，想让他放心，"先生，我一般是不跟人类说话的，但即使我们不是同类，我看得出我们现在有着一样的情绪；您很害怕，先别急着否认：我认为这是值得尊敬的。"

这时，一辆轿车从路上驶过，借着车灯，我认出了车

里的男人，就是我不幸地坠落下来的时候连累的那个老熟人，藏在杜伊勒里宫衣柜里的陌生智者，他后来成了我最忠实的观众之一。虽然说他有着人的身体，但他脸上的表情却诚实而温柔，似乎表明，在遥远的过去，他的家族和我们野兔之间有着某种亲缘关系。他面色惨白，整个人都吓坏了。

"先生，"我继续说，"您受伤了么？相信我，对于刚刚发生的事情，我也很绝望，但您也知道，恐惧之情是控制不住的。"

他很可能听懂了，我看着他慢慢地站起来。我站在他面前一动不动，怕让他感到不安。他发现我竟是他最爱的演员时，几乎欣喜若狂。他一手轻抚着我，另一只手小心地整理着自己的衣着。整洁是穷人的唯一装饰。

"害怕比疼痛更糟。"他一边说，一边站起来。

我觉得这句话充满了哲理与深度，并且，我生平第一次对人类有了好感。我承认，我尽管热爱自由，但还是愿意让他带我走。

我的新主人，或是说更像是我的新朋友，善良、寡言、谦逊，在政府一个部门里做低级职员，所以挺穷的。他有些驼背，倒不是因为年纪，而是因为每天都要弯下腰来问候每个人，他在上级面前永远抬不起头来，从早到晚都要伏案。除了跟他一个模子刻出来的儿子外，这世界上他最爱的就是他叫作花园的东西，那里无非是些泥土和花，鲜花在我们的小窗户外怒放，太阳屈尊赐予它们几道光线：要知道在巴黎

◎ 我的新主人善良、寡言、谦逊，在政府一个部门里做低级职员，所以挺穷的。

不是所有的窗户都见得着阳光的。

"亲爱的先生。"有时，我们的邻居会和他聊天，这位邻居比我幸运，靠着演喜剧发家致富了。他对我的主人说，"您这样什么事都做不成的，您一点声音都没有，又太低调。相信我，改掉这些缺点吧。无论你在社会中扮演怎样的角色，都需要大声一点的。见鬼！我以前就像您一样谦逊，但讨厌的是，别人总是要指挥我。像我一样，把声音放大点，手臂摆起来，您就会变成工作的主人。灵活机动并不是坏事。

唉！与其说救助穷人，不如给穷人建议，而我亲爱的主人宁愿穷下去也不愿变得灵活一点，因为这意味着从周遭环境中获得好处或是利用身边的人。

我们的生活十分规律：一大早，主人就去上班，他的儿子去上学。我一个人待在家看着房子，如果不是经历了香榭丽舍大街上的那段生活，意识到休息有多好，我可能还会觉得有些无聊呢：安静是那些不幸者的幸福。一天结束后，我们聚在一起吃晚餐。我们过得很拮据。我还记得，那时很怕挨饿：富人只会给和拿，而穷人是要分享的；我从主人手里接过我的那份面包。除了贫穷，我们的生活还是可以接受的。但主人回家时，心里常常很烦躁。我看了以后心里很难过。

"上帝啊！"他痛苦地重复道，"部里又提到人事要变动。如果我失业了，我们怎么办啊？我们几乎没有钱了。""可怜的父亲，"儿子听到这消息，两眼泪汪汪地说，"等我大了，我就能挣钱了！""你还没长大呢。"主人回答道。

"去找国王，"儿子对他说，"让他给你点儿钱，反正他钱多。"

"亲爱的孩子，"老人抬起头，"只有乞丐才真的悲苦；而且国王似乎也没有那么富裕，何况，他自己也有很多地方要花钱，不是吗？"

既然富人都说他们也是穷人，我想，为什么穷人就不说自己都是富人呢？"

"外公，"小野兔钻到外公身后，一定要得到个回答，他用尽吃奶的劲喊道："外公，你总是提到国王和部长们。那些是什么人啊？国王比部长还大吗？

"安静，孩子，"老野兔对最小的这个孩子说，"国王跟你没关系，他跟任何人都没关系。我们甚至不知道那是一个人还是一样东西。在这点上我们还没达成一致呢！至于部长们，那是一些砸别人饭碗的人，但也会失去自己的饭碗。对于这个回答你满意了么？"

"噢，噢。"小野兔很高兴。据我观察，他开始认真听外公的解释了。看来我们还是应该认真地跟年轻人说话！

一天，我的主人八点出门，像往常一样，第一个到了办公室。办公室的杂勤人员，好像不是很开心，很想跟他聊天（多么悲惨），告诉他当天必须要裁掉老职员换成新的了。第二天，出门前，他收到了一封盖着红印的信，是由一个士兵送来的。他等着儿子上学后才拆开这封信，激动地看了很长时间后，然后跪倒在地，嘴里喃喃叫着上帝和他小儿子的名字，接着就昏了过去。八天后，他死了，临死前，脸上的表情很痛苦。

我哭了，像是失去了一位兄弟。我一辈子都忘不了他。

我们卖了他的床和桌椅，付清看病的钱、买棺材、缴清房租。房东是一位很冷酷的人，叫秃鹰先生。最后，我们送走了他。他的儿子一无所有，孤零零地跟着他父亲的棺材走了。

这个房间让我感到太过悲伤，我打定主意也要离开这里。而且，我也不打算认识第二天就要住进来的新房客。

在巴黎，这种小房间也许见证了五六百人的死去。夜幕降临，我悄悄地下了楼梯。不需要叫人打开门，因为这儿既没有门房也没有哨兵，跟我在杜伊勒里宫的住处完全不一样。

一来到街上，我就左转，然后直走，不知怎地，就来到了香榭丽舍大街附近。我一点都不想在这儿散步，只是急于离开巴黎。我灵巧地穿过星形广场的凯旋门，但还是忍不住回头，扫了一眼这座我再也不想回来的大城市：我已厌恶首都泛滥的欢乐。沉睡吧！我大声喊道，沉睡吧，罪恶之城！沉睡吧，巴黎！和你那些不洁的房屋一起沉睡。你永远也无法体会在星光下入眠的幸福。苍穹为盖，花草、树木、溪流装饰着大地，比你那万恶的宫殿和肮脏的下水道不知好多少倍！

五

重回田间——人类不值一提，不过牲畜也好不到哪里去——一只习惯街战的公鸡，挑衅我们

的主人公——手枪决斗

我很快就走进了一片树林，胸中填满了清新的空气。我已经太久没有看见整片的天空，感觉像是第一次见到它一样。月亮似乎变得更美了，高挂的星星闪烁着温柔的光芒，说不出哪一颗更加璀璨美丽。乡间才有真正的诗意。如果巴黎也位于乡间的话，那儿的人想必也会温柔得多。

一大早，我就被一阵金属声吵醒了：两位先生正持剑交锋。我以为他们要决出个生死，结果一到饭点儿，这两位先生就手挽着手离开了。真好，我想，这才是理智者。这两人走了后，又陆陆续续来了许多这样的人，我才发现自己误把一条散步道当成了树林。这里并不适合我：对我而言，没有人类的地方才是乡间；于是我告别了布洛涅森林，继续前行。在一个叫皮托的小村庄旁，我发现了一只公鸡。看够了先生和女士们，我停下脚步，高兴地打量起了这只公鸡。

这是最漂亮的公鸡之一，腿很长，昂首挺胸地走着：它身上有那么些军事因素，让我想起常在香榭丽舍大街上见到的那些法国士兵。

"您打量我很长时间了！"他突然跟对我说，"我觉得您是一只有失礼貌的野兔。"

"什么！"我答道，"难道认为您十分英俊不对么？我从巴黎那儿来，每天只见得到人类，终于见到一只动物，我觉得十分高兴。"

◎ 这是最漂亮的公鸡之一，腿很长，昂首挺胸地走着。

我想，我的回答简短有力，然而他还是被激怒了。

"我是这村里的公鸡！"他喊道，"还没听说过一只凶恶的野兔能在羞辱我后轻松走人的！"

"您吓到我了，"我说，"我并没有任何羞辱您的意思；

我性格十分温和，不喜欢吵架，我向您道歉。"

"我对您的借口不感兴趣！"他回答说，"任何辱骂都要用血来偿还；我已经很久没有战斗了，给您上一课，我才能平息怒火。您现在能做的，就是选择武器。"

"让我来战斗？您是怎么想的？我宁愿选择死亡！冷静点，求您了，让我离开吧！我只是想回到朗布依埃森林，我希望在那里还能找到几个老熟人。"

"老弟，"他回答道，"我们想的完全不同；在彼此尊重的人之间，事情可不是这样进行的。我们会战斗，如果你拒绝，我会攻击你。看，"他指着向我们走来的一头牛和一条狗，"我们的见证人找到了。跟我来，别想着逃跑，我一直看着你呢！"

没有任何反驳的余地，也不可能逃跑。我只好服从。

"所有的动物都是兄弟，"我对牛和狗说，"这只公鸡只是热爱决斗罢了，如果他杀了我，你们也会忍受不了的，因为我的血会溅在你们脸上：我以前从未打过架，也希望自己永远不会打架。"

"汪汪！"狗说道，"这算得了什么，凡事都有个开头。您的天真吸引了我，我想做您的见证人。既然我已经回答了您，您的战斗就是我的光荣：战斗吧！"

"您太诚实了，"我回答他说，"您的行为让我备受感动，但我宁愿找不到见证者；我是不会战斗的。"

"您都听到了，亲爱的牛！"被激怒的公鸡说道，"都是什么年代了！真是不可思议。您会明白的，如果懦弱，别人就会击败我们，胜者为王，败者为寇。"

毫无同情心的牛哞哞地叫了一声，表示赞同，我不知所措。

这些家养动物比那些人类好不到哪儿去，我想。

"我们总有一死，"狗把我拉到一边，对我说，"不如拿着武器战斗到死。我悄悄地告诉您吧，我并不喜欢这只公鸡，打心眼里希望您能赢：您大可以相信我，我不是猎犬，没有任何理由想看到你们野兔受到伤害。别发抖了，亲爱的野兔，拿出信心。战斗不需要真的有勇气，只要做出有勇气的样子就可以了。如果您想平息对手的怒火，不如试着想想别的事儿。"

"我肯定做不到的。"我半死不活地说。

"别这么说，"他答道，"有志者事竟成。既然他让您选武器，别选剑：您的对手习惯使剑，而且冷静。用手枪吧，我会亲自帮您上子弹。"

"什么，您让我用上膛的手枪战斗？算了吧，您说得轻松。如果全力以赴战斗，这只执拗的公鸡不是还有倒钩的利嘴，您觉得这武器还不够危险么？我会尽量避开它的。出于人道，试着调停这场莫名其妙的战斗吧！"

"呸！"公鸡叫道，"用嘴进行决斗！您以为我是个没教养的乡巴佬么？来吧，清算我们之间的恩怨！走进这片灌木丛。我们当中将有一个走不出来！"他补充道，声音高昂得歌唱家都不得不服。

听到这里，我浑身冒冷汗，打算做最后的尝试。

我向狗和牛重申了关于决斗的最新法律，以及见证人可能受到的刑罚。

"您难道是从蓬图瓦兹来的？"他们回答我说，"这些法律就是由不用决斗的人制定的。什么都阻止不了决斗发生。当我们有充分理由互相厮杀时，谁还会去找大法官呢！"

"公鸡先生，"我向对手说，"没有人知道会出什么事：我如此笨拙！万一我误杀了您，想想您的夫人们，我都为她们感到悲伤。和平解决吧，我请求您了。"

一切都是徒劳：证人数了二十五步，我宁愿是按兔子的步伐来数的，而不是按狗的步伐。手枪上了膛。

"您有用手枪的习惯么？"狗问道。

"唉！有的，"我回答道，"但上天为鉴，我从未用枪瞄准谁或是伤害谁。"

抽签将决定两位决斗者谁先开枪。狗转过身，展示他的两只前爪，其中一只是湿的。

我是第一个；公正的上天是偏爱我的！

"拿出勇气来，勇敢点！"证人不断地鼓励我说，"好好瞄准：我讨厌这只公鸡。"

如果他讨厌，我想，他为什么不顶替我开枪呢，我会很乐意让给他的。

我的对手庄严地站在我的面前。

　　"唉！"我大声地说，"我觉得我们在这里站了一个世纪之久：您还生气吗？我们拥抱吧，但愿一切都被忘记。我向您保证，人类有时候就这么做。"

　　"见鬼！"他一边咒骂一边喊，"开枪吧！好好瞄准。因为，如果您打歪了，我发誓我会一枪击毙你的。"

　　这种残忍激起了我的愤慨，血涌上心头，我开始有了信心。

　　"您要挺我，"我向第二个证人说，"您看到了，为了

◎"您要挺我，"我向证人说，"您……尽力。"

阻止这场决斗我已经尽力。"

牛走开了几步，用他的蹄在地上踏了三下：这是开始的信号。我扣下扳机，子弹出腔，我们两人都跌在了地上。我是紧张地跌倒了。而那只公鸡，他已经死了，死于自己的顽固。一只围观了整场决斗的水蛭宣布了他的死亡。

"干得漂亮！"狗叫道，把我高高举起，"您帮了我一个大忙。这只该死的公鸡跟我住在同一个农场，他和母鸡们一个点睡觉，可一大清早，他那乏味的歌声就会吵醒所有人。我们宁愿不看日出，也不想有这么一位邻居。"

"我倒是没想到这一点，"牛说，"确实，多亏了这只勇敢的野兔，我们从今往后就可以睡懒觉了。而且，您的行为没有给法国人丢脸，因为，我怀疑您的对手以前是属于一个英国人的，也是他培养它战斗的。我不知道这值不值得骄傲，但我从未见过在战斗中如此轻率的公鸡。"

我沉痛地看着我的对手躺倒在草坪上的尸体。

"您听见这冷酷无情的悼词了么？"我对着尸体说，"您现在总该明白您引以为傲的斗士名声究竟会带来什么了吧？它会要了您的命。"

"这只不幸公鸡的死你们也负有责任！"我对着牛和狗说，"你们可以阻止这场决斗的。我这个无辜者本来就憎恨这场决斗：我永远都觉得死神是可憎的！"

我怀着悲伤重又向着朗布依埃出发，眼前总是浮现出那具染血的躯体。但随着我的前行，这些悲惨的画面也渐渐

◎ 我们宁愿不看日出，也不想有这么一位邻居。

隐去。平静的乡村画面可以抚平最痛苦的创伤。当我再次站在亲爱的朗布依埃森林中，生命中最初的回忆使我忘却了伤痛。回来几个月后，我就尝到了身为人父和祖父的幸福滋味——剩下的你们就知道了，亲爱的孩子们。现在，你们可以去玩耍了，我说。

听到老野兔的这句话，听众们都醒悟过来。他的故事讲到最后一段时，大家已经一片寂静。孩子们觉得这故事太有趣了，但是长了一些。不等他们的祖父说第二遍，立刻就消失在草丛里了。

"喜鹊夫人，"小野兔揉了揉眼睛，问，"外公说的都是真的么？"

"嘿！"我回答道，"祖父们就像善良的上帝，他们永远不会骗人，也不会说谎。"

六

"我亲爱的喜鹊，"野兔对我说，"自从我回到田间，我开始客观地审视这世上的一切，有了些自己的见解，虽觉得有些局限，但还是想和您分享。这可能是一些大胆冒失的结论。我觉得啊，我们大概永远都不知道怎样才能幸福。但是真的一定要追求幸福么？

"在人类身上，对于幸福这一奇特的追求已经走向疯狂，他们固执地相信自己注定是要解决这一难题的。那些哲学家们，他们的工作就是找寻这一谜题的答案，然而徒劳无功，至今还在寻找——有些人，满足于自我陶醉，幼稚地认为幸福就是爱自己；另一些人，要谦逊一些，总是望着天空，询问上帝，仿佛上帝欠他们一个答案。还有一些人，尽管他们像约伯一样贫穷、受人排挤，但他们会告诉你，接受现状吧！然后他们会以身作则，因为他们能够做到。也有一些人会要你学会克制，而他们自己则很肆意。最固执的人直到生命的最后一天都觉得明天……就会幸福；但大多数人，同意莎士比亚的观点，认为最好没有来过这世上。

"那我们能得出什么结论？在这个世界上不存在幸福，'幸福'这个词在所有语言中都是多余的。追逐大家都找不到的东西是很荒谬的，而放弃，却很容易，因为毕竟所有的人都要无可奈何地放手。

"至于我，我还在怀疑是否该感谢上帝让我们生在动物世界里。而且，关于幸福，野兔和人类的观点也大不相同。

"毫无疑问，人类是没有资格获得幸福的，在他们身上有恶的本性，我们会看到兄弟反目。（难道争斗后就不再是兄弟了？）他们有监狱，有法院，有各种疾病，甚至只有一层薄薄的皮肤，被玫瑰树一刺，就会流出血来。他们还有贫穷，野兔是不懂的，在阳光和百里香前，所有的野兔都是平等的，并且就像荷马说的那样，甚至还有人在富饶的土地上乞讨。

"但是，野兔的命运更好么？我想，只有力量均等，才能拥有相同的权利。而野兔惧怕人类，惧怕猎狗，惧怕大炮，一只合格的野兔也不能肯定可以在这世上安稳地活下去。我可以毫不犹豫地说，幸福是不可能的。既然大家都在追问幸福在何处，那就可以说，它根本不存在。因为，就像

◎ 还有人在富饶的土地上乞讨。

圣奥古斯丁所说的那样：'如果说痛苦不存在，至少还有对痛苦的恐惧。而这种恐惧，并不是什么好东西。'所以，重要的不是寻找幸福，而是躲避痛苦……

"现在，亲爱的喜鹊，我说完了。"

"感谢您一直听到最后。懂得倾听也是值得赞扬的。在这之前，喜鹊并没有这方面的天份。"他有点狡黠地对我说，"保存好这份手稿，我就让您当保管人了。当这些小野兔们过了玩要的年纪，在我去世后，您就可以出版了。墓外回忆录是很有价值的；现在这个年代，死者总不乏赞扬，活人可以借着大赚一笔。"

先生们，这就是野兔的回忆。我承认，你们要感谢我嘴不紧。叙述者还没去世，我就把稿子交给你们了。我希望我的朋友原谅我让他生前就出了名，希望他不会拒绝提前品尝光荣的滋味。一只诚实的动物永远有权利看到他自己的不幸经历被写成故事。

请鸢、雀鹰和其他只为逝者歌唱的诗人先生们，善待我这位朋友，好像他已经去世了一样！

鳄鱼的回忆

E.德拉贝多里埃尔

两位主编猴子与鹦鹉先生的开场白

亲爱的读者们，你们一定会问我们是如何弄到这篇稿子的。因为，在动物作家当中，鳄鱼非常少见。他对其他种类的动物并不十分友善，相比于文学造诣，他们更出名的是难以满足的贪欲。这篇文章对我们来说十分特别，就好像人类中那些"什么都吃，什么都不做"的游手好闲者突然写了一本文学作品。鳄鱼可是只吃不写的。

人类建自然史博物馆，是为了证明他们是多么缺乏创造力。如果你们中有人愿意去那儿参观一下，就会看到这篇文章的作者被挂在一楼的一个展厅里。六个月前，人们在勒阿弗尔的水池里发现了他，先将他打晕，然后轻松地制服了他。在确认他的身份时，人们在他身上找到了一份用阿拉伯语写的手稿，于是立刻寄给巴黎的一位东方学者，但后者表示翻译不了，说自己只是个法国高中的一个阿拉伯语老师。法兰西科学院正准备研究这份神秘的手稿，一只上了年纪的鹳，因为最近的一场火灾离开了圣让德亚克，他给了我们一份可靠的副本，我们便赶紧交与各位来品鉴一番。

如果不是命运让我来到这么陌生的环境，我这辈子都不会想到要写自己的回忆录；不过，既然我已永远离开了家乡，但愿发现我尸体的人能了解我的快乐与悲伤。

我从来不认识自己的父母，其他很多鳄鱼也和我一样，但我比他们更坦率地承认这一点。我高贵的品位总让我觉得，我的祖先应该是蜥蜴一族，鳄鱼之城的神甫们还为他们摆过祭台。我对美食的爱好和游手好闲的性格也证明了我的贵族血统。

在夏日一个明媚的早晨（我的故事开头就像一部现代小说），我啄破了蛋壳，第一次看见了光明。我的左手边是矗立着狮身人面像和金字塔的沙漠，右手是尼罗河和开着花的劳乌达岛，岛上的小径旁长满了无花果树和橘子树；这样美的场景激发了我的想象力。我快步走到河里，吞下了一条路过的鲜美肥鱼，开始了我美食家的职业生涯。在我出生的沙滩上还有大概四十来个类似的鳄鱼蛋，不过我丝毫不关心兄弟们的命运。无论他们是被水獭或獴吃掉，还是安全诞生，都无所谓。对于真正的鳄鱼来说，家庭关系不正是需要被打破的吗？

十年来，我勉强用水鸟和流浪狗糊口；到了懂事的年龄，也就是大多数人开始胡说八道的年纪，我开始思考哲学，结果如下：

"大自然，"我心想，"把她最罕见的宝贝都给了我们：迷人的外表、美丽的身材，大得惊人的胃口。善良的母亲啊，她给了我一切！我们应该好好利用她的恩赐。我适合爬行生活，那就过着懒洋洋的生活吧；我有四排利齿，那就去撕咬别人，而不要被别人咬死。学会享乐的艺术，活出自己的哲学，别理会别人的态度。远离婚姻吧，既然可以自己独享一只猎物，又何必与他人分享？何必白白牺牲自己，而去养大一群忘恩负义的白眼狼呢？"

这就是我的行为准则，河边那些美丽的蜥蜴也动摇不了我想单身的决心。只有一次，我对一只五十二岁的年轻鳄鱼动了真情。主啊！她是多么的美丽！扁扁的头部就像被老虎钳夹过一样；爱笑的嘴总是张得大大的，像胡夫金字塔的入口深不见底，黄色眼皮下的一双绿眼睛像是随时要溢出尼罗河的水一样，粗糙不平的皮肤上布满了深绿的斑点。尽管如此，我还是抗拒了这些诱惑，斩断了可能会绑住我的所有亲密关系。

几年间，我都满足于捕食岸上的动物或是河里的居民。

我还不敢追随那些老鳄鱼，去跟人类开战。但有一天，拉赫曼尼的郡长从我巢穴旁经过，在他的随从反应过来以前，我就将他拖入了水中。他肉嫩又鲜美多汁，大概所有拿着大笔薪水却又无所事事的人都是这个味道。在我现在所住的地方附近，还有很多像他一样的权贵，我很乐意将他们当作晚饭。

从那时起，我就开始嫌弃动物：人肉要好吃得多……何况他们还是我们的天敌。我很快就在同胞们中获得了大胆和会享乐的名声。每次节日我都是国王，每次宴会我都是主席；尼罗河见证了我们的豪华盛宴，欢声笑语响彻河岸：

朋友们，吃掉聪明人来成就你们的荣光；
让我们的盛宴一直流动到东方的天空下，
信徒们，不管虔诚与否
让我们无情地痛饮一口。

人类妄想统治两栖动物，
以为我们是服从他们的蜥蜴，
他们将在水下失去力量和生命，
他们只有三十二颗牙齿！

他们打仗是为了给我们带来食物，
当他们把武器瞄准我们，

我们覆有坚硬鳞片的背部，

他们的子弹怎么也不能穿透。

他们永远吃不到我们的肉，

而我们则会大口吞掉这讨厌的敌人。

从前，为了避开我们可怕的利爪，

他们把我们当做神一样祈祷！

回历①1213 年，共和 7 年热月 3 日②，也就是公历 1798 年 7 月 21 日，在芦苇床上打盹的我，被一阵罕见的喧闹声吵醒。安巴贝城旁尘土飞扬，两支大军对垒：一边是阿拉伯人，穿着金色胸甲的马穆鲁克骑兵，骑着高大的骏马，在阳光下闪闪发光；另一边是些外国士兵，戴着饰有红色翎毛的黑毛毡帽，身着蓝色制服和发脏的白色长裤。法兰克军队的首领是个苍白瘦削的矮男子③，我开始同情这些士兵，竟然由这么一个孱弱的人指挥，我一口就可以把他吞掉。

这个小个子男人说了几句话，并用手指着金字塔顶。士兵们纷纷抬头，但什么都没看见，所以显得非常兴奋。他们步调一致地向敌人冲去，就像彼此连在一起一样。阿拉伯人和骑兵们瞬间四下溃散，有些掉进了尼罗河中。那天我们

---

① 伊斯兰历，公元 639 年为其纪元。
② 从建立之日 1792 年 9 月 22 日起。
③ 拿破仑。

好好地饱餐了一顿。

我们希望法兰克人赢，但很快他们的存在就对我们造成了负担。陆地上都是西方士兵，尼罗河里满是船只。想要开凿运河的工程师们来来回回地驱逐鳄鱼，实地测量、几何工程让河流全乱了套。我已经离开了原来的家，去到了赛义德港，在底比斯和卢克索废墟附近，我度过了很长一段快乐的时光，像主人一样在塞索斯特利斯的宫殿里散步，学习古埃及象形文字，虽然什么都看不懂。我和欧洲学者一样，吃吃睡睡，和朋友聊聊天。我之所以称他们是朋友是因为找不到别的词。在很多年后，我才重新看见那些西方人；他们在卢克索附近扎营，在五百根巨柱当中发现了一块阴郁的大石头，便用绞盘、绳子和各种机器将它运到了尼罗河中一个潮湿的建筑旁边。这块石头，以前只是一座埃及庙宇的装饰，现在，说是被放在了欧洲最美的广场上，由喷泉环绕，喷泉里的水浅得放不下一只年幼的凯门鳄。所有的东方学者都认不出这庞然大物上的文字。尽管我对商博良 ① 发明的学科所知甚少，但我觉得这上面写了一些关于如何使用鳄鱼的箴言。考虑到那些人现在这么厉害，我相信他们是掌握了一部分诀窍的。其中有几条箴言是这样的：

亲爱的女仆会喜爱

① 商博良 (1790—1832)，法国埃及学家和语言学家，第一个成功地破译了埃及象形文字。

绝对会喜欢

利己主义者始终如一
如此地倔强固执

绝不要拿走方碑
不管通过武力还是协商

你将会付出惨重的代价
如果非正义地拿走它们

　　对石头上文字一知半解的人们竟然想出要捕猎鳄鱼，
其中一人尾随我，并向我扔了一把十字镐，尖利的镐头刺瞎
了我的右眼，痛楚使我失去了知觉，而等我醒过来的时候，
天哪！我被绑着，成了人类的俘虏！我被带到了卡海伦，异
教徒称它为开罗，暂时住在一位外国领事家中。这里沉默时
的响声也比金字塔前的战役大。这里也打仗，只是用嘴而
已。在这里，大家从早吵到晚。因为都在大声说话，结果谁
也听不见谁，我只知道是关于东方问题！竟然没有一只鳄鱼
跳出来咬死他们，让他们的意见达成一致！

　　那个绑住我的水手，说我不配被送给若弗鲁瓦·圣伊莱
尔先生。一到了勒阿弗尔，就把我卖给了一个街头卖艺人。
噢，痛啊！我的两颌已因寒冷而麻木，我被放在一个大木桶
中，展示给一群目瞪口呆的愚蠢人看。卖艺人在他的棚子门

口喊道："进来吧，女士们先生们，现在，这只有趣的动物要进食了！"他的语调那么有感染力和说服力，以至于我不由自主地张开双颌，吞下了那些食物。唉！这个阴险的人，他怕我恢复力气而威胁到他们，老是不给我吃饱。

◎ 他除了最突出的部位——肚子，就没什么引人注意的地方了。

　　一个经营贴现票据的老商人，向卖艺人预付了一点钱，为我赎了身，扣押在小动物园里。我是园里最漂亮的动物，相比之下，其他动物都显得笨手笨脚的。两天后，他把我当作现金，转给了一个花花公子，就是这个举动加速了这个花花公子的破产。我被关在新主人乡下房子的水池中，每天吃他盛宴的残羹。听仆人们（这些内奸，幸亏蜥蜴类动物不认识他们）说，我的主人是个四十五岁的年轻人，有名的美食家，有两万五千镑年金收入，由于供货商的善良，他可以花掉二十万。他逃避婚姻，认为婚姻只要在滑稽剧的结尾出现就好了，只想享受生活。在外貌上，他除了最突出的部位——肚子，就没什么引人注意的地方了。尽管他有时去五十法郎一人的餐厅吃饭，在家里却经常接待客人。为了找寻各种快乐，他不惜去库尔蒂耶远足；这位尊贵的公爵先生，不止一次醉醺醺地从化装舞会里出来，被巡逻队抓住，引起当地居民的极大愤慨。他穿着厚重的衣服，大家根本认不出那是巴黎的上流贵族。

夏天的一个夜晚，我的主人喝酒之后，和一群人来到池边看我。有些人很喜欢我的样子，另一些却说我很丑，不过大家都觉得我和他们的朋友长得很像。这些傲慢的家伙！要是我能吞下一个这种纨绔子弟该多好！"您为何要养这么个怪物呢？"一个掉了牙的老家伙问道，他明显比我更称得上是怪物。"如果我是您，我就把它杀来吃。一些非洲部落的人信誓旦旦地说鳄鱼肉十分可口。"

"我相信！"我的主人说，"这个主意不错！厨子，明天我们要吃鳄鱼肉排。"

◎ 这位尊贵的公爵先生，不止一次醉醺醺地从化装舞会里出来，被巡逻队抓住……

　　所有食客都拍起了手。厨子弯下腰来，我躲在水池下面，心在发抖。被判死刑的那个夜晚，恐怖至极。第二天，借着第一缕晨光，我看见那可憎的厨子在磨刀，一把要穿透我五脏六腑的大菜刀！他由两个保镖护着，慢慢靠近我，其中一个解开我的锁链，另一个对着我的脑袋猛烈地敲了二十二下。如果不是突然有声音吸引了刽子手的注意，我也许就这么完了。我看见我的主人被四个凶神恶煞的人包围，苦苦挣扎着，其中一个手里拿着块表：五点的钟声敲响起了。我听到有人大喊："去克里希!"一辆汽车在马路上行驶。我顾不上问太多,抓住这个大好机会,跳出水池,快速穿过花园,来到河边,顺着河水游走。一路来到了勒阿弗尔。

我的自我隔绝是一切痛苦的来源,因为,要是当初我成了家,危险时刻就会有人救我,我今天也不会孤独地流亡,只吃些难以消化的软体动物……

退潮了……许多水手在海堤上站住,向我这里望来……主啊!请保佑我……

心烦意乱的英国母猫

巴尔扎克

当你们第一次会议的简报抵达伦敦时，法国朋友们啊，动物改革者们真是激动坏了。我有无数证据证明，动物比人类高明。作为一只英国母猫，我看到盼望已久的机会来了，我想出一本关于自己的小说，来讲讲我如何被英国虚伪的法律折磨。老鼠们（自从庄严的议会颁布议案后，我就立志要尊重他们）已经两次把我送到科尔伯恩家。看到年老的小姐和中年妇女甚至刚刚结婚的年轻少妇都在修改自己的作品清样，我寻思，我也有爪子啊，为什么不也这样做呢？大家总是忽略女性的意见，尤其是写作的女性。作为一只母猫，英国式奸诈的受害者，我更应该说出自己的想法，写得越多便越能填补那些烂在出色的女性肚子里的东西。我雄心勃勃，想成为伦敦的猫小姐。法国的猫朋友们啊，希望你们能考虑我可贵的努力。在我们这个品种中诞生的最大的家族就是穿靴子的猫[1]，那是广告里永恒的形象，还没为他立雕像呢，就有那么多人类在模仿他。

我出生在猫郡的一位部长家，就在小城喵布里附近。我母亲的生育能力太强了，结果弄得她的每一个孩子的命运都很悲惨，因为，您知道，不知什么原因，英国的母猫丝毫不节制生育，弄得子孙几乎都要遍布全球了。公猫和母猫却把这一结果归功于它们相亲相爱，具有美德。不过，一些鲁莽的观察者却认为，英国猫要遵守一些十分讨厌的社会礼仪，只能在这种家庭亲昵中找到乐趣。还有人声称，这涉及工业和政治方面的大问题，因为英国对印度实行统治。不过，谈论这些问题对我来说不合适，还是留给《爱丁堡评论》吧！我侥幸没有被人类依照宪法溺死，因为我有一身雪白的毛，而且我的名字叫作美猫。唉！部长太穷，有一个老婆和十一个女儿，所以没法儿把我留下来。一位老处女发现我对部长的《圣经》情有独钟：我总是趴在上面，并不是因为宗教原因，而是家里找不到其他干净的地方了。她大概是认为我属于动物中比较有神性的一类，像巴兰的驴子[2]，于是就把我领走了。当时，我只有两个月大。这位老处女，经

---

① 《穿靴子的猫》是法国作家夏尔·佩罗的童话作品，讲述一只聪明的猫为了帮助穷困潦倒的主人翻身，向主人要了一双靴子和一个布袋，穿过荆棘到森林里打猎。它把每次获得的猎物都献给了国王，最终帮助主人得到了国王的青睐和公主的爱慕。本故事与《穿靴子的猫》在一定程度上有共通性。
② 暗指17世纪荷兰画家伦布朗的名作《巴兰的驴子》。

常举办晚宴，用茶和《圣经》来招待客人，她试图给我讲述夏娃的女儿们的知识宿命；她用一种新教的方式做到了，就是不断地跟你长篇大论，谈论个人的尊严和对外义务，说到你不想再听，宁愿选择殉道。

一天早上，我这个大自然可怜的小女儿，被碗里的奶油所吸引，那上面还躺着一块松饼。我把爪子伸向松饼，又舔了舔奶油；接着，可能是太高兴了，也可能是小猫的器官还不成熟，我实在忍不住，在打了蜡的地毯上撒了一泡尿。老处女发现这一罪证之后，骂我放肆、没教养，抓住我，用桦树条狠狠抽打我，还说，如果她不能让我成为淑女就抛弃我。

"这算是好的了！"她说，"要知道，美猫小姐，英国的母猫一定要神神秘秘掩盖住有损英国尊严的天然本性，禁止一切不得体的行为，做事情，要像尊敬的辛普森神甫所说的那样，遵守上帝关于造物的法则。您可曾见过大地有失礼的行为？您难道不属于动物中神圣的一类，他们周末会慢慢地散步，让别人感觉到自己真的在散步。宁可被千刀万剐，也不能表露自己的欲望：这才是圣人的品质。母猫最优秀的天赋就是天赐九命，去别人不知道的地方如厕。这样，您向世人展现的就只有优雅。看到您的外表，人们都会误认为您是天使。从现在起，要是再出现类似的欲望，就看着十字架，装出想出去散步的样子，然后跳到矮树丛或屋檐上去。如果说水是英国人的骄傲，那是因为他们知道该如何将其利

◎ 老处女发现这一罪证之后，骂我放肆、没教养。

用，而法国人傻傻地让水白白流走，因为他们对水太冷漠，以后都不会有海洋了。

凭借一只母猫的简单直觉，我觉得这些说法中有很多虚伪的地方，但我当时太小了，没有听出来！

"上了屋檐之后怎么了？"我看着老处女，问。

"一旦确定没人看得到你，就你一个人了，美猫啊，那你就可以放下礼仪了，释放你在公众面前压抑的本性。这就能体现出英国道德的完美之处了，英国的道德只看重表面。唉！这个世界不过是由表面和欺骗构成的。"

我承认身上的所有动物天性都在反抗这些欺瞒，但被打了多次之后，我终于明白，外表整洁就是一只英国母猫的一切。从那时起，我习惯了在床底下偷偷藏起自己喜爱的糖果和好吃的食物。再也没有人见过我吃饭、喝水或是上厕所。大家都把我当作猫中之猫。

这时，我发现那些自诩聪明的人类其实很蠢。在女主人交好的圈子中，有一位辛普森先生。那是个笨蛋，衣来伸手，饭来张口，他的主子是个有钱人，他总是用宗教来解释动物的行为。一天晚上，他见我在舔杯子里的牛奶，便夸奖女主人把我驯养得很有教养，说我先舔盘子的边缘，然后绕着圈一点点往里舔。

"您瞧，"他说，"就像在一个神圣的圈子里，一切都会趋于完善：美猫有一种对永恒的感知，因为她一边舔牛奶一边画圈，而那个圈就是永恒的象征。

我差点本能地脱口而出，说猫很讨厌弄湿自己的毛，所以我才这样喝牛奶；那些学者总是误解我们，他们急于炫耀自己的看法，从来不去认真研究我们是怎么想的。

先生女士们抱我时，会用手抚摩我雪白的背，我的毛富有光泽，老处女骄傲地说："你们完全不必担心被她抓坏衣服，她可是很有教养的！"大家都说我就像一个天使，人们大方地送给我最精美的糖果和好吃的东西，但我却讨厌糖果。我很理解隔壁家一只年轻的母猫为什么和一只公猫私奔。公猫这个词对于我就像一块心病，无论受到多少赞美都无法治愈。女主人常表扬我说："美猫是一只很有道德的猫，是个小天使。不管自己多么漂亮，她都装出不知道的样子。她受到过良好的贵族教育，从不瞧别人一眼。的确，她很大方地让大家看她，却有一种我们都希望我们的年轻的小姐们拥有的冷漠气质。她等我们让她来到身边时才来，绝不会主动跳到你腿上。从来没有人见过她进食，拜伦爵士家的那只猫就深深迷恋着她。作为一只真正的英国猫，她爱喝茶。我们讲《圣经》时，她显得格外严肃，她对任何人都往好的方面看，这也使得她能听到上帝的声音。她很简单，不矫揉造作，不在乎金银珠宝。给她戒指，她也不为所动，她也不像那些整天跑来跑去的野猫，喜欢待在家里，安安静静，有时你们甚至会以为那是伯明翰或曼彻斯特制造的一只机械猫，可以说，她是有家教的猫中的佼佼者。"

◎ 我的女主人请来一位年轻的小姐弹奏唱歌。

　　人们称作教养的东西只是一种用来掩盖天性的习惯，我们一旦完全失去了自然的天性，他们就说我们有教养。一天晚上，我的女主人请来一位年轻的小姐弹奏唱歌。当那位小姐坐在钢琴前开始弹唱时，我立刻就听出这是儿时听过的爱尔兰曲调。我忽然明白，自己也是个音乐家，于是便加入跟那位小姐一同演唱。可是，她获得了赞扬，我却挨了一顿暴打。这种极端的不公正让我感到愤怒，我逃到了阁楼上。那是对祖国神圣的爱啊！多么美妙的夜晚！我记得很清楚，在屋檐上生活是什么样子的！我听着公猫向母猫们吟唱的动听小调，觉得主人强迫我学习的那些虚伪的东西是多么可笑。几只母猫发现了我，对我的出现表现出不满。一只毛发茂密、长着漂亮胡子的公猫打量着我，然后对他的同伴说："这只是个孩子！"听到这些话，我不服气地跳到屋顶，身手敏捷地蹦跳起来。我灵活而温柔地四肢落地，没有任何动物能够模仿。我想以此证明自己并不是个小屁孩。然而这些努力都白费功夫。"什么时候也会有人来给我唱支赞歌啊！"我自言自语道。这些公猫的外表，他们的歌曲，他们那种人类无法匹敌的嗓音深深地打动着我，我在走楼梯时也忍不住哼上两首小诗。然而，一件突如其来的大事终结了我的这种单纯的生活——我要被女主人的侄女带到英国去了，那是个富有的继承人，对我可谓是神魂颠倒，常常吻我，热情地爱抚我，让我感到很享受。我违反了我们的习惯，也十分依恋她的举动。我们几乎形影不离，我也借机饱览了伦敦的大千世界。也是在那儿，我研究了英国奸诈的习俗，连那儿的动物都这样。我还领略了拜伦爵士所诅咒的伪善，我也跟他一样，深受其害，却没有机会跟大家讲述我的快乐时光。

　　我的新主人阿拉贝尔是位年轻的小姐，像英国的其他小姐一样，她并不清楚自己想嫁给谁。她们完全没有自己选择自己另一半的自由，这让很多小姐几乎要抓狂，尤其是当她们想到要严格遵循英国习俗时，习俗要求她们在婚后不能跟异性单独交谈。我远没想到，英国的母猫们也接受了这种严苛的管制，英国的法律会对我如此残忍，也没想到我会受到残酷的英国法庭的审判。阿拉贝尔热情地接待每位登门拜访的绅士，大家都以为能娶到这位漂亮的女孩。但当事情要有个结果时，她总会找到各种理由一刀两断。我须承认，在我看来，这种做法不是很得体。"嫁给一个走路外八字的男人？绝不！"这是她对一个求婚者的判决。"至于这个矮子嘛，他是个塌鼻子。"我对人类毫不关心，也不懂这些仅根据外表就做出的决定。

终于有一天，一位英国老贵族看见我之后对我的主人说："您的猫很漂亮，她跟您很像，毛发雪白，年轻漂亮，缺的只是位好夫婿。请允许我向您介绍我家的那只安哥拉猫。"

三天后，他带来了我见过的最漂亮的贵族公猫。普夫身着黑色长袍，有着最美丽的黄绿色的眼睛，却透着些骄傲和冷漠，尾巴有一圈圈的浅黄色，用那柔软光滑的毛轻轻地扫着地板。也许他生在奥地利皇室，因为正如你们所见，他身上带有奥地利皇室的颜色。他的举止也透露出这是只见过世面的猫。他对着装如此讲究，以至于绝不会在人面前用爪子搔头。普夫去过不少地方旅游。听说，因为他惊人的美貌，还被英国女皇抚摸过。天真幼稚的我，扑到他的脖子上，想邀请他一起玩耍，但被他拒绝了，理由是他不想当着大家的面这样做。我发现英国老贵族把这种英国人称为"体面"的虚伪做作归因于普夫的年纪和餐桌礼仪。人们羡慕他丰满的体型，但这已经阻碍了他的行动。这才是他拒绝我的温柔的真正理由。他就一直那样，冷静地待着，抖动着胡须，看着我，不时闭会儿眼睛。在英国猫界的上流社会，普夫可以说是一个部长家出身的母猫能找到的最富有的配偶了：他有两名仆人，用中国瓷器进餐，只喝红茶，乘轿车去海德公园，还可以出入议会大厦。我的主人把他留了下来。我完全不知情的是，全伦敦的猫都知道了猫郡的美人小姐要嫁给有着奥地利毛色的尊贵的普夫先生了。入夜，我听见街上有音乐会的声音，便和英国绅士一起下楼，他由于痛风走得很慢。贵族小姐们都来祝贺我，并邀请我参加她们的爱鼠社团，还解释说，其实就是追逐老鼠。她们说的话都那么惊人、粗俗。最后，为了祖国的荣光，她们还组建了一个节欲社团。几个晚上后，英国绅士和我来到了阿尔玛集中营的屋顶，听见一只灰猫正在发言。他好像在布道，言必称"听着！听着！"，它试图证明圣保罗在谈论爱德时，也是针对英国的各位猫咪的。所以，所有的英国猫，哪怕是不畏海水，坐着大船漂洋过海的猫，都有义务宣扬爱鼠道德原则。并且，在世界各地，英国猫难道不是已经开始宣传我们社团提倡的神圣教理了吗？这些教理都是有科学依据的。解剖了大小老鼠后，人们发现，它们和猫并无太大区别。所以，猫对老鼠的压迫是违背动物权利的，这可比人权来得更神圣。"他们是我们的兄弟。"他说，然后画了一幅蝙蝠被猫吞下的悲惨图画，场景如此栩栩如生，让我都开始落泪。

看到我被这番讲话打动，普夫阁下悄悄告诉我，英国打算和蝙蝠跟老鼠做笔交易；如果猫不再捕食蝙蝠，那蝙蝠的行情会更好。在所谓的英国道德背后，总是有些算计：给重商主义披上道德的外衣，这才是英国在打的真正算盘。

对我来说，普夫太像一个政客，而绝不是一个好丈夫。

一只乡下猫指出，大陆上的猫，每天都在为天主教牺牲，尤其是在巴黎，在栅栏附近。（大家对他喊道：跑题了！）除了这种残酷的迫害，现在还要加上这种可怕的诽谤，把这些勇敢的动物当成是兔子一般的胆小鬼。他把这种谎言和野蛮归咎于英国国教的愚昧无知，它只在政府、外务和内阁问题上允许谎言和欺诈。

大家都把他当成激进分子，在白日做梦。"我们在这儿是为了英国猫的利益，而不是为了所有的猫！"一只暴躁的保守党猫叫道。普夫阁下已经睡着了。大会散会时，我听见一只来自法国议会的年轻公猫说出如下动人的语言，他的口音暴露了他的国籍：

"亲爱的美猫，很久以来，大自然都无法再造出像您一样完美的猫。相比于您细软光亮的皮毛，来自波斯和印度的山羊绒就像骆驼毛一样逊色。您散发着天使闻了都会幸福得晕过去的香味，我在塔列朗王子的沙龙里就闻到了，于是赶来参加这个你们称为'会议'的蠢事。您眼睛里的光亮可以照亮黑夜！即使被我的低吟打动，您的耳朵仍那么完美无瑕。在整个英国都找不出比您的嘴唇更粉嫩娇艳的玫瑰。渔夫再怎么打捞，都找不到像您牙齿一样皎洁的珍珠。您的樱桃小嘴是全英国最可爱的小嘴。在您绝世的皮毛前，阿尔卑斯山的雪都显得太黄。啊！这种毛色只能在您身上看到！您的爪子如此灵活，身姿如此优美柔软，完全是造物中的奇迹。但您的尾巴，却优雅地反映出您内心的活动。真是绝了。是的！如此高贵的身体曲线、完美的弧度、精巧的动作，在其他猫身上从未见过。这个滑稽的老普夫您就别管了，他像个英国贵族那样在议会上睡着了，他已经可悲地卖身给人类，因为在孟加拉度过了太长的假日，身上已经失去了吸引母猫的魅力。"

　　我装作没看他，偷偷地打量了一下这只法国公猫：毛发乱蓬蓬的，个子不高，很健壮，和英国猫截然不同。他放肆的表情以及抖动耳朵的方式都说明这是只怪猫。我承认我已经对英国猫的严肃和他们纯粹物质上的整洁感到厌倦。他们追求的"体面"尤其让我觉得好笑。而我面前这只不修边幅、极度放任自己天性的猫与我在伦敦看到的一切形成强烈的对比，让我深感震惊。另外，我的生活如此被动地按部就班，每天都清楚地知道接下来要做什么，所以法国猫的意外出现让我心动了，而其他所有一切都显得很乏味。我明白了，我可以和这只有趣的猫生活在屋顶。他来自法国，这个国家虽然被英国最伟大的将军打败了，却懂得用这些歌词来自我安慰："马勒布鲁格去打仗，米隆冬，冬，冬，米隆丹！"

　　不过，我还是叫醒了普夫，告诉他天已经很晚了，该回去了。我装作没有听布里斯克慷慨激昂的演说，一副冷漠样子，这让那只法国猫愣住了。他待在那里，他对自己的外貌太自信，所以显得格外震惊。我后来才知道，他老是勾引举止端庄的母猫。我用眼角的余光观察他：他小跳着走开，穿过马路，又原路折返，像一只绝望的法国猫。真正的英国猫连心情都会体面地掩饰起来，绝不会让人看见这个样子。几天后，我和普夫在英国老贵族的豪宅见了面，我们乘汽车去海德公园散步。我们只吃鸡骨头、鱼刺、奶油、牛奶、巧克力。尽管这种饮食让人上火便秘，我的未婚夫普夫仍显得很沉稳。他的"体面"也影响了我。通常，他一到晚上七点就睡，睡在打桥牌的主人的膝盖上。所以，我很不开心，无精打采的。内心的这种郁结，加上喝了普夫习惯吃的鲱鱼汤（英国猫喜欢喝波尔图葡萄酒），简直要让我发疯。女主人替我请来一位医生，他出生于爱丁堡，在巴黎学习过很长时间。给我诊断后，他向我的女主人保证第二天就能治好我。第二天，他又来了，从白大褂里掏出一个巴黎制造的器械。看到这个细长管子，前面还接着一根金属针，我感到有些害怕。公爵夫妇看到医生得意地摆弄着这一器械，气得脸都红了，他们大赞英国人的尊严：看一个人是天主教徒还是老派的英国人，该死的仪器似乎比《圣经》更能说明问题！公爵说，在巴黎，法国人都敢在国家剧院演出莫里哀的喜剧时亮出这一道具，而在伦敦，连一个小护士都不敢提它的名字。

◎ 公爵夫妇看到医生得意地摆弄着这一器械，气得脸都红了。

给她吃点甘汞就好了!

"可您这样会害死她的!"医生大声地说,"至于这一无辜的器械,如果哪个勇敢的将军敢当众使用,法国人将提拔他为元帅。"

"法国人怎么解决他们内部的纷争,那是他们自己的问题,"老贵族说,"您我都不知道使用这样的器械会出什么事情,但我知道,真正的英国医生只能用旧英国的药方给病人看病。"

这位医生,刚刚声名鹊起,就在上流社会丢了生意。主人找来了另一位医生,医生问了我一些关于普夫的不得体的问题,并告诉我,英国的真正格言是:"上帝与我的权利……并行!"一天晚上,我听见那只法国猫在马路上叫。应该没有人会看见我们,我便从烟囱里爬到屋顶,大声地对他说:"到屋檐上来!"一听这话,他像是长了翅膀一样,一眨眼就来到了我身边。你们敢相信么,这只法国猫竟敢对我说出如此不得体的话来:"到我怀里来!"他竟然不顾礼节,对一只尊贵的母猫这样说话。我冷冷地看着他,为了给他一个教训,我对他说我是节欲社团的一员。

"亲爱的,"我说,"从您的语气和放纵的言行中可以看出,您像所有的天主教猫一样,准备做无数蠢事,也不打算忏悔。但是在英国,我们的道德观念要严得多:做所有的事情,包括娱乐,都要讲究体面。"

这只年轻的公猫被这段慷慨陈辞所震慑,认真地听着我的话，让我觉得我也许可以让他也成为一只信奉新教的猫。他用华美的语言告诉我，无论我说什么，他都会照做，只要允许他喜欢我。我看着他，不知如何回答，因为他美丽的眼睛像星星一样闪闪发光，照亮了夜晚。我的沉默使他变得大胆了，他喊道："我亲爱的小猫！"

◎ 我的沉默使他变得大胆了，他喊道："我亲爱的小猫！"

"你怎么又胡来了？"我大声地说。我知道，法国猫说话都很轻佻。

布里斯克告诉我，在欧洲，所有的人，包括国王本人，都会称他们的女儿为"我的小猫咪"，以此来表达他们的爱意。很多女士，包括最漂亮、最尊贵的女人，都会称她们的丈夫为"我亲爱的小猫",即使她并不爱他。如果想让他开心,就叫他"我的小男人!"说到这儿,他十分优雅地举起爪子。我立刻就跑了,怕自己一时心软。他开心极了,唱起了《统治吧!大不列颠》。第二天,他动听的声音还在我耳边嗡嗡作响。

"啊!你也恋爱了,亲爱的美猫。"女主人看着我说。我伸展着四肢,懒洋洋地躺在地毯上,沉浸在充满诗情画意的回忆中。

女人的这种聪明,让我感到惊讶。我抬起身,走向她,蹭着她的大腿,低沉地发出坠入爱河才有的那种呼噜声。

女主人将我抱在她的膝盖上,爱抚着我的脑袋。我温柔地看着她,她眼里泪花闪动。这时,邦德街发生了一件事,其后果对我来说十分可怕。

普克是普夫的侄子之一,自称是他的继承人,现在住在骑兵队的营房里。奸诈的普克上尉遇见了我亲爱的布里斯克,先是奉承他赢得了我的芳心,还说我拒绝了英国最有魅力的公猫们。布里斯克,因为法国式的虚荣心,回答说他为能吸引我的注意感到很荣幸,但他不喜欢那些天天谈克制和《圣经》的母猫们。

"哦!"普克说,"那她跟您说话了?"

布里斯克这个亲爱的法国猫,就这么落进了英国式的外交圈套,犯下了无法原谅的错误,激怒了所有举止文雅的英国母猫。这个小滑稽鬼真是太没定性了,竟然胆敢在公园跟我打招呼，还想像老朋友一样跟我说悄悄话。我保持冷静和严肃。车夫发现了这只法国猫，狠狠地给了他一鞭子，几乎要了他的命。布里斯克挨了这一鞭，无畏地看着我，改变了我的想法：他任人鞭打，只求看着我，看到我存在他就感到幸福了，他克服了猫的天性，没有一看到敌人就逃。我就喜欢他这种样子。他绝对猜不到，尽管我表面冷漠，心里却痛苦得要死。从那一刻起，我就决定不再克制自己。当晚，在屋檐上，我狂热地扑到了他的怀里。

"亲爱的，"我问他，"您有足够的钱来赔偿普夫的损失么？"

法国猫笑着回答说："我除了胡须、四肢和这条尾巴，没有任何财富。"

他自豪地用尾巴来回扫着房檐。

"没有任何资产！"我对他说，"亲爱的，难道您只是个冒险家？"

"我喜欢冒险，"他温柔地说，"在法国，如果遇到你说的这种情况，公猫们会打上一架。他们依靠利爪而不是钱财。"

"可悲的国家！他们怎么会把这么贫穷的动物派到国外，派到大使馆里？"

"啊！这个嘛，"布里斯克说，"我们的新政府不喜欢有钱的……员工，他们只寻找有知识的。"

亲爱的布里斯克一边说，一边露出开心的样子，这让我担心他是个自命不凡的家伙。

"没有钱的爱情是没有意义的！"我对他说，"亲爱的，您到处寻找食物果腹时，是无法照顾好我的。"

作为证明，这位可爱的法国猫向我证明，他是穿靴子的猫的后代。而且，他有无数办法可以借到钱，还说，我们只要花钱就是了。最后，他还会些音乐，可以给别人教课。他还真的对我唱起了一首法国的浪漫曲，好听得把我的心都勾走了："明亮的月光我……"

我被各种原因所诱惑，答应布里斯克会追随他到天涯海角，只要他能让他的太太舒舒服服地生活，这时，普克带着一群猫看到了我们。

"我完蛋了！"我大声喊道。

第二天，老普夫在英国法院提出诉讼，控告我语言犯罪。普夫聋了，他的侄子们利用了他这一缺陷。侄子们问他时，普夫告诉他们，说我有天晚上谄媚地喊他为"我的小男人！"这是对我最不利的证据之一，因为我永远说不清是从哪里学来的这种爱称。普夫并不知道这对我的不利，我已经发现他变得像小孩一样，而他也绝不会怀疑这些都是针对我的诡计。许多小猫为我辩护，告诉我说，他有时还会叫着要他的天使，眼里流露出喜悦的光芒，要他的"亲爱的""甜心美人"。我的母亲来到伦敦，但拒绝见我，也不听我解释，说一只英国母猫永远不应当被怀疑，说我给她的晚年生活带来了痛苦。我的姐妹们嫉妒我的人生，站在了原告那一方。而最后，仆人也纷纷做了不利于我的证词。我清楚地看到似乎所有的英国猫都昏了头。只要一涉及罪恶对话，所有情感都烟消云散，母亲不再是母亲，奶妈恨不能将她喂的奶收回，街上的所有母猫都会朝你发出嘘声。但更可耻的是，我的老律师，曾经坚定地相信英国女皇的无辜，我对他吐露了所有细枝末节，他也向我保证这只是件小事，没什么大不了，为了表示我的清白，我向他承认，其实我根本不懂罪恶对话是什么意思（他告诉我大家这么叫正是因为大家太少说话了）；而这位律师，被普克收买了，对我进行了最差的辩护，我的案子看来是没希望了。在这种情况下，我还是有勇气接受律师团的审判。

"先生们，"我说，"我是一只英国母猫，我是无辜的！人们会对老英国的司法作何感想，如果……"

我刚说出这几句话，可怕的咒骂就盖过了我的声音，因为听众都被《猫类纪事报》和普克的朋友们收买了。

"她竟敢质疑创立了陪审团的老英国司法体制！"人们喊道。

"她是想告诉您，先生，"对方的律师可憎地说，"她是如何和一只法国猫爬上屋檐，想让对方皈依，最后却用着流利的法语称她丈夫为'我的小男人'；她想我们听从天主教邪恶的原则，否认老英国的法律和习俗！"

◎ 我是一只英国母猫，我是无辜的！

　　在英国，大庭广众前说这些废话，人们会发疯的。普克律师的话音刚落，就响起了如雷鸣般的掌声。二十六个月大的我，还不知道一只猫意味着什么，就被定罪了。不过，这事也让我明白了，正是因为这些啰唆的废话，人们才把阿尔比恩①叫作老英国。

————————————

① 阿尔比恩，神话人物，勇猛无畏，为世人所敬佩，曾在一个岛屿上建立了自己的国家，并让自己的族群逐渐繁衍开来。后代为了纪念这位领袖，就将他们居住的岛屿命名为"阿尔比恩"，即英国的旧称。

我陷入了严重的厌猫情绪中，倒不是因为我的离婚事件，而是因为我亲爱的布里斯克的死亡。普克怕他复仇，便在一场骚乱中趁机杀了他。从此，没有什么比听到有人说英国猫正直更让我气愤的了。

法国的动物们，你们也看到了，我们走近人类时，也学来了他们的坏习惯和坏体制。还是回到原生态吧，只听从自己的本能，不用违背我们最神圣的天性。眼下，我正在起草一份关于动物界工人阶级的政论，希望他们不要再天天纺纱、推小推车，要懂得避开大贵族的压迫。尽管我们以涂鸦出名，但我相信哈丽雅特·马蒂诺小姐①是会承认我的。你们也知道，在欧洲大陆，文学已经成为母猫的避难所，她们抗议不道德的婚姻专制，反对暴政，想回归自然法则。我忘了对你们说，尽管布里斯克的后背被刀伤贯穿，卑鄙的验尸官却说他是自己服了砒霜死亡的，好像一只如此开心、疯狂、大胆的猫，能如此深入地思考自己的人生，然后做出这么一个重大决定似的；好像我爱的这只猫会无端离开这个世界！尽管如此，人们还是根据马尔什氏检砒法②，在一个碟子里找到了砒霜的痕迹。

---

① 哈丽雅特·马蒂诺(1802—1876)，英国社会学家，其著作《美国社会》讲述了北美新大陆的宗教、政治、儿童养育和移民问题，强调社会阶级区分以及性别与种族等社会因素。
② 英国化学家詹姆斯·马尔什(1794—1836)发明的检测砒霜的办法。

◎ 尽管布里斯克的后背被刀伤贯穿，卑鄙的验尸官却说他是自己服了砒霜死亡的。

蝴蝶历险记

P.–J. 斯塔尔

本故事由他的干妈、中性膜翅目大家族的一位成员讲述。

他的童年——他的青少年——从巴黎到巴登的情感旅行——他放荡的行为——他的婚姻和他的死亡

编者按

我们觉得，除了动物史研究文章，读者也会喜欢读其他东西。所以，我们在此给大家推送一篇在伦敦出版的重要著作节选。作者是英国一位博学的自然学者，写的是昆虫的习俗，尤其是中性膜翅目昆虫。

"中性膜翅目昆虫，是所有昆虫中最灵巧的，寿命也比雄、雌的普通膜翅目昆虫长。上帝似乎很有远见，没有给它们子孙，而是让它们成为孤儿的母亲。大自然自有其道理。中性膜翅目昆虫会照顾其兄妹的幼虫或孩子，而她的兄妹们，依照昆虫既定的法则，生下孩子的那天就会死去。这就要中性膜翅目昆虫来照顾这些失去父母的新生命，帮他们觅食，给予他们无微不至的关心，就像人类的慈善姐妹会一样。"

我们的女作者给我们讲述了她所熟知的蝴蝶的一生。故事中有很多有趣的细节，关于她很熟知的一只蝴蝶的故事，可以作为各国蝴蝶性格和习俗全史的参考。我们有幸征得对方同意，一字不动、完完整整地刊登她关于蝴蝶的来信。我们也希望可以继续刊登一些这种有教育意义、认真负责的作品。

主编：猴子和鹦鹉

———————

编辑先生们：

如果是讲述自己的故事，我就不会给你们写信了，因为我认为自己不可能客观恰当地叙述自己的故事。所以，我要讲的故事都与我个人无关。你们只需知道，如果你们是从别人那里听到我的最新消息，那是因为我得全心全意照顾自己的家庭。

先生们，我孤身一人生活在这世上，不知当母亲的喜悦：我来自中性膜翅目大家族的，但我很不适应孤独，了解了这一点，你们也许就不会惊讶为什么我那么热衷教育事业。一只出身高贵的蝴蝶，曾经救过我一命，他住在巴黎附近的贝勒维森林。由于感到自己就要死了，他恳求我在他死后照顾他即将诞生的孩子。他应该看不到自己的孩子了。

我犹豫了片刻，这很正常。我在想，我要感激我的膜翅目兄弟们，这种感激已化为一种强大的责任感，让我接下了这份艰难的工作。我答应恩人，一定不惜性命，照顾好他托付给我的孩子。那个卵，被他下在了一个花萼上。父亲去世的第二天，孩子就出生了；一道阳光让他破茧而出。

我有点伤心地看着他以一个无情的动作开始了他的一生。他离开了那株风铃草，那是他的养母，一直把他藏在心头。他根本就没想到要向那朵可怜的花做最后的道别。那朵花现在已痛苦地垂到了地面上。

他的第一课就学得很艰难：他像风一样任性，轻率得出奇。性格轻率的人不会意识到自己给他人带来的伤害，而我们往往会因此爱上他们。我就很幸运，或者说很不幸地爱上了这个小东西。尽管说实话，他有着一只小毛虫能有的全部缺点。"毛虫"这个词有点俗，但只有这个词能反映我的真实想法。

　　我总是白白地跟他重复上千遍同样的事情，告诉了他一千遍有些事会带来坏结果；可这冒失鬼比人类还多疑，一点儿也不听我的忠告。我曾以为他在一棵草的嫩叶上睡着了，就离开了几秒，尽管就一瞬间，我回来时却已经找不到他了；我还记得有一天，当时，他的十六只脚勉强能支撑起他的身体，我去拜访邻居蜜蜂耽误了一会儿，他就冒着生命危险，爬到了一颗树顶。

　　一长大，他就不那么活泼了。一时间，我还以为是自己的教导终于奏效了。但我很快就发现，我以为的成熟，其实是一种病态，一种真正的病，他好像浑身都变得麻木了，常常半个多月一动不动，好像进入了冬眠。"你怎么了？"我有时问，"我亲爱的孩子，你没事吧？""没事，"他的声音变了，说，"亲爱的干妈，我不能动了，但我却在身上感受到了前所未有的冲动。我不知道得了什么病，只是一切都让我感到累。别跟我说话，让我安静一下，一动不动就好了。"

　　他已经让我认不出来了。他的皮肤变成了浅黄色，像是干枯的树叶。这个生命实在太虚弱了，就像是要死了一样，我甚至放弃了拯救他的希望，就在这时，借助一道灿烂的阳光，我看见他慢慢地醒来，很快，他就彻底康复了，完全变了个样；个头大了，英俊了，色彩耀眼。四只天蓝色的翅膀神奇地落在他的肩上，他的头上长出了美丽的触角，胸前有红色和黑色的绒毛，六只小脚非常漂亮。他张开眼睛，目光闪烁，抖了抖轻巧的翅膀，蛹消失了，我看着这只蝴蝶飞走了。

我马上扑动翅膀追上去。

他飞来飞去，跳来跳去，大地好像都属于他，所有花朵、光线、造物都为他所有。他太兴奋了，如此猛烈地闯进新生活，我都担心他太年轻，受不了这过于强烈的冲动。

但很快，任性的他就开始厌倦这块他曾经爱过的草地，这片他已经烂熟于心的乡野。他感到了烦恼，生活再快乐，大自然再好客，也不敌这种富裕和幸福病。他宁愿去寻找荷马和柏拉图钟爱的水仙花，象征着苍白梦幻的植物。他会在苔藓上驻足好几分钟，没有鲜花，只有坚硬的岩石，他拍打着翅膀，感到有种满足。而且，我不止一次，不得不把他从颠茄或是毒芹阴暗灰白的叶子附近拉回来。

一天晚上，他回来的时候激动地告诉我，他在一株金盏花下遇到一只可爱的蝴蝶，是刚从远方新来的，跟他讲述了很多神奇的故事。

他马上就被陌生新奇的东西吸引住了。

有人说过：谁没有痛苦要排遣，没有枷锁要打破？

"我要去旅行，否则我会死的！"他大声地说。

"别死，"我对他说，"我们一起旅行吧！"

他突然恢复了活力，欢快地展开翅膀，我们出发前往巴登。

很难告诉你们，他出发时是多么兴奋和激动；他是那么开心和轻快，而我这只可怜的昆虫，忧伤得双翅无力，几乎赶不上他。

他到了蒂埃里城堡才停了下来，那里离马恩河不远，拉封丹就是在那里诞生的。

我是否告诉过你，是什么让他停了下来？是角落里一株不起眼的堇菜。"如何能不爱你呢？"他对它说，"小堇菜，你是那么温柔谦逊。如果你知道你看起来是多么真诚可爱，漂亮的绿叶与你那么般配，你就会明白我为什么会爱上你。行行好，做我亲爱的姐妹吧，你看，我在你身边变得那么安静镇定！我太喜欢这棵用荫影保护你的大树了，喜欢你周围舒适的凉爽和怡人的味道。你做得很对，一身绿色，优雅漂亮，把自己藏了起来。如果你爱我，我们的生活会是多么幸福！"

"做一朵像我这样可怜的花吧，我会爱你的，"那朵花聪明地回答他说，"当冬天来临，白雪铺满大地，寒风悲伤地吹过光秃秃的树枝，我会用你喜欢的绿叶庇护你。我们将一起忘了时间的残酷。停下你的翅膀，答应我爱我到永远。"

"永远，"他重复道，"永远，永远太长了，而且我不相信冬季。"说着，他又飞走了。

"别难过，"我安慰悲伤的堇菜，"塞翁失马，焉知非福。"

我们飞过了麦田、森林、城市和香槟地区忧伤的平原。在梅斯附近，来自大地的一股幽香吸引了他。"多么富饶的地区啊！"他对我说，"眼前一望无际！这些山泉一定能浇灌出美丽的花圃！"我看见他殷勤地飞向一株玫瑰，一株盛开在摩泽尔河岸的独一无二的玫瑰。"多么漂亮的玫瑰！"他轻声说，"多么鲜艳的颜色！多么富饶的大自然啊！一派喜庆与健康！"

"天哪！我觉得您太漂亮了，魅力四射！"他对玫瑰说，"阳光从未照过像您这样美丽的玫瑰。接受我吧，求您了，我来自远方，请允许我在您的玫瑰枝上小憩片刻。"

"别靠近我，"玫瑰傲慢地答道，"我怎么知道你从哪儿来？看你自以为是的样子，还懂得奉承，肯定是个骗子，别靠近我。"

◎"坏蛋！"他大声喊道，"你刺了我！"

他还是靠近了，但突然向后退去。"坏蛋！"他大声喊道，"你刺了我！"他伸出被弄伤的翅膀。"我再也不爱玫瑰了，"他接着说，"她们很残忍，没良心。我们继续飞吧，幸福在朝三暮四当中。"

就在那儿附近，他发现了一株百合花；百合的优雅使他陶醉，但百合高贵的仪表、庄重的贵族气息和一身纯洁的白色使蝴蝶感到胆怯。"我不敢爱您，"他用尊敬的口吻说，"因为我不过是一只蝴蝶，我怕惊扰了您散发出来的香气。"

"愿你纯洁无暇，"百合答道，"永远不变，我将是你的好兄弟。"

永远不变！在这世界上，根本就没有忠诚的蝴蝶：他无法做出任何承诺，一阵风就能把他吹到莱茵河畔银色的沙滩上。

我很快又追上了他。

"跟我走吧，"这时，他已经向田间的一朵小雏菊说，"跟我走吧，我会永远爱你，因为你简单而天真。我们一起横越过莱茵河，前往巴登。你会爱上那些盛大的节日、音乐会、华丽的装饰、迷人的宫殿和你在地平线尽头看到的那些蓝色的高山。离开这单调的地方吧，你会成为巴登最美丽的花朵，所有的花朵都被那个充满欢笑的地方所吸引。"

"不行，"那朵花很有德行，"不行，我爱法国，我爱我出生的河边，我爱这些雏菊，这些围绕着我的姐妹们，爱这片哺育我的土地。我应该在这里生长和死亡。别让我做不该做的事情。"我们之所以会爱上雏菊，就是因为他们的正直和忠诚。

"我不能跟你走，但你可以留下来啊。远离那些你刚刚所说的那个世界的喧嚣，我会爱你的。相信我：幸福很简单，你要相信温柔的大自然。还有哪朵花会比我更爱你呢！来，数数我的花瓣，一片都不能忘记，既不能落下我送给你的，也不能忘记忧伤得已经落下的。继续数吧，你会数到'我爱你''我很爱你'那一片。① 忘恩负义的家伙，原来是你啊，你一点都不爱我！"

他犹豫了片刻，我看见那温柔的花朵还在希望……

◎"我会伤心死的。"小雏菊弯下了腰。

---

① 西方有用雏菊的花瓣占卜的习俗。

"我为什么要有翅膀?"他说着,离开了这片土地。

"我会伤心死的。"小雏菊弯下了腰。

"哪里会说死就死,"我对她说,"相信我,痛苦会过去的,重要的是调整心情。"

我背起了拉马丁这几句美丽的句子,它们安慰过无数花朵:

在这片土地上,难道一切不会都重新生长么?

——摘自《第一次悔恨》

"别忘了我,爱我,爱我。把你白色的花环和你的心转向那个小小的角落,那里的花儿喜欢你。我像你一样是棵小小的植物,我爱你爱的一切。"旁边,一朵目睹了整个过程的蓝色小花向悲伤的雏菊说。

"可爱的花朵,"我想,"要是鲜花生来就是彼此相爱,你也许就会如愿以偿。"那我也不用那么悲伤地跟着我那朝三暮四的学生。

"我爱运动,我的翅膀是用来飞翔的,"他忧郁地重复道,"蝴蝶们大可抱怨!我再也不想看见长在地上的东西了。我想忘了这些一动不动的花朵,忘了让我伤悲的相遇!我恨透了这样的生活……"

我看着他突然朝河流冲去,像是突然下了决心!我脑海中冒出了一种不祥的感觉……"天啊!"我大叫起来,

"他想自杀！"我发疯似的冲到河边，尽管我知道那地方的水很深。

但一切都已经平静下来，河面上什么都没发生，只有睡莲的叶子静静地漂浮着，水蜘蛛在四周画着奇怪的水纹。

我应该向你们承认吗？我的血几乎都要凝固了！

尽管我像发了疯，谢天谢地，最后不过是一场虚惊。一丛芦苇挡住了我的视线，让我没有看见他。

"我的天，"他用嘲笑的语气对我喊道，"这么长时间你在那里做什么，我的干妈？你是把莱茵河当成了镜子，还是想下去游泳了？到我这儿来吧。而且，如果您疼我的话，那就开开心心的，因为我找到幸福了！这一次我终于爱上

◎ 我这才看见，在一株芦苇的顶端，立着一只优雅的蜻蜓，轻轻地随风摇动……

了，而且是永远……我爱的不再是被罚禁锢在地上的花朵，而是一个宝藏，一颗珍珠，一颗钻石，是空气的女儿，一朵生机勃勃的花，而且她有翅膀，两对细长透明的翅膀，有一圈圈的花纹，她的翅膀也许比我的翅膀还漂亮，他可以和我一起飞翔。"

我这才看见，在一株芦苇的顶端，立着一只优雅的蜻蜓，轻轻地随风摇动，气度非凡。

"我向你介绍我的未婚妻。"他对我说。

"什么！"我喊出了声，"事情已经发展到这一步了？"

"已经？"蜻蜓反驳道，"我们的影子都变长了，自从我们认识以来，这些菖兰都闭上了。他对我说我很漂亮，我立刻就爱上了他的坦诚和他帅气的外表。"

"唉！蜻蜓小姐，"我回答道，"如果相像就应该结婚，那你们结吧，祝你们幸福，我还没有想要反对婚姻。"

我得承认，他们是同时或者说几乎是同时到达巴登的。当天，他们一起游览，一样任性地参观游乐宫那些美丽的花园、老城堡、修道院、里赫滕塔尔、天谷与附近的地狱谷。我看着他们俩都爱上同一条小溪的清新的絮语，又一起变心地离开。

第二天，结婚的消息就宣布了。至于证婚人，蜻蜓那边，是她的一个表兄和一只天牛；而蝴蝶方面，则是一只有身份的天蚕蛾以及他的侄女，一条很有教养的年轻毛虫，还有一只屎壳郎。

　　鹿角虫站在新人面前，将《民法》翻到了第六章，关于"夫妻双方的权利和义务"，以一种极具穿透力的声音读道：

　　"212 条——夫妻双方应当相互忠诚、相携互助。

　　213 条——丈夫需要保护好妻子，妻子应该顺从于丈夫。

　　214 条——妻子应与丈夫居住在一起，并且一直伴其左右。"

◎ 丈夫需要保护好妻子，妻子应该顺从于丈夫。

　　新娘因为害怕抖动了一下，这一动作没能逃过在场各位的目光。一只老蜻蜓，因为读了巴尔扎克先生的《婚姻生理学》而坚定了单身的决心，她把这书视为生活指南，信誓旦旦地说，一只蜻蜓是绝对写不出这三条协议的。新娘最小的妹妹，一只很容易被感动的蜻蜓，在这种场合照例号啕大哭。

当晚，在圣宠城堡四周美丽的森林边缘，举办了一场盛大庆典，就在小麦田垄里，田垄就是派这个用场的。

来自斯特拉斯堡的西尔伯曼负责把彩色烫金的邀请函寄给外国贵宾，如果身体情况允许，非常欢迎他们来此参加活动；也寄给巴登地区地位显著的昆虫们，新婚夫妇希望他们来见证新人的幸福。

这场庆典的准备工作声势浩大，路上很快就挤满了宾客和好奇者。蜗牛带着随从们从多蒙上路了；野兔们骑着最快的乌龟；螯虾急得直跺脚，因为不耐烦的车夫不断地用鞭子抽打他们，弄得他们勃然大怒。尤其是千足虫，他在地上飞快地爬行着。他是第一个赶到的宾客。

◎ 他是第一个赶到的宾客。

从前一晚起，江湖艺人们就在旁边的田垄里开始搭戏台。一只蚱蜢拿着平衡棒，行走在由铁线莲柔软的叶柄做的弦上，表演着最大胆的动作。围观的蜗牛们和乌龟们看得津津有味，激动的喝彩声和这位不知疲倦的舞蹈家的钢管音乐交织在一起。得意洋洋的蝗虫用一朵三色的牵牛花做成了小号。

舞会很快就开始了。来宾极多，热闹非凡。负责照明的是很内行的萤火虫，他把场地照得亮如白昼，超出了人们的想象。号称是地上小星星的黄萤，高明地悬挂在盛开的旋花轻盈的花环上，精美绝伦，让人以为是仙女来过。黄芪金色的茎秆上布满了椋鸡和萤火虫，亮得蝴蝶睁不开眼，这些白天飞行的昆虫，一下子受不了那么强烈的光亮。至于夜蛾，等不到向新人祝贺，很多都早早离开了，也有一些出自虚荣心，坚持等待，认为在庆典过程中，能躲在毛绒绒的翅膀下，也是一大乐事。

新娘出现时，全场赞不绝口，她是那么美丽，打扮得又那么漂亮。她一刻都没有休息，大家都在恭维幸福的新郎（他跳了一个又一个舞），羡慕他娶到了一个这么漂亮的妻子。

管弦乐队由熊蜂指挥，这位灵巧的大提琴手是巴塔的学生，技艺高超地演奏了雷伯①的一支华尔兹舞曲，这个曲

---

① 拿破仑·亨利·雷伯(1807—1880)，法国作曲家。

子虽然才创作不久，但已大受好评。他还演奏了满是鲜花的
草地上蚱蜢钟爱的四步舞曲。

◎ 她跳了一首萨尔塔列拉舞。

◎ 舞会变成了声乐盛宴。

　　午夜时分，塔里奥尼的劲敌卡瓦莱塔小姐，穿着一件半透明薄翼长裙，跳了一首萨尔塔列拉舞，然而面对这群会飞的观众，效果平平。这时，舞会变成了声乐盛宴，被巴登美好的季节吸引来的各国艺术家纷纷登台献艺。

　　一只蟋蟀进行了小提琴独奏，拉的是帕格尼尼生前拉的最后一支提琴曲。

一只在米兰（米兰是蝉的传统故乡）颇具声名的蝉表演了一首抒情曲，叫作《玫瑰香》，单调的节奏倒是很像古时候给新人的颂诗。她配以古老的里拉琴，自弹自唱，显得很庄严。几个外行的观众把里拉当作了吉他。

一只来自日内瓦的年轻青蛙演唱了一首咏叹调，歌词借用雨果的诗集《黄昏之歌》，不过夜晚的清凉影响了他的嗓音。

一只夜莺恰巧目睹了这场豪华的婚礼，接受了大家的一再恳求。这位歌神站在树顶，在寂静的夜里一展歌喉，超常发挥，唱了一首很难的歌曲。他说，这首歌他只听过一次，完美得难以模仿，是大艺术家维阿尔多·加西亚夫人演唱的，堪比著名的玛丽亚·马里布兰。

最后，音乐会以著名的合唱《哑女》团结束："这是花儿，这是果实。"由浅红色的金龟子和天牛共同表演，这个组合在剧院可不多见。

演最后一个节目时，正好是夜宵时间，大家觉得再合适不过了。夜宵用上了最精致的原料，提取了茉莉花、香桃木、橙树的精华，装在红蓝相间的漂亮的铃兰花里。夜宵是蜜蜂一手准备的，味道之美让最有名的糖果商尝了以后也想求得他的秘方。

凌晨一点，大家又热情地跳起舞来，庆典达到了高潮。

凌晨一点半，出现了奇怪的传闻，大家都在说悄悄话。

◎ 一只老蝴蝶。

新郎好像十分生气，徒劳地在人群里寻找他已经失踪了二十分钟的新娘。

跟他要好的几只昆虫，要他一定放心，也许是为了安慰他，说她刚才还跟一只穿得很漂亮、舞跳得很好的帅气昆虫跳玛祖卡呢！就是早上参与证婚的亲戚之一。"狡诈的家伙！"可怜的丈夫绝望地喊道，"背信弃义的家伙！我会报仇的！"

我对他的绝望感到同情。"过来，冷静点，别想着什么复仇，复仇无济于事。不专一的种子是你自己撒下的，虽然很痛苦，但种下的苦果你要自己尝。忘了吧！以后，好好活着。不应该咒骂生活，而是去拥抱它。"

"你说得对！"他果断地说，"爱情并不意味着幸福。"我终于拉他远离了这片农田，前一秒这里还是盛宴，现在因他不幸的消息已一片寂静。

蝴蝶的生气只持续了片刻。夜晚静谧，空气清新，他很快又恢复了好心情。离开圣宠城堡的花园时，他就开心地向一朵醒着的紫茉莉道晚安了，旁边的牵牛花睡得正熟。

我们重新上了路。"瞧，"他对我说，"看见这辆回斯特拉斯堡的马车了吗？让我们趁着夜色，躲在车顶，我都飞累了。"

"不行，"我回答说，"你逃过了玫瑰的刺，躲过了水，躲开了绝望，但你逃不出人类的手掌心，这沉重的大车里很可能就有捕我们的网。相信我，让我们凭自己的翅膀飞回法国吧。呼吸一下新鲜空气对你有好处，而且我们这样能更快到达，也不会满身灰尘。"

很快，凯尔海姆、莱茵河及其浮桥就被我们甩在身后。到了斯特拉斯堡，看到他在教堂的钟楼前停了下来，我大为震惊。他用艺术家也不得不承认的优美语言，赞扬这建筑漂亮而大胆。"我爱一切美的东西！"他大声地说。

轻率的人总是容易爱。对于他们来说，唯一不变且必需的东西就是变化。如果他们忘了什么东西，那是为了取代它们。早前，他曾向谷登堡①的雕塑致敬，因为我告诉他，大卫的这座青铜像是新创作的，以纪念这位印刷术的发明者。

再早前，他曾在克莱贝尔②的画像前低头沉思。"亲爱的干妈，"他对我说，"如果我不是一只蝴蝶，我一定会成为艺术家，我会建造美丽的建筑，写出伟大的著作，创作出漂亮的雕塑，或是成为一个英雄，光荣地死去。"

我利用这个机会告诉他，不是所有的英雄都要战死，克莱贝尔就是被谋杀的。

天亮了，必须找个藏身之地了。我幸运地发现，有个大厅的窗是开着的，那是一个市立图书馆，里面全是书和珍贵的物品。我们大摇大摆地飞了进去，因为无论是在斯特拉斯堡还是什么地方，科学的殿堂总是空无一人。

他的注意力很快就被一件漂亮的古代青铜作品所吸引。

---

① 谷登堡，铅活字印刷的发明者。
② 克莱贝尔(1753—1800)，法国大革命时期将领，1800年在街头遇刺身亡。

他激动地赞扬这个端庄的智慧女神雕塑高贵而严肃的线条，我一度还以为他想要听从这尊智慧源源不断的青铜像的建议，然而他只满足于指出人类创造了一些美丽的东西。

"当然了，"我回答说，"不止一个城市拥有布满杰作的图书馆，但很少人懂得去欣赏。自然史博物馆应该让蝴蝶们好好想想了。"

这番话让他冷静了一点，一直到晚上都没出声。然而休息了一个白天，夜幕降临时，便没有任何东西能拦得住他了，他又变本加厉地飞起来。

"等等我！"我对他大声喊道，"等等我！在我们的敌人居住的这座城市里，一切都可能是陷阱，一切都要小心。"

但他失去了理智，不听我的。他发现了一盏刚刚点亮的煤油灯，灯嘴发出明亮的光芒。他被这带有欺骗性的灯光所吸引，陶醉在耀眼的光亮中。我看着他绕着灯嘴转了一圈，然后便跌落在上面……

"啊呀！"我这可怜的朋友向我喊道，"救救我，这团大火会要了我的命，我感觉到了，我的烧伤是致命的，我要死了，被火烧死！……这样死去太平常了。"

"死亡，"他重复着，"在大自然里的一切都生机勃勃的七月里死亡！再也看不见这多彩的大地了！死亡最让我害怕的，是它的永恒。"

"你错了，"我说道，"我们相信死亡，但我们不会真的死去。死亡只是开始另一段生命的过渡。"我向他展示令人安慰的毕达哥拉斯和阿尔库塔斯理论，关于生命的演变，我还提醒道他本就是经历了毛虫、蛹、蝴蝶的变化。

"谢谢，"他以一种近乎坚定的口吻和我说道，"谢谢，直到最后你都对我很好。来吧死亡，我可是不朽的！"他又补充道："但是，我好想回到鸟语花香的塞纳河畔，在那儿我度过了人生最初的时光。"

他又怀念了紫罗兰和雏菊，这些回忆似乎给了他一些力量。"她们还会爱我的，如果我再活过来，我会在她们那儿找寻幸福。"

这些可笑的计划，在死亡面前如此脆弱，让我想起人类的小孩儿总喜欢在沙堆里插上树枝和摘下的花朵，假装是花园，第二天，就会枯萎凋谢。

他的声音突然轻了下来，我几乎都听不清楚了，"但愿，"他对我说，"但愿我重生时不是鼹鼠，也不是人类，而是有翅膀！"

他死了。

他正年富力强，只活了两个半月，才是一只蝴蝶正常寿命的一半。

先生，我为此而悲哀，然而，他无可救药的轻浮造成了这凄惨的晚年，我不禁这样想，在最美好的世界，一切都是最好的。我同意拉布吕埃尔①的观点：这是一个轻浮肤浅

---

① 拉布吕埃尔(1645—1696)，法国作家，代表作为《品格论》。

的老人，一个绝对的畸形人。

至于他要娶的那位小姐，如果您一定要知道她的结局，我就告诉您吧，她被一枚大头针钉在一个相框里，作品1840号。那是一位德国大公的收藏，他是昆虫发烧友，在那场悲哀的婚礼次日，他在他位于巴登几公里远的领地上，用网悄悄地网住了她。

您将看到，在她旁边，1841号，同样钉着另一只漂亮的昆虫。他们俩是同一天被幸运的大公用同一网网住的，他似乎生来就是用这盲目的工具来执行无情的司法。

◎ 他们俩是同一天被幸运的大公用同一网网住的……

动物医生

　　一只老乌鸦预言我们的一位同伴即将死去，它对自己的"预感"充满自信。尽管它的话语带着些许傲慢，但不得不承认这个预言很可能成为现实：因为就在这时候，一只可怜的狗跛着腿走了进来。不，它都不能被称作一只狗了，因为它简直是一副骨架，狗的一个影子。我们问它都经历了些什么不幸。"哎！"它答道，"大家都试图给我治病，这就是我的不幸。"我们请它详细说说，它就找了个位子坐下，然后大声说道：

　　"啊！弟兄们，你们在都做了些什么呀？你们号召动物们去写作，但它们超前了：不少动物已经开始思考，甚至梦想着诗歌、艺术和科学。我还知道些什么？那些疯子天真地认为，只要远离自然，远离自然赐予我们的崇高天性，就可以弄懂诗歌、艺术和科学。自古以来，夜莺歌唱；但如今，一头驴子却被赋予了创作音乐的使命，并且还想让猫咪们理解和演奏他所创作的音乐。文明使他们偏离了动物的本能。上帝当然希望制止这一切，却又给动物们传递了一个可怕的想法：动物们，你们的朋友和

◎ 当天值班的编辑是一只狐狸，它劝这只遍体鳞伤的狗冷静一点。

兄弟们都害怕死亡，于是下决心创造动物医学与动物外科。这门学科的发展现在已有成果：您看看，我现在已经是瘦骨嶙峋、步履蹒跚。"

当天值班的编辑是一只狐狸，它劝这只遍体鳞伤的狗冷静一点，而后者也很配合。狐狸给它拿来了羽毛笔和墨水，请它将自己的不幸故事写下来，以示后人。这只狗习惯性地同意了，只是它选择了口述而非书写。

"我说的是公道话，"它说道，"而且我也不想隐瞒事实。如果我没记错的话，长久以来，人类当中有些人被称为兽医，他们有意识地摧残动物。我们一旦落到他们手上，他们就给我们放血，消毒，再消毒，更过分的是，他们还让我们节食，使用饥饿疗法。我对后面这种方法最为不满。你们或许会笑我，认为我贪吃。为什么我们总要把动物们的合理

需求想象成一种天生的缺点呢？我们不敢指责动物活着的权利，却会因为它有饥饿感而挖苦它。我重申一遍，如果说我表达了自己的不满，这绝不是因为我贪吃，但这件事还是带有羞辱性质的，因为让动物挨饿，就好比一个坏学生有懒惰的毛病，为了治好他这个病，医生给他开了一个处方，处方上的疗法就是让他从此以后节衣缩食。我承认，我曾经力促成立一个真相调查委员会，但你们绝对猜不到它们选择了哪些傻瓜做委员。抱歉，先生们，我想说的是它们最终选择了哪些'动物'当委员：朱顶雀和鼹鼠。我们确实要求它们在做出选择之前注意考察候选人的严谨性与观察力。委员会坚信一个基本的事实，即不幸者因其心存抱怨而无法保持公正，特别是在面对那些被推定有罪之人的时候。我不清楚这过程中发生了什么，但很快，绝大部分动物，包括那些在听证会上什么都没有听到的动物，竟然一致决定在这件事上达成共识。委员会的书记员没有客观地记录这次调查，它这样做是很卑鄙的，却因此得到了重赏，其身后的委员会也是如此。而我则叫嚷着，咆哮着，大声表达出自己的不满。许多邻居和朋友们都觉得应该像我这样做，于是群情激愤。那些精通政治的动物还以为它们目睹了一场盛世之下的万众大狂欢。"

"淡定，我的好伙计，一切都会好的，"狐狸编辑插话道，"什么都可能发生，一切都会过去，所以我们要谨慎和宽容地面对一切。"

"简而言之，"慌张的梅多尔（梅多尔就是我们的主角的名字）接着说，"在主席埃斯科拉庇俄斯①公鸡与希波克拉底②蛇的主持下，我们同意建立秘密的医学院以及地下外科学校。一涉及教学，所有动物都希望做老师。每种动物，但凡身上的某一个小部位曾在医学上被用过，就都宣称自己是动物医学的创始者，希望自己的体系能够得到推广。在这些动物正忙着解释自己到底如何有用的时候，我不禁发现了一件悲哀的事情。我并不想过多批评人类，但是不得不说，几乎所有的动物都被人类的医生们当作过万能药，无论其大小和种类。你们能相信他们曾经开出过这样的药方吗，用他们的话说，就是用乌龟汤来驱除疲劳，以蛇胶来排掉血液里的毒素。"

"梅多尔，您是有学识的，如果我们在报纸上增加一个'科学院'的专栏，您将是很好的人选。"

"'科学院'的人选？"

"不，我们报纸上的一个栏目的人选而已；您把自己当成谁了啊？请继续。"

"编辑先生们，看来你们还是能够理解我的，我其实主要是反对节食这项疗法。谢天谢地，我还没有幻想要进科学院。即使当我不被理解的时候，即使那些野心勃勃地想当医学家、想获得荣誉的人对我不屑一顾的时候，我也没有那

---

① 埃斯科拉庇俄斯，古罗马神话中的医神，在古希腊神话中被称为"阿斯克勒庇俄斯"。
② 希波克拉底（前460—前370），古希腊医生，被西方医学界尊为"医学之父"，他的"体液学说"对以后西方医学的发展有很大影响。

么心痛，因为我不过是期望他们不要对我实行那么严格的节食疗法。想象一下，有只比利时的猴子，一个抄写员，竟声称自己是医学的奠基者，并且叫嚷着：'我才应该穿上那智者的长袍！在人口登记制度、迷信药方以及牺牲祭祀出现之后，很快就有了运动理疗学这门学科。希腊医学家希罗底格斯 ① 曾依靠运动理疗学的理论治愈一切疾病，包括高烧以及瘫痪。你们可以看到，我的权利很清楚，更别说我的祖先曾经提出一些大胆的想法，而正是这些想法启发了盖伦 ② 通过解剖猴子来研究人体科学。'"

"它提到了这么多人类的名字，让我非常愤怒，于是我发话了，我说道……"

"您会说很久吗？"狐狸问。

"该多久就多久，先生，我只能向您保证这些。"

"您很诚实；但今天也别扯太远了。请继续说吧。"

"兄弟们，如果我们只模仿人类的疗法，只使用他们的药方，那我们只能得到伤口和肿块。我曾经单独陪伴一位智者，直至他终老。他告诉我说，哲学家的使命是让人们懂得常识。我于是不禁想，医学的使命想必也应该是让疗法回归天性吧！这些话很简单，却充满了仁慈与善意。"

"归根结底，"狐狸指出，"付出这么多艰辛只找到这

---

① 希罗底格斯，5世纪古希腊医学家，现代运动理疗医学的创始人。
② 克劳迪亚斯·盖伦（约129—199），古罗马著名医生，动物解剖学家和哲学家，被认为是西方医学史仅次于希波克拉底的第二个医学权威，根据古希腊体液说提出了人格类型的概念，把医学建立在实验生理学的基础上，主要作品有《气质》《本能》《关于自然科学的三篇论文》。

么一个仅仅是合理的理论，这太可笑了。如果我们想要发扬一门（治病的）艺术，就不应该只关心自然……"

"那当然。"一只来此订阅报纸的熊附和道。

梅多尔挠挠耳朵，压低声音，继续说：

"我的想法受到了指责，而我本人也遭到了迫害，被大家当成一个纵火者来殴打；当我试图高举双爪以示清白时，很快就被打断了其中一只。之后，我的同伴们也以讽刺的口吻问我，在这种情况下，本能和常识是否能够解决骨折问题呢？由于他们在这之前就故意打伤了我的脑袋，我在眩晕之下实在不知道怎么回答，因而也就理所当然地被当成了一个蠢货。"

"可以，这也不是没有道理。"狐狸说。

"他们把我放到铺着稻草的床上；不一会儿，我看到一只蚂蟥、一只鹤、一只杂交动物和一只斑蝥进入我的房间。还有一只树懒，这家伙还没进屋就恨不得赶紧坐下。那只杂交动物穿着很讲究，但看上去却很冷漠。它宣布会诊开始，并且说这次会诊是为了把我从错误的疗法中纠正过来，从而挽救我的性命。我当时已认为自己将必死无疑。一头老实的母猪走过来安慰我说：'别害怕，好的会离开，坏的会留下。'这头母猪就是我当时的护士。

"'你这个长舌妇，'我回击道，'你掺和进来做什么？他们让你来不是对我指手画脚的……恰恰相反，你是来照顾我的。'我在自己的小破床上情绪激动。

　　"那只蚂蟥认为我有妄想症,于是宣称要检查我的喉咙。幸好那只斑蝥这时发现我伸着舌头,这表明我已经精疲力尽,于是它认为我得的是一种被它称为'过度激动'的病。

　　"'闭嘴吧,亲爱的,'那只我之前提到过的鹤反驳斑蝥道,'你的这个观点根本就没有任何权威性;毫无疑问,你跟我们不在一个重量级上;你的同类要6400个才刚好半斤。好好想想吧!'

◎ 树懒道:"我……我等等……"

"'那您的意见呢，亲爱的树懒？'那只杂交动物问道。

"树懒道：'我……我等等……'

"那只冷漠的杂交动物回答说：'看上去，这位（树懒）先生运用的是观察疗法；它的医学基本上是对死亡的思考。'

"'好吧，'母猪自顾自喃喃道，'这位诚实的先生剽窃了我第一位主人的理念，他自称是阿斯克来皮亚德①，还宣称自己是在践行希波克拉底的医学理论。'

"'至于我嘛，'那只杂交动物认真地说，'我认为脚部、头部、胸部和腹部，甚至是其他所有部位的湿气，引发了患者三分之二以上的病症。'

"听到这里，一只海豹耸了耸肩膀。

"杂交动物继续说，'而且，我从来都只坐车出行，只在地毯上走路。我把所有在这些前提之外的情况都看作例外；但我只遵守规则。我说……现在，谁来支付我们的诊疗费啊？'

"'我们？'一个声音从外面传来。

"'你们是谁？'

"'我们是动物外科医生，刚刚宣布对病患拥有全部诊疗权，因为我们是唯一可以治好它的动物。赶紧开门让我们进去，不然的话，我们就把门给锯开，就像我们锯手脚一样。'

---

① 阿斯克来皮亚德（约前128—前56），古罗马医生，享有"医王"的称誉。他的医学思想受原子论的影响很大，认为生命有机体是一些无限可分的微观粒子构成的，借着小管或毛孔而不断地运动结合或分离。

"门打开了，一条剑鱼拿着锯子走了进来，后面跟着随从。它亮出了锋利的锯齿，把我从脉搏到耳朵检查了一路，而其他人则围着主刀医生鲨鱼站成一圈。

"在这种情况下，昏厥过去是很正常的。我已经尽量克制自己，但极端的情况还是发生了，从昏厥到过激只有一步之遥：我很快就变得像疯子一样。我不知道是怎样想象出那些画面的，但我很快就发现自己住在了一所医院里。但病房里不是我一人，我也不再是梅多尔，而是33号。"

"33是个大数字，但它说明了什么呢？"狐狸问道。

"这说明很多动物组成了一个病患群体，为了方便辨认我们这些可怜的受害者，他们给我们编了号，就像那些难看的小马车。于是我成了33号，而我的邻居就是34号！……事情就是这样。后来，场面变得更加阴暗。背景中，或者说是在被艺术家们称为'后景'的地方，我看到了一个可怕的画面：动物们一个个被肢解了！餐厅装饰着骷髅和骸骨。可是，那些血肉都被拿去做什么了呢？"

"那些骸骨也许是化石，我的朋友；您这是在诽谤您的同胞们。但您有言论自由，请继续。"狐狸插了一句。

"我想对那些丑闻、诬蔑以及亵渎神灵的行为咆哮；但那条鲨鱼医生咬住了我的耳朵，都咬出血来了。它让我保持冷静，并告诉我要意志坚定，要对治疗充满信心，并对我说：'你首先要尝试着别去理解诊所里发生的任何事情。''可我已经这样做了啊。'我答道。'我会向在场的这些先生们讲述您这场意外的起因和经过，它们都焦急地盼望您能尽快康复。我会从诊断学、病理学、症候学、症状学、营养学，甚至还有古币学的角度来给大家分析您的病情；我的分析绝对会面面俱到，什么理论都不缺。如果您没有很快被治愈，我们可不会像那些乏味的医生一样喋喋不休地再继续讨论病理，用它们那所谓的原子病理学说①来研究情绪、黏液、毛孔以及66666种专属于动物的发热病理；我们既不关心亚里士多德②、不关心普林尼③，也不关心安布鲁瓦兹·巴雷④。巴雷这位可怜的理论家曾经说过，他负责包扎，上帝负责治愈。不，在我们这里是行不通的；我们的导师和楷模是亚历山大⑤。勒紧肌肉，再松弛……呸！让这套疗法见鬼去吧！亚历山大学派既不会勒紧肌肉也不会松弛肌肉：我们的做法是直接切除！

　　"'亚历山大万岁！'成为听众的秃鹫、老鼠、乌鸦呼喊着。

　　"'您明白我的意思了吧？'鲨鱼继续说道，'所以我现在只需要征求一下我同伴（带锯子的剑鱼）的意见，其实

———————

① 阿斯克来皮亚德的这一理论假设身体由原子构成，如果原子和微孔大小协调，体液流动不受干扰，身体就保持健康；如果微孔过度收缩或松弛，疾病就会发生。
② 亚里士多德（约前384—前322），古希腊哲学家、科学家和教育家，柏拉图的学生、亚历山大大帝的老师。他的著作包含许多学科。
③ 盖乌斯·普林尼·塞孔都斯（约23—79），世称老普林尼（与其养子小普林尼相区别），古代罗马的百科全书式作家，以其所著《自然史》一书著称。
④ 安布鲁瓦兹·巴雷（1510—1590），法国医学家，著名外科医生，被誉为现代外科奠基人之一。
⑤ 指亚历山大大帝和医学界的"亚历山大学派"，以亚历山大征战和统治时期的宫廷医生为基本成员，包括一些哲学家。

我跟他所遵循的原则是一样的，只是做法不完全一样而已。

我们会切开病患的肌肉和骨头，最后将病人治愈……'

◎ 我们会切开病患的肌肉和骨头，最后将病人治愈……

　　"他们是想杀了我，我很快就要死了！我在恍惚之间想道。"

　　"那您后来死了吗？"狐狸问

　　"这正是鲨鱼想要做的，然而，就在这时候，不知道角落里的哪一个小动物发了善心，觉得在这种情况下让我任人宰割是不合适的。

"总之，通常是一些小小的意外推迟了那些重要的决定。"

"请重复一遍您刚才说过的话。"狐狸有点讽刺地说。

"总之，尊敬的先生，通常是一些小小的意外推迟了那些重要的决定。那个不太高兴的手术医生并没有给自己刚刚问诊过的病人动手术，而是给我的邻居动了刀，还指责这位病人用医院的纱布来装饰自己情妇的巢穴。

"这时候，一只高大的秃鹫突然大胆地提出，大学生应该享受完全的自由，教师不应该干涉学生们的私生活。很明显，这是个来自外省的大学生，这从它那一百五十公斤重的大衣和脑袋上那顶肮脏的大盖帽上就能看出来。根据宪法规定，这个学生的说法确实无可辩驳。那条大鲨鱼很是难堪，觉得应该把自己的失败忘得干干净净，于是便说：'先生们，既然今天病人的情况不允许我们动手术，那我们就适当推迟对其身体上的治疗。现在，请允许我与大家讨论一下这次治疗中引申出的道德问题……'"

"道德问题！……亲爱的，他们在恭维你呢！"狐狸对我说。

"您认为它们这是在恭维我吗？这有可能，但我向您发誓，在它们开始谈及道德之后，我竟然恢复了一些意识，很清楚地听到有医生开始说教，大概意思是这样的：'亲爱的学生们，明理的医生得到上帝的真传；我们的职业是一份圣

职；你们都知道，在古代，治病救人是由神甫来完成的，它需要的不单是本领，还有职业道德……'

"'啊！啊！'一些一年级的学生叫道。

"'医生会重新成为一份圣职，或者换一个你们喜欢的说法，行医将成为一项社会公共事务，而医生这个群体则将负责管理公共卫生事业；病人越少，医生就越受尊敬，享受的薪酬就越高。要想让这个世界进步，就必须先将其颠覆。来吧，弟兄们，让我们全力以赴来推行这个新制度，让医生成为顾客最少、报酬却最多的职业：因为，病人的数量在减少，而医生的数量在增多，这个趋势很明显。最终，每个家庭都会有自己的神医。真的到了那个时候，我们又将何去何从？当每一层楼、每一个简陋的小屋、每个房顶、每个枝头都有一个医生的时候，我们又能做什么呢？'——'求学艰难，学费昂贵，但医学院的学生无所畏惧。'——'悲惨啊悲惨！付出那么多，今后的前途依然是一片渺茫！……'

"'但是，'秃鹰打断他们，'老师们，你们并非不幸，你们表现出来的所谓担心不过是自私，说到底，纯粹就是贪婪。'

"'而且，'不知道是哪只鸟叫道，'我们不应该如此否定苦难和牺牲，因为它们往往能催生出天才；更不用说有的时候，苦难和牺牲本身就是一种赎罪。我和大家一样，都认为生活是艰难的，但相信上帝始终是万能的。即便大雪覆盖了每一寸土地，每一株小草，甚至在整个天空之下我们都看

◎ 求学艰难，学费昂贵，但医学院的学生无所畏惧。

不到一颗种子，我也丝毫不怀疑春天的花朵和秋天的果实终会到来。我经历过饥饿，但从不知道什么叫绝望！可怕的东西有很多，那又怎么样？天地足够广阔！'

"'快乐万岁！'一只乌鸦接着说，'苦难，那是阁楼里的诗歌，而阁楼是大学生们的天堂。如果明天生活变得更加艰辛，我们将会更上一层楼……更接近天空。朋友们，我有一个想法。你们知道我怎么看待巴黎那些房屋的顶层吗？在我看来，那是这座城市的大脑，甚至可以说是心脏。人们在那里思考、梦想、爱，然后走到楼下，收获野心和财富。我们的老师白说了，因为它也以自己的成功和些许优点，证明了获得财富与成功并不是一件很难的事情。'

"'看吧，'鲨鱼接过了话题，'这些个例诱惑和误导了你们；你们忘了一个基本事实，那就是一个幸福者的背后往往有一千个受骗者和一百个不幸者；而且，你们也忽视了这样一个事实，那就是参选者总是很多，入选者却很少。我很清楚，人总自认为太阳会照耀我们的成功，大地能宽容地包容我们的错误；愚蠢者重复着这一谎言；然而，朋友们，事实是，太阳总照耀那些忘恩负义的康复者以及那些不劳而获的遗产继承者，而大地则迅速掩盖了我们最优秀的外科医生。'

"由于这些对话开始变得严肃而有意义，听众们很快就四散了。

"也就是在那时，我突然完全恢复了理智和冷静，发现自己又面对着最早给我会诊的那一批医生。但我第一次在它们当中发现了一个微小生物，一头推崇顺势疗法①的蛆，它向同事们建议让我吞下一种药，据说药里面有一种肉眼看不见的微粒。它说这种疗法会很快让我恢复健康。

"那只鹤发现其实我是断了一只腿，于是建议给我上夹板。斑蝥却补充道：'并不是所有动物都习惯踩着高跷走路的。'于是，它们的争论又开始朝另一个方向发展，我的敌人们意见出现了分歧。

"'我早和您说过，'那只母猪在我的耳边喃喃道，'他们现在有争议，您就得救了；如果他们达成了共识，您就死定了。但好人会离去……'

"'够了，女士，'我总是故意用不恰当的词句来回答她，'够了！'我把头埋到被子里……这时候我才发现，尽管有白色的床帘，但我的床只是一张可怜的绷带床，一张极其简陋的江湖艺人的床。什么都不能阻挡我离开那里。在那些博学的医生们半眯着眼睛思考的时候，偷偷地逃走。想到了就做：我逃了出来，于是来到了这里。我的救命恩人们还在对着一床被子讨论呢……"

说完，这个可怜的伤残者向我们行了个屈膝礼，然后一瘸一拐地走了。我们从未见过比它更不关心自己的回忆作品能否出版的作者了。这是一个值得被铭记的例子。

---

① 顺势疗法又称同类疗法，是一种替代疗法，由德国医生 S.哈内曼于18世纪创立。

◎ 说完，这个可怜的伤残者向我们行了个屈膝礼，然后一瘸一拐地走了。

我们请求那些知道梅多尔消息的人不要告诉我们。动物们始终把自由放在第一位，所以至今还未设立收容所和养老院。

既然不能救助我们的同类，我们也就不想听到它的消息。相比于人类而言，我们的做法其实还算是很有人性的。

人类这种奇怪的动物不仅自相残杀，互相吞噬，而且还敢用令人厌恶的伪善写下这样的句子："除了给我们所爱的人一吻，最甜蜜的就是为爱过我们的人流下一滴眼泪。"

动物刑事法庭

E.德拉贝多利埃尔

主编先生们：

　　你们或许不太了解，我是动物刑事法庭最近任命的书记员，居住在阿特拉斯山上的狮子国王陛下于动物历第十一年颁布的诏令中宣布了对我的任命。法院的第一场庭审刚刚结束，我就迫不及待地想向你们通报现场的情况。审慎起见，我想最好还是不要透露这些令人难忘的庭审具体是在哪里进行的，主要是担心人类会由于仇恨或者嫉妒而不停地扰乱我们神圣的集会。同时，正像我那只整天泡在拉丁文书堆里的老鼠朋友所说的那样：**上帝啊，这是一次命运的旅程。**

　　在动物法庭，惯常的做法是，在我们乌鸦家族中选择法官、律师以及大部分陪审团成员。他们黑色的衣裳给人一种威严的印象。这种威严一方面可以掩饰自身的愚蠢，另一方面却让这些无辜的动物显得更加愚蠢。同时，鉴于乌鸦经常埋葬尸体，人们习惯性地认为他们也擅长评估被告人道德腐化的程度。鹳因为冷血和富有耐心，被任命为大法官，他以半睡半醒的状态蜷缩在座椅里，眼睛半睁半闭着，胸脯高高鼓起，头缩在后面，伺机抓住被告人前后矛盾的辩解，那样子就好像他依然在沼泽边缘伏击。

总检察官的职位落到了秃鹫身上，他有着弯曲的衣领。如果说这种动物还存有一丁点儿感性的话，那么这种感性也早就被他抛到了九霄云外。他富有激情而又毫无怜悯心，仿佛自己的存在就是为了获得成功，也就是完成最终的定罪和判决。他的鸟喙以及爪子都是为攻击而生，绝非用于防御。重罪法院对他来说就是一个战场，被告就是敌人，必须不惜一切代价来战胜敌人。他进行刑事审判的时候，就像一名准备参与进攻的战士：他竭尽全力投入到战争中，就像马戏团中的一名斗兽师。总的来说，秃鹫是一位优秀的总检察官。

地面上的居民们，不管是住在巢里的、树丛里的、洞穴里的、鼹鼠丘中的，还是附近沼泽里的，全都赶来参加这场庄严的审判仪式。不过大多数观众还是鹅、白鹭、鹦鹉、鸢以及喜鹊等鸟类：我们确信大多数庭审都是这种状态。

作为一家日报社的创始者，鸭子们被安排在专席上。不幸的是，法庭现场的坐席安排让这些专属席位更像是助理区，而非听众区；然而，报道难道不像判决一样需要认真倾听吗？

　　我不会在这里详细讲述庭审中的所有案例：一只老鹰被控蔑视政府以及煽动仇恨，一只公羊跳有伤风化的舞，一只公鸡与其他动物斗殴，一只鸫鸟蓄意造谣，一只灰林鸮因为夜间过于吵闹、一只狐狸因为非法破产被审、一只猫因为弑婴、一只燕子因为流浪被审，一只喜鹊因为偷盗、一只椋鸟因为诽谤、一只孔雀因为滥用头衔、一只斑鸠因为在夜店里与人发生口角被审……我只想给你们讲两个重要的案件。就像那位精通拉丁文的老鼠所说的那样：缪斯女神，请给我讲讲那些大事件吧！

　　可能诸君已经在几个月前的日报上读到了这则消息："长期以来，我们的居民生活在平静中，然而，一场惨绝人寰的恶性犯罪却刚刚发生。就在动物们决定以博爱的精神团结在一起的时候，树丛边发现了一具惨遭毒害的蟾蜍尸体。以上消息是由司法部门公布的。"

　　司法部门同时宣布已经逮捕了两只绵羊、三只蜗牛以及四只蜥蜴，但他们都是无辜的；经过九十五天的拘留，他们被释放了。司法部门借此机会将目光放在了牛的身上，尽管他不太可能进行这种犯罪，但他长期以来被视为动物王国政府的敌人。然而，政府实在难以找到严惩这类反刍动物的借口。

　　记者们不断修改他们的报道，写道："调查越是深入，离蟾蜍惨死案的真相就越远。案件的调查在两名乌龟探员的领导下，紧锣密鼓地展开。"

◎ 调查越是深入，离蟾蜍惨死案的真相就越远。

　　最终，一只鼹鼠踮着脚跑出地洞，宣称他曾看见一条大毒蛇（"可怕的动物"，正如那位拉丁文老鼠朋友所说）向那只蟾蜍扑过去；在察看了遇害者被仔细地进行了防腐处理的尸体后，他确定"当时看到的受害者就是他"。

　　几只斗牛犬立即对毒蛇进行了抓捕，趁嫌疑人睡觉之际勇敢地将其擒获，绑起来后扭送法院。

以下几则《鸭子日报》的新闻报道节选可以让各位简略了解庭审的经过：

书记员（正是笔者本人，这里并无任何吹嘘的意思）宣读了公诉书。被告人毒蛇否认法院对其的指控，尽管一只蜥蜴佐证了鼹鼠的说法。现在轮到老鼠发言，他是研究受害者尸体的专家。（法庭现场的注意力转移到了他的身上。）

先生们：

我们的目的是看看能否在这位不幸遇害的蟾蜍身上找到最近我们在毒蛇身上发现的一种致命毒素。这种毒素被学者们称为"毒蛇液"，由几种不同的氧化物、酸性物质以及身体组织构成，有三种不同的形态。我们化验分析了受害者的胃、肝、肺、肠道以及脑组织；为了进行这些研究，我们专门从一位使用"顺势疗法"的医生那里偷取了一些试剂，这位大夫习惯将他的药剂都放在口袋里。将受害人的胰液以及胃部组织加热和蒸发后，我们提取出一种酒精含量高但十分坚硬的物质，又用两毫升蒸馏水对其进行了处理；将其置于蒸馏瓶中，加热两小时二十五分钟后，我们并未得到任何相关毒素。然而，若将同样的样本先后分别用醋酸盐、硫酸盐、硝酸盐、氢氰酸盐以及氯酸盐进行处理，就会得到一种类似青苹果果肉状态的蓝色沉淀物，于是我们再将后者用几种强力试剂进行处理；经过这一流程，终于提取出一种颜色不太确定，特征却很显著的沉淀物，这只能是提纯状态下的"毒蛇液"。

这个过程清晰而又结论明确的报告深深地震撼了在场的听众。这时，蚂蚁向陪审团成员展示了存放在一个小玻璃瓶中的沉淀物，向不同方向都晃了晃。

这场审判最后给毒蛇定了罪，这毫无疑问引起了公众的极大兴趣，直到一件更重要的事件发生，转移了大家的注意力。

报纸上刊登了这样一则新闻：

在这个地区发生了一起手段极为残暴的犯罪案件。一只母羊逃离了羊圈，成为家养动物争取自由的典范，然而她和自己的羊羔都被残忍地割喉杀害了。作为罪犯的狼很快就被缉拿归案，被抓时他手上还握着用作凶器的匕首。归案后，他几次试图自尽，但在司法人员的制止下，这些可耻的企图均未得逞。我们应当表扬执行这次危险的抓捕任务的斗牛犬警长，正是他的果敢才使罪犯如期归案。

需要研究的一个很重要的问题是：这只被割喉的母羊究竟是怎么死的。我们为此请到了一位受过表彰的医学专家——火鸡。他因为一项重要的发现而远近闻名，而这项发现用通晓拉丁文的老鼠的话来形容，就是"鸦片能够进行催眠"原理。这位著名的医学专家认为，母羊的死绝不可能是由急性胃肠感染导致的，类似的推断绝对是错误的；受害者的喉咙伤口长达六厘米，是被非钝器的工具所切伤，最终的死因是颈部动脉的断裂。

为了更好地再现罪犯出庭受审的情况，我们再引用一段上述报纸上的报道：

一大早，大批民众就围住了法院的大门，司法机关为应对可能发生的混乱场面，提前采取了一些安保措施。被告人被带进法庭，脸色惨白，眼睛依然乌黑，但却没有一点光泽。他的穿着虽然得体，但不过分讲究。人们很难在其身上找到任何显著的特征，似乎他并不想过多地引起公众的好奇心。一只老乌鸦从二十个竞争对手中脱颖而出，获得了为这名犯罪嫌疑人辩护的"殊荣"。他身着律师服，坐在辩护席上。

开庭后，被告镇定地回答了一些常规性的问题。公诉书念完之后，大法官允许被告人为自己做辩护。

狼于是站了起来，说道："大法官先生，我并不承认自己犯下了指控的罪行。（现场出现了一阵小骚动）我承认自己一直都有杀羊的恶名，然而如果我做了这样的事情，那也主要是出于对人类的憎恨，而并非由于原始的冲动：也就是说，即便我乐于杀羊，那也是为了从压迫我们的人类手中夺走一些财产。长期以来，我的性格已逐渐变得温和，但对人类的仇恨却从未减少。请各位试着来体会一下我的愤怒：出事当天，我看到那位可怜的受害者正被一个屠夫无情地追杀，于是路见不平前去相救。肮脏的刽子手很快逃跑了，于是我捡起他的武器，并准备为受害的羊包扎伤口，就在这时，执法人员突然出现，并将我关押起来。将来，我会以滥用职权、限制守法公民人身自由的罪名控告他们，让执法机关对我进行赔偿。不过就目前而言，我只想先证明自己的清白。"（被告人说完后坐了下来，并用爪子捂住了自己的脸。）

这段自我辩护引起了听众的极大同情，尤其是广大女性。"他的口才太好了。"一只母鹤说；"太有风度了。"一只百舌鸟也叫了起来；"这么英俊的罪犯如果被判了刑，那真是太可惜了。"一只母山鹬一边嗅着盐，一边说。

想讨这些女性的喜欢，当一个罪犯好像并非是什么坏事。当然了，要想打动她们的心，除了邪恶，还需要虚伪……还是言归正传吧。

几个证人证实了公诉书上的犯罪指控。狼坚持自己的辩解，并且始终强调被用作凶器的那把匕首根本不是他的。然而，一只与他共同生活过的小伙伴却提供了以下证词：

大约一个月以前，我和被告一起在树林中闲逛。当我们来到一片林中空地的时候，有两个伐木人正坐在那里准备用晚餐。一发现我们，他们就丢下食物赶紧逃命。我们食用了他们留下的晚餐，为了吃起来更方便，被告用了犯罪现场发现的那把匕首。

这只狼正在向法庭做上述陈述时，被告在座位上怒不可遏，想扑向这位正在作证的狼，而维持秩序的斗牛犬差点没拉住他。经过这一徒劳的反扑，被告无精打采地跌坐回自己的座位。庭审只得休庭，改在第二天继续进行。

在接下来的几天时间里，被告的身体越来越虚弱，无法继续正常出庭。任何有名的动物，任何受人尊敬的父亲，包括备受臣民爱戴的国王生病都没这头狼生病引起公众如此关心。法官们担心这场病会让动物法庭的一个猎物逃脱最终的审判；秃鹫总检察官担心自己辛苦地写了三周的指控词没有用武之地。各家报纸每天早晨都会报道这只狼的健康情况：

"被告非常痛苦，几乎一直在睡觉。他的身边总有几只蚂蟥；看上去，这只狼已经静静地接受了自己的命运。"

"被告度过了一个糟糕的夜晚。不少上流社会的鹅前来向狱卒打探他的消息。"

"被告的状态好了一些，空闲时间都用来阅读和写作，他最喜欢的书是德苏里埃尔夫人[1]的田园诗集。被告自己创

---

[1] 德苏里埃尔夫人，法国 17 世纪女诗人。

作了一部17幕的剧本，名字叫作《美德的胜利》。他还写了一篇《关于废除死刑必要性》的哲学论文。我们成功地弄到了文中的几行：

啊！对一个囚徒而言，阳光灿烂、

鲜花盛开、绿树葱葱，本应欢乐的一天

却成为了最忧伤的日子。

他听见羊群的铃铛声声，

鸟儿们在尽情歌唱，

微风吹起了麦浪。

哀怨的鸽子在咕咕低叫，

海浪不断地轻来轻走，

树林与风的声音都传到了耳边，

但在这沐浴着阳光的草地上，一切徒劳；

被抛弃的可怜虫，

普天下的快乐都在增添你的烦恼。

别再走了，你希望渺茫，

一切都已逝去、都成历史；

不要再摇晃你那牢房的铁栏，

对你而言，下场永远是恐惧与威胁；

你已被宣判，那些心如磐石的狱卒，

只会把你交给刽子手。

我承认，主编先生们，这只狼引起了公众巨大的兴趣，让我不得不进行一番沉重的反思。我听到夜莺全年都在轻唱，他们的歌声最美丽动人，却未能战胜夜晚的黑暗；而这只狼，仅仅因为犯下了一桩重罪，创作的第一部狱中作品就得到了如此多的追捧。同样，我也认识一些优秀的动物公民，一些真正拥有美德的英雄，大家甚至不愿在刊物上多提及或描写他们两行字，却都执着于大力宣传一个小丑的言行。难道我们不应该在出版物上多多弘扬正气，而尽量少报道一些负面的事物吗？事实上，如果新闻工作者只宣传好人好事，有时，我们就只能给订户送白纸了。

狼的健康一恢复，庭审就重新开始，并持续八天之久，有二十五个证人作证，其中既有不利于被告人的，也有对他有好处的。陪审团、辩护人、审判长、大律师都不放过任何一次提问、打断、观察以及质问被告的机会；这让本来很清晰的案件变得扑朔迷离、难以理解。大部分案件都好似泉中之水，越搅越浑。

被告利用各种各样的手段来博取大家的眼球，他在这方面表现得游刃有余，确实达到了自己预期的效果。而就在现场观众的情绪都被他调动起来的时候，秃鹫总检察官发表了这番慷慨激昂的讲话：

"各位陪审团成员，"这只备受尊敬的鸟说，"在详细讨论将交由你们裁决的事实之前，我觉得有必要先问你们一

个问题，一个严肃的问题，一个关键的问题，一个事关重大
的问题。陪审团的先生们，我以无比沉重的心情请问各位，
以无比痛苦的心情请问各位……我都不知道怎么说了，先
生们！……我怀着无比愤怒的心情请问各位：我们的社会
将走向何处？……事实上，先生们，无论我们的目光转向
哪一个角落，目之所及都是一片混乱：四足动物界很混乱、
鸟类很混乱、甲壳虫界很混乱，到处都是混乱不堪！……
我们所看到的都是一些混乱的迹象，极其混乱，极端混乱，
内部混乱。是的，先生们，社会的躯体已经腐蚀了，社会的
躯体已经解体了。如果各位再不阻止社会道德风气每况愈下
的趋势，我们的社会将会分崩离析、自取灭亡。"

　　这位演讲者完全同意对狼的有罪指控，主张判处其极
刑。被告的辩护律师声称，无辜者陷入不幸，这是世界上最
好看的戏，然后发出呱呱的大叫，以示抗议。

　　中午十二点半，问题交给了陪审团进行最后讨论。一
共有三个问题，其中一个是针对谋杀案，一个是针对作案的
预谋。陪审团成员进入矮树林进行讨论。各派的支持者也展
开了激烈的争论，可以听得出，女性的声音最响。

　　主编先生们，我发现了一个很矛盾的现象。自然界赐予了
女性健谈的天分，但她们说的大多是些废话。相反，男性的思
想更加智慧和成熟，在语言天赋上却比女性逊色。行行好吧，
女性朋友们，请你们少说一些，或者说话时多一些思考。

下午三点钟。陪审团成员回到法庭，并以占大多数的五声乌鸦叫宣布被告有罪。尽管这个判决结果在大家的意料之中，但一经宣布，还是引起了全场强烈的反应。（大家都手舞足蹈，母鹅们大声欢呼。）

审判长发声："我请求在场的旁听人员保持肃静。斗牛犬警官，请将被告带上法庭。"

狼被重新带进了法庭，步伐很镇定。听到法庭宣布了陪审团的裁决后，他面无表情。

秃鹫总检察官激动地要求对被告执行死刑。

法院判处被告死刑。

庭审现场拥挤的动物们陷入了忧郁与沉默；没有人说话，没有人哀叹，没有人有所动作。看到所有的目光都集中在了一个点上，所有的鸟嘴都闭上了，人们还以为它们遭到了电击，永远不会动了。

这个夸张的句子结束了关于此案最后一场庭审的故事，这个故事刊登在动物法庭的公报上。案件的主角刚被执行绞刑；他死的时候非常勇敢，一直强调自己是无辜的。

狱卒们把这个罪犯生前的随身物品拿出来倒卖，赚了不少钱。一头英国牛专程从米德尔赛克斯的牧场赶来，花两先令买下了罪犯的一撮头发；一个书商出六千法郎购买了《美德的胜利》的手稿。

　　人们出版了关于狼的四十二幅画像，尽管这些画之间毫无关联，大家都宣称自己的画才是真的，是在重罪法庭上根据原型完成的。这只狼甚至还有幸被悲唱，一群到处表演的鸭子是这样唱的：

　　　　听啊，喜鹊、鸭子、
　　　　火鸡、乌鸦和白鸽，
　　　　这是一个凶残的犯罪故事，
　　　　罪犯的恶毒堪比哈耳庇厄[①]。
　　　　谋杀案的凶手，
　　　　是只凶残的狼。

◎ 谋杀案的凶手，是只凶残的狼。

---

① 哈耳庇厄，希腊神话中身子是女人，而翅膀、尾巴及爪子似鸟类的怪物，以邪恶、凶残著称。

一只可怜的母羊
正在田间散步；
那头恶狼靠近她，
阴森森地对她说：
"女士，晚上好，
见到您很高兴。"

尽管对方的问候不怀好意，
母羊还是礼貌地做了回答。
然而就在这一刻，恶狼
掏出了屠羊的匕首，
这个卑鄙的凶手，
将刀刺向了母羊的胸膛。

然而，警察会保护
所有公民的生命！
这个坏蛋终被逮捕，
他猖狂而大逆不道，
试图自我了断；
不过并未得逞。

他说自己受了冤枉，
然而大家并不相信。
在激烈的辩论之后，
他被送上了绞架。
这个卑鄙的罪犯
就此被砍掉了脑袋。

道德教寓：

如果你们正受诱惑

走在犯罪道路上，

请通过这个案例

得知这一崇高的真理：

谁作恶多端

谁就是一个坏蛋。

罪犯的遗体被悄悄地埋了，但头骨被交给了一只擅长颅相研究的猫头鹰。这位著名的生理学家发现它的善良骨十分发达——请读者诸君都好自为之吧！

◎ 在激烈的辩论之后，他被送上了绞架。

熊，或山中来信 ①

L. 波德

深知事物缘由的人是幸运的。

——维吉尔《农事诗》

自出生以来，我就对孤独抱有强烈的向往。毫无疑问，这种向往本应成为一种有用的天赋；但长久以来，我并没有把我的所学用到促进众生和谐的事业上，而是致力于破坏大自然的杰作。出生后没多久，我第一次爬树就遭遇了失败，摔下来之后，落下了跛腿的终身残疾。这次事故对我后来的性格产生了很大的影响，并逐渐培养了我忧郁的气质。我父

---

① 这篇信札并不是为读者大众写的。收信人是一只年轻的熊，经过慎重考虑，他决定将友人的这封来信公之于众。他认为旧友的这封信对他的一生都很有帮助，因此觉得也许对其他读者也有借鉴意义。同时，在发表这封信的时候，原作者已经不在世间，他留下的回忆录也将在近期出版。——原编者注

亲的山洞经常有邻近的熊来访。他曾经是一个出色的猎手，十分热衷于款待宾客：从早到晚，我们家的歌舞和筵席从未停止过，而我却始终与家里这种欢乐的气氛保持一定的距离。邻里的串门使我厌烦，我受够了那些佳肴，甚至那些祝酒歌都令我心生憎恶。这些反感的情绪不单单停留在我的身体里，尽管现代哲学家把积极和消极的情感起源都归结到身体组织上。我认为，身体的残疾阻碍了我对快乐的追求。于是，我生来便有的那种对孤独与静谧的向往逐渐演变成了一种阴郁的性格，而我也对自己成了"一只不可理喻的熊"感到快乐，因为这种状态通常都会被认作一种怀才不遇的象征，或是一种举世无双的美德。一份针对我自己以及他人的研究表明，傲慢是这些悲伤与苍白想法的根源。对于这些，我们只能向月光和芦苇的叹息询问答案了。但在悔改之前，我注定要先经过苦难的考验。

用我的偏执来折磨父母已经不能使我满足，我制订了一个计划来抛弃他们，并试图寻找一个被世人遗忘的角落，自由地沉浸在自己所向往的孤独之中。我意识到这次离家出走将给我父母带来很大的痛苦，但这并不能让我改变主张。我将这个计划告诉了家中的一个朋友，为的是让大家知道，我是自愿隐世，而不是遭遇了什么不测。

我永远也忘不了我离家的那一天。那是一个早上：父亲外出打猎了，母亲还在睡梦之中。我利用这一机会悄悄走了。大雪封山，寒风悲怆地吹过那些挂着雾凇的冷杉树尖。

在这大自然的服丧期，世间万物都会退缩，而我是个例外。什么都不如荒谬的决心那样坚定，我义无反顾地离开了。

世上很难找到一个比我的隐世之地更人迹罕至的地方。在五年的时间里，除了一只老鹰曾经飞来，停留在我洞穴附近的一棵树上，远近各处都没有任何活物的踪影。我的静修生活十分简单。拂晓时分，我便坐在一块大石头上看日出。早晨的清冷唤醒了我的想象力，我把一天中最早的这几个小时用于作诗，试图用这些诗来表达那些漂泊的灵魂所承受的所有痛苦，那些曾将亲吻生命之杯，最终却扭头而去的灵魂；中午时分，我研究一些简单的事物；夜晚，我看着星星一颗颗在夜空中亮起，那时，我的心也飞向了月亮或者那柔美的金星，有时"我觉得我有创造世界的力量"。

五年的时光就这样在单调的生活中流逝，这个时期最终麻木了我的感觉、驱散了我的梦境、浇灭了我的热情；渐渐地，我改变了自己观察事物的角度，进入了一个关键时期，也就是人生中会反复出现的思想转变时期，这种时候，通常都伴随着难以言状的痛苦。为了摆脱这种痛苦的状态，我们愿不惜一切代价。在我们最不了解的东西当中，必须划入我们不再爱的东西，这样，羞耻感就会小得多。烦恼一旦羞羞答答地取代了自尊，我们便会反悔，决定重新回到同类当中，投身于他们的运动，分担其他熊的工作与危险，总而言之，就是回到社会生活中去，并接受那里所有的条件。但在这时候，要么是一种强大的意志不让我不赎罪就回到我曾厌恶的那种生活中去；要么是我的命中注定如此：我突然落入了人类手中。

◎ 我的静修生活十分简单。

　　一天早上，我上路准备开始实施我的计划。刚走了差不多半里①，来到一个狭窄的峡谷底部时，就听到好多人在

---

① 这里指法国古里，1 古里约合现在的 4 公里。

大喊:"熊! 一只熊! "正当我停下脚步,试图寻找这些陌生声音的来源时,不知哪来的一只手把我击倒在地。我在地上翻滚的时候,四只恶犬向我扑来,后面跟着三个人。我不顾身上伤口的疼痛,和那几只狗搏斗了很长时间,但最终还是在这群凶残动物的爪牙下失去了知觉。

当我从昏迷中醒来时,我发现自己已被人用绳子捆在树上,嘴上被套了一个环,鼻环上拴着绳子。树荫遮住了一座房子的大门,这座房子虽然位于平原边,但仍处于深山中。我所经历的一切就像是一场梦,唉! 一场短暂的梦! 我的不幸很快就变成了悲惨的现实。我知道得太清楚了,如果说我苟且保住了性命,但这是以自由作为代价的。我不知道他们是怎么给我套上这命中注定的鼻环的,有了这鼻环,世界上最脆弱的生物[1] 也能随心所欲地奴役我。啊! 荷马的那句名言太有道理了:失去了自由,便失去了一半灵魂。清醒过来之后,这种奴役给我造成的屈辱感便更强。这时候,我比以往任何时候都更加心服口服地承认,我自以为有能力无视外界的一切事物而生存,如今却成为这种傲慢的最大受骗者。在我的这种处境下,到底发生了什么变化呢? 广阔的天空、巍峨的群山、明媚的阳光、皎洁的月光,这些都依然属于我。但为什么此时此刻,这些不久之前还依然能慰藉我心灵的美景却看不见了呢? 我不得不从内心深处承认,我其实

———————————

[1] 此处指人类。

从未放弃过那个我曾经赌气离开的世俗世界。如果说我能够远离尘嚣安心生活了几年，那也是因为我一直清楚地知道，自己可以随时返回原先的社会。

之后的好几天，我都在惊愕与绝望中度过。然而从内心承认自身的脆弱，让我为自己的灵魂走向屈从打开了大门，而这种屈服反过来也给我带来了希望，我慢慢地感到了一种从未有过的平静。而且，如果说有什么可以抚慰丧失自由的痛苦，那就是在新生活的快乐中，我几乎忘记了自己被奴役的身份，因为我的主人对我十分尊重，让我跟他同席吃饭。我在马厩里过夜，身边都是一些性格温顺又友善的动物；白天，我就坐在房门边的梧桐树下，看着主人的孩子们跑来跑去，他们都充满爱意地看着我。门前的道路上经常会有公共马车驶过，给我带来不少乐趣。周日，隔壁村的男男女女来到梧桐树下，在风笛声中跳舞。由于我的主人是一名客栈老板，山民们总是来他这儿庆祝节日。这里一直回荡着觥筹交错的声音和宾客们欢乐的歌声。我总是被邀请加入饭后的舞会，舞会常常通宵达旦。通常，我都是和最美丽的村妇跳开场舞，跳的是一支复古的舞蹈，如同当年在克里特岛，代达罗斯①为可爱的阿丽亚娜创作的那支舞蹈。从那时起，我便开始研究处于社会另一极的人类的内心生活，并将他们的命运与这些山民作比较。我发现，山民们的幸福感比

---

① 代达罗斯，古希腊神话中雅典著名的建筑家和雕刻家，能工巧匠的代表，传说他曾在克里特岛国王弥诺斯之女阿丽亚娜的帮助下杀死了牛首人身的怪物弥诺陶洛斯。

那些被我们当作幸运儿的人强很多；同时，我也总结出了一条适用于全人类的规律：只有无知才能幸福。鱼与熊掌不能兼得，这种可悲的不二之选，也许让人类比任何动物的幸福感都低。熊由于性格与习性单纯，完全逃脱了这一怪圈。

◎ 我都是和最美丽的村妇跳开场舞。

　　这种田园牧歌式的生活持续了六个月，其间我以失去光芒的阿波罗神为榜样，替阿德墨托斯国王放牧①。一天，我按照平时的习惯坐在家门口的树荫下，一驾马车在客栈前停下，马车由四匹马拉着，车上坐着一个我觉得属于上流社会的人。还真的是，我很快就知道了，这名旅行者是一位英国诗人，被称作 B 爵士②，在整个欧洲都大名鼎鼎。他刚在东方进行了一次艺术之旅，正在返程的途中。他下车后到店里吃了点东西。我觉得自己成了他和我主人之间谈话的主题，结果我并没有弄错。B 爵士给了我主人一些金子，主人便把我从树上解开，在马车夫的帮助下，把我抬上了那辆马车。远离了那个我生活得快乐而又充实的山谷时，我还未从惊讶中回过神来。

　　我发现，生活方式完全改变，会使我陷入痛苦和慌乱，而经验告诉我，幸福就建立在单调与带来这种感觉的习惯之上。看到我的出生地消失在身后时，我不知道如何形容内心的悲痛。永别了，我在心里对自己说，永别了，我亲爱的大山！

　　虽然失去了你，但又怎能失去对你的记忆！

　　我感到对故土的爱是与生俱来的，是永恒的；而旅行，

---

① 古希腊神话故事。阿波罗杀死了迫害其母的皮同，宙斯罚他为阿德墨托斯放牧，以苦役赎罪。
② 指英国著名诗人拜伦爵士。

即当代一个歌手所谓的"迷人的生活"，往往只能带来持续的身心劳碌。我于是明白了为什么卡吕普索^①女神的魅力也无法阻挡俄底修斯回到他贫困却又可爱的家乡伊塔卡^②，回到他那冒着炊烟的宫殿。

> 那些已获财富的人
>
> 幸福地生活下去吧！^③

我们在巴约讷^④登上了一艘开往英伦诸岛的船。我和 B 爵士在他苏格兰的一座城堡里度过了两年时光。我在一个愤世嫉俗的诗人周围所能进行的思考，最终在我脑海中确定了我的人生规划，自从我重获自由后，这种想法就没离开过我。我已经摆脱了让我陷入孤独的精神疾病，然而，我身上还有一种更加严重的毛病，它迟早会让我失去我的苦难与经历给我带来的东西。出于需要向他人倾诉自己的烦恼与不安，我养成了写诗的爱好。可是，唉！只有能把热情与平静结合起来，只看到美好的事物，并能把它们写出来的少数人才能写诗。而我则备受煎熬，就像那些不知名的人以及蹩脚诗人所说的那样，我只想通过诗句表达我虚幻的痛苦。补充几句我从未引用过的诗：

---

① 卡吕普索为古希腊神话中的海之女神，曾将她所喜欢的俄底修斯困在她的奥杰吉厄岛上七年。
② 希腊西部地名，古希腊神话中俄底修斯曾是这里的国王。
③ 引自维吉尔的诗。
④ 法国西南部城市。

　　　　那些头脑简单的人很是幸运，

　　　　温柔而温顺的缪斯女神

　　　　给他们打开所有的宝藏。

　　为了激发灵感，我时而趴着睡，时而仰着睡；有时像教皇那样大步地在城堡周围花园里的林荫小道上散步，还从胸口发出低沉的声音来吓唬那里的鸟儿。谁会相信呢？自己的无能让我心生怨恨，充满了不良的感情：憎恨衣着华丽的人，憎恨社会机构，憎恨过去、现在、未来及其他的一切。从索罗门王时代开始，人们就开始著书，但我们始终缺少一本价值难以估量的书：它可以将文学作品中所有的苦难场景汇集在一起。必有后人为之！……B 爵士……虽然才华横溢……出于尊重与感激，有些话我不能说。我只能说，他已经厌倦了诗意的生活，只想回到平凡的生活中去，在妻子的怀抱里平息内心的狂风暴雨。但已为时太晚！他的婚姻以失败告终。不幸的 B 爵士，除了客死异乡，没有其他选择。一位可怜的诗人就这样被废了，这对我而言是多么深刻的一课啊！我只希望做一件事，那就是最终恢复自由，并能从我在人类身上获得的经验中受益。

　　我回归自由的日期比我想象的要来得快。希腊动乱的消息刚一传来，B 爵士就准备去那里为自己寻找一块漂亮的墓地。出发前几天，他想最后去一趟伦敦。借着他最爱的莎翁悲剧《哈姆雷特》上演的机会，他在英国民众面前再次亮相。演出那天，我们坐着敞篷马车前往剧院。当我们到达正对着舞台的包厢时，剧院里已经坐满了人。一瞬间，所有的目光和长柄眼镜都对准了我们。女士们从包厢前面的围栏上探出身来，如同开在岩缝中的花朵，甚至在开场后的很长一段时间，观众的注意力都在莎翁的作品和我们之间游走。直到在《哈姆雷特》中起重要作用的鬼魂出现，人们的目光才完全集中到舞台上。这次演出显然让观众熟悉了我们的身影，所有人都为此疯狂或近乎疯狂。这次非比寻常的演出给伦敦的所有报纸提供了话题。因为这是欧洲知识界近二十年来所有政治、宗教、哲学和文学事件的终结。

◎ 我们坐着敞篷马车前往剧院。

第二天，我们前往法国。我的幸运星希望 B 爵士⋯⋯能绕道去看看尼姆遗迹。一天晚上，他坐在这个村子附近一座古塔的脚下。我利用他打盹的机会，以雪崩一般的速度逃到了山谷。连续四天四夜，我翻过了一座座高山，中间没有回过一次头。终于，在第四天的上午，我回到了比利牛斯山脉。极度兴奋之中，我亲吻了家乡的土地，然后走向那个我第一次见到天光的洞穴。现在，那里住着我家族的一个朋友，我向他打听我父母的消息。他告诉我："他们死了。"

"那加博林呢？"

"死了。"

"那拉马尔呢？还有桑卡迪尔呢？"

"他们也死了。"①

听到他们的死讯，我留下了眼泪，之后就在迷路山定居下来。之后的故事，诸君都已知道了。

四年来，我没有什么诗人的才气，所以我也许比 B 爵士幸运一些。我在家庭的快乐当中找到内心的安宁。我的妻子非常贤惠，孩子们也很可爱。我们都很厌恶那些无聊的社交。此心安处是吾乡。我还想加上一句：不写诗才会幸福！

也许你们会用某些哲人的观点来反驳我，但我要回答说，我从来不把那些哲人放在眼里。他们当中有个人说，他

---

① 消息有误。加博林、拉马尔以及桑卡迪尔还活着，他们现在是马戏团斗兽场里的演员，每周日都会出现在舞台上。——原注

知道他的心在何处，他了解熊。^①至于圣人，我对他们始终抱有敬畏，并且始终注意将他们与哲人区别开来；然而，神明有时候也会露出马脚，圣洛什教堂的狗^②就是对孤独生活的一种抗议。

◎ 我在家庭的快乐当中找到内心的安宁，我们都很厌恶那些无聊的社交。

至于我，我祈求神明能够让我安静地度过余生，充满智慧，顺其自然。除此之外，我还能有什么别的奢求呢？难道泉水女神不会用她那永不干涸的圣水之壶为我解渴吗？难

---

① 暗指卢梭的名言："我知道我的心在何处，我了解人类。"
② 源自法国天主教圣歌《圣洛什教堂的狗》。

道自然女神不会用她的树荫庇护我吗？难道我不能满足一只没有野心的熊最简单的生活需要吗？剩下的就靠我自己了。但是，谢天谢地，我感到自己现在是生活的主人，我在山里过着宁静的生活，远离暴风雨的威胁！我就像岸边的芦苇，不想像翻滚的浪花，呻吟着击碎在岸边。正因如此，我希望能顺利走完我的一生，直到我的灵魂升向那颗闪亮的星星。那颗星的名字写在天上，证明了我们的出生是多么高贵。

就是这样！

驴子指南
——适用于想获得荣誉的动物

巴尔扎克

　　编辑先生们，驴子们感到应该在"动物专栏"发出自己的声音，以此来反驳长期以来针对我们的不公正言论。这些言论对我们的名誉造成了损害，导致驴子一度成了"愚蠢"的象征。如果说给你们写信的这只驴子能力有限，至少他勇气可嘉。首先，如果有一天某位哲学家在报告中认真研究了"愚蠢"与社会之间的关系，人们也许会意识到，幸福的本质其实就是像驴子一样生活。再者，如果没有驴子，任何一次大选都不会有所谓的"得到大多数选票而顺利当选"：因为驴子正是所有政府所钟爱的那类"顺民"。但我的目的并不是谈论政治，只是想证明这样一个事实，相比于一些所谓"智慧"的人类，我们驴子（或者是其它跟我们地位和形象一样的动物）其实更有机会获得荣誉：想想给你们写这篇有趣的回忆录的这头驴子，他吃着政府的津贴，衣食无忧，靠英国政府养着。而这个政府有清教 [1] 主义倾向，有只母猫已经向你们揭示过。

◎ 幸福的本质其实就是像驴子一样生活。

　　我的主人曾经是巴黎周边地区的一个普通教师，贫穷的生活一直困扰着他。我和他在性格上有个根本的共同点，那就是我们都希望能无所事事却又过上优裕的生活。对于人类和驴子的这个共同理想，人们给它起了一个好听的名字，

---

[1] 清教，基督教新教派别之一，16世纪出现在英国，反对国王和主教的专制，主张清除国教会所保留的天主教旧制度，简化仪式，提倡过勤俭清洁的生活，故名。

叫作"抱负"：人们总说这是社会发展所带来的结果，而我却深信这是动物与人类与生俱来的天性。周围的母驴知道我的主人是一个教师，因此都愿意把孩子送到我这里来接受教育，我也很愿意好好引导这些孩子。然而，我带的班级没有取得任何成功，在一顿棍棒之下，小驴子们不欢而散。但主人对我却十分嫉妒：当我教的小驴子已经能够流利地叫唤时，他的小学生们依然结结巴巴。每当这时候，我就会听到他十分不公正的咒骂：你们不过是一群驴子而已！然而，主人对我在教学上取得的成绩感到很震惊：显然，我的方法比他的高明。

他常常自言自语："为什么人类的孩子要花很多时间去学习说话、阅读、写作这些基本的生存技能，而驴崽子们在很短的时间里就能学会它们先辈所掌握的一切谋生本领？每种动物都有一套足以让它们生存的本领，而动物之间的这些本领又不尽相同，但它们都能很快地学会。为什么人类就没有这种快速掌握生存技巧的能力？"尽管我的主人在自然博物史方面一窍不通，但在我的启发下竟然空想出一套科学体系，并准备去公共教育部谋一个职位，目的是用政府的资金继续这项研究。

于是，主人骑着我穿过圣玛索区①，来到了巴黎。当我

----

① 圣玛索区为19世纪巴黎外围的一个区，现在位于巴黎市区13区和5区。当时，该区由于长期属于巴黎最肮脏和贫穷的地区，被称为"穷郊区"。

们走到意大利大栅栏①的宏
伟建筑物前，首都的美景
尽收眼底时，我们用各自
的语言发出了如下的感叹。

主人："啊，神圣的宫
殿！国家财政养活了你！
什么时候会有教授能够赏
识我，给我一份生计，授
予我十字荣誉勋章，给我
一个职位，不管什么职位都行，不管在哪儿都行！到那时，
我将赞美所有的人，而他们也绝不会说我的任何坏话。然
而，怎样才能找到教育部部长本人，如何才能向他证明我理
应得到这样的殊荣？"

我："植物园真美啊！动物们在这里得到了悉心照料，
酒足饭饱之余完全不用担心棍棒的威胁！什么时候你才能向
我敞开怀抱，让我生活在你那二十英亩的大草地上，漫步在
那30多米长的瑞士小山谷里？是不是命中注定我一辈子都
吃不上政府的补贴，过不上不劳而获的生活？当我终老时，
我多么希望能够栖息在你那优雅的栅栏里，上面有个编号，
牌子上写着：'非洲毛驴，由某军舰带回法国。'那时候，
也许国王都会来看我。"

---

① "意大利大栅栏"为19世纪巴黎地名，位于现在的巴黎13区意大利广场。

　　向这座到处都是马戏演员和魔术师的城市致敬之后，我们来到了著名郊区 [①] 臭气熏天的狭窄小路上，这里到处都是各种动物，人人都有本领。我们落脚在一家破旧不堪的小旅馆，这里有带着貂的萨瓦 [②] 人、带着猴子的意大利人、带着狗的奥弗涅 [③] 人、带着小白鼠的巴黎人、没有乐器的竖琴演奏家以及声音嘶哑的歌手，所有聪明的动物都在这里。我的主人全身上下只有六枚一百苏 [④] 的铜币，相当于三十法郎，而这些钱就是他的全部身家。如果没有这点钱，估计他早已选择自尽。

　　这家小旅馆的名字叫作"仁慈"，是巴黎一家具有慈善性质的旅店，住宿一晚仅要两苏，吃一顿饭仅九苏。旅馆门前有一个很大的马厩，一些乞丐和穷人就住在这里，参加巡回演出的艺人也把他们的动物拴在这里。很自然，我也被主人安置在了这里，因为他把我当作一头聪明的驴子。顺便提一句，我的主人叫作马尔米。在马厩旁，他不禁思考起眼前这群动物和人类共同上演的喜剧：一位侯爵夫人戴着羽毛小帽，缠着金色腰带，这个长相奇丑无比的女人极易动怒，正与一个参加过阅兵仪式的风流士兵搭讪；一只老兔子正在认真地锻炼身体；一只聪明的鬈毛狗正在表演一出现代派的情景剧，为了吸引观众，它让一只戴着游

---

① 暗指圣玛索区。
② 萨瓦为法国东南部地区的一个省。
③ 奥弗涅为法国中部地区的一个大区。
④ 苏为法国旧货币单位，1法郎等于20苏。

吟诗人帽子的猴子骑在自己身上；许多正在休息的灰老鼠正在欣赏一只母猫，母猫很尊敬两只金丝雀，眼下正在跟一只刚刚睡醒的土拨鼠聊天。

看到这一幕，我的主人不禁说道："我以为发现了一门科学——'比较本能学'，然而马厩里的这出闹剧残忍地证明它是错的！在这里，所有的动物都成了人类！"

"先生想成为学者吗？"一个年轻人问我的主人，"科学深深地吸引着您，而您正在科学的大道上行走。您是一个有志青年，从您的衣着打扮就可以看出来。为了达到目标，我们就必须前进，而为了前进，我们就必须放下包袱。"

"敢问您是一位大政治家吗，竟能如此礼贤下士与鄙人说话？"我的主人问。

"我是一个什么都尝试过的年轻人，然而却失去了一切，除了强烈的欲望。在等待一切都变好的过程中，我只能住在仁慈旅馆里，平时靠做小报记者为生。敢问您又是何方神圣？"

"我是一个辞去了工作的小学教师，当然，我懂的并不多，然而我在思考为什么动物天生就有一种本领，一种叫作'本能'的特别的谋生本领，而人类却要做出巨大的努力才能掌握这种本领。"

"那是因为科学是没用的！"年轻人大声地说，"您难道从来没研究过那篇童话故事《穿靴子的猫》吗？"

"当我的学生们听话的时候，我会讲这个故事给他们听。"

"太好了，亲爱的先生！这个故事告诉了我们所有成功的奥秘！故事里面的猫做了什么呢？它只做了这么一件事：它每到一处，就宣称这片土地是其主人的，然后，人们就相信了它的话！这下您该明白了吧？我们所要做的就是让人们相信，我们有什么本领，是什么人，拥有什么东西！也许那并非事实，但没关系，只要人们相信就行！《圣经》里说："唯有人类可怜。"政治和爱情一样，也需要两个人共同努力，才能创造出作品。我们将携手合作，您发现了"动物本能学"，您将站在讲台上为人们解读"比较本能学"，成为一位著名的学者，而我将把您的成果公布于众，在全巴黎、全欧洲以及全世界进行宣传，并把这个理论灌输给公共教育部的所有人，从部长一直到最底层的公务员，一个也不放过！穆罕默德之所以如此伟大，就是因为他身边有一群忠实的信徒，无论他做得正确与否，这些信徒都始终支持他，并将其奉为先知！"

"我十分渴望成为一名大学者！"马尔米说道，"可人们会要求我解释我的科学。"

"如果能解释，这还叫科学吗？"

"还有，我需要一个出发点。"

"是的"，年轻记者说道，"我们必须找到这样一种动物，它的出现能动摇知识界的理论。举例而言，大脑男爵一生都在坚持这样一种理论，那就是不同的动物种类之间有明确的区分界限。他坚持这一观点，这是他的荣耀所在；然而，当下很多大哲学家^①都试图打破大脑男爵辛辛苦苦建立起来的理论。让我们也来加入这场科学论战吧！在我们看来，'本能'将被看作是动物的思想，相比于动物的骨架、蹠骨、牙齿、椎骨等生理特征，'本能'因为有思想烙印，因此是动物区别于其他物种最明显的特征。然而，尽管动物的本能在不断改变，本质上却始终是一样的。尽管它们在外表上有诸多区别，但是没有比它们更好的物种来证明本能的同一性。同理，我们将支持这样的观点，即由于只存在一种动物本能，因此也就只有一种广义上的动物；本能是动物身上所有组织主动适应环境以获取生存条件的一种能力，虽有各种各样的情况，然而它们在本质上都是一样的。我们用一种新的科学学说来介入这场论战，反对大脑男爵的理论，支持'动物同一论'哲学思想的博物学家，从强大的大脑男爵那里得到优越的条件，并向他推销我们的理论。"

"然而，科学并不是意识，"马尔米说道，"好了，我不再需要我的驴子了。"

听到这里，这个小报记者突然兴奋地叫起来："您有一只驴子！我们终于得救了！我们将把这只驴子变成一只不同寻常的斑马，通过某些特别之处来颠覆动物分类，以此把学

---

① 与后文中坚持"动物同一论"思想的哲学家或"同一论"理论支持者相对应。文中所谓的"动物同一论"派的哲学家，暗指基督教中的"一位论派"，这是否认三位一体和基督的神性的基督教派别，强调上帝只有一位，而传统基督教相信上帝由三个位格（即圣父、圣子和圣灵）组成。文中的"大脑男爵"暗指19世纪欧洲国家主流的天主教或新教势力，这两派均反对"一位论派"的宗教哲学思想。

者的注意力都吸引到您的'比较本能学'上来。学者是靠术语生存的，那就让我们推翻原有的术语体系。这样，他们很快就会警惕起来，然后向我们妥协，被我们的学说所吸引，这就是我们想达到的效果。在这个小旅馆里的那些江湖郎中，他们能用一些神秘的偏方造出生吞动物的野人、骨瘦如柴的男人、体重达到一百五十公斤的侏儒、长胡子的妇女、奇形怪状的鱼以及其他畸形物种。在这个基础上，我们礼貌一点，就能给这些学者准备一个革命性的发现。"

他们会对我做些什么呢？当天夜里，他们找人先给我去了毛，然后在我的皮上切出横向的斑马条纹，接着，一个江湖郎中在上面抹上了某种不知名的液体。几天之后，我就出名了！在这过程中，我也体会到了任何一只动物在出名之前都要遭受的痛苦。在所有的报纸上，巴黎人都可以读到这样的消息：

亚当·马尔米是一个勇敢的旅行家，也是一位谦逊的博物学家。他在穿越非洲大陆的旅程中，从非洲中部的月亮山中带回一匹独特的斑马。这匹斑马的显著特征动摇了长久以来动物科学界的主流基础理论，也让一位著名哲学家的观点得到了验证：他不承认不同动物身体组织结构之间存在根本性差异，并提出了"所有动物都有完全相同之组织构造"这一基本理论，得到了德国知识界的支持。这只非洲斑马身上的条纹是棕色的，而身体的底色则是黑色。然而，根据目前动物学界主流学派的观点，物种间的绝对差异性毋庸置疑，他们不承认野生的马类会有黑色的皮毛。至于它身上棕色的条纹，马尔米先生将在他即将出版的《比较本能学》一书中进行解释。值得注意的是，这门新兴学科是该学者在非洲中部观察了众多人类所不熟知的动物之后所创立的。这只斑马行走的方式跟长颈鹿相同，它是马尔米先生此次危险的考察所获得的最大科学成果。由此可以证明，动物的本能可以根据其所处环境的变化而改变。以上发现，让动物学史上诞生了一种新的重要理论。一些顽固的主流学者由于担心原有的核心理论体系会被推翻，拒绝向亚当·马尔米先生开放市政厅的圣让厅，但他仍将在一个公共讲堂上向公众阐释他的新理论。

所有的报纸都刊登了这则小道消息，包括以严谨著称的《指南者》。正当巴黎学术界开始忙于研究这起意外事件的时候，马尔米和他的朋友已经住进巴黎图尔农街一家十分体面的酒店，并把我锁在酒店门口的一个马厩里。焦虑不安的巴黎学术界匆忙派来一位法兰西科学院院士，带着厚厚的学术文献。主人的这一发现必然动摇大脑男爵的理论，因此这位院士丝毫掩饰不住自己的担忧。很显然，如果动物的本能能够随着气候与环境有所改变，那么关于"动物性"或"兽性"的权威理论将遭遇灭顶之灾。支持"动物同一论"理论的伟大哲学家曾大胆地提出了一个理论："生存"的原则就是适应一切。马尔米的新发现和新学说无疑证明了"动物同一论"比大脑男爵提出的物种区别论更有说服力。如果主人的这一理论得到了认可，从今以后，在动物学研究当中，就再也没有必要对动物的种类进行划分，除非是有些动物爱好者出于兴趣，纯粹为了分类而分类。这样，"自然科学"也就成为一种没有实际用途的游戏。按照新的理论，牡蛎、珊瑚虫、狮子、植虫、微生物甚至是人类，就其本质而言，都是同一类动物，只是器官的大小有所不同而已。比利时人萨尔坦贝克、沃－曼－贝登、菲尔奈特爵士、格布图赛尔、丹麦学者索登巴赫、克拉恩伯格，这些学者都是"动物同一论"理论的忠实信徒，坚决支持发明这一理论的那位法国教授。从来没有哪场科学论战像这两派之间的斗争一样激烈。在大脑男爵背后支持他的有法兰西科学院院士、大学教授等，法国政府也支持他的理论，认为只有它与《圣经》相吻合。

然而，马尔米和他的朋友也坚定地维护自己的新理论。在回答那位法兰西科学院院士提出的疑问时，他们用铁一样的事实来回击，并在这个过程中宣传自己的学说。院士离开的时候，对他们说了如下一番话："先生们，我承认，你们所支持的这位马尔米老师是一个学识渊博而又有勇气的天才。我不否认他所倡导的新理论体系也许能更好地解释我们的世界，但实在不应该继续推广下去：为了科学的利益，应该……"

"是学者们的利益！"马尔米大声地说。

"好吧，您想怎么说就怎么说，"院士继续说道，"应该将您的学说扼杀在摇篮里：因为归根结底，这是一种泛神论①。"

"是吗？"记者反问道。

"如果没有一种自由的意志自由运动，让物质独立于上帝的安排，那如何承认分子之间的相互吸引力呢？"院士答道。

"那上帝为什么不用同一个原理去组织一切呢？"马尔米问。

这时候，年轻的记者在院士耳边悄悄说："您也看到了，眼前这位先生是一位具有牛顿精神的新学者，您为什么不把他引荐给公共教育部部长呢？"

"那是当然的！"院士很高兴能成为这头革命性"斑马"的主人。

"也许部长大人会很高兴成为第一个看到这匹神奇斑马的人。如果您能拨冗相陪，我们将不胜荣幸。"我的主人趁机补充道。

"谢谢……"

不等院士把话说完，记者就说："部长先生届时一定会非常赞赏马尔米先生此次非洲之旅对科学界做出的贡献！难道我的天才朋友此次非洲月亮山之行会一无所获吗？您瞧瞧

---

① 泛神论是一种将自然界与神等同起来，强调自然界的至高无上的哲学观点，其代表人物有布鲁诺、斯宾诺莎等。

眼前的这头驴子，它走路的方式与长颈鹿无异，至于黑色皮毛上的棕色斑马纹，这是非洲山区华氏零下几度和列氏^①零下几度造成的结果。"

"或许马尔米先生也有意进入公共教育界谋一份教书的职业吧？"院士问道。

听到这句话，小报记者兴奋地站起来，喊道："多好的职业啊！"

"啊，我所说的这个建议，并不是当一个普通的教师，整天像大鹅带小鹅一样在学校里看着学生们念书。我所说的教书，不是在普通学校的小讲台上，而是在更高层次的大讲台上，在大学、议会和皇宫里讲演，以及给剧院或者报社的领导层上课。这些我们以后再说。"院士说道。

以上这一切都发生在 1831 年年初。在那个时期，部长们都希望自己能够成为受公众欢迎的人物。当时的那位公共教育部部长是一个什么都懂，甚至连政治也有所涉猎的人物。在上述这位法兰西院士的提醒下，他很快意识到了马尔米的理论对大脑男爵的科学体系的威胁。这位思想顽固的部长（在日内瓦共和国^②，这种人也被称为"刻板的新教徒^③"）并不希望泛神论进入科学界。然而，思想更加顽固的大脑男爵把"动物同一论"定性为泛神论的一种。这是学者的一种

---

① 列氏度是历史上测定温度的一个计量单位，现已废弃不用。
② 日内瓦城曾是城市共和国，位于法国和瑞士联邦之间，名叫"日内瓦共和国"。
③ 新教是 16 世纪宗教改革运动中脱离罗马天主教会形成的新宗派。

大度：在科学界，有时候礼貌地说"泛神论"是为了避免"无神论"这个词的出现。

"动物同一论"的拥护者们得知一位部长将参观这只珍贵的斑马，担心他会被吸引。于是，哲学大师手下最得力的一位门徒匆忙赶来，希望能见到著名的马尔米：巴黎的媒体已聪明地改变了语气，在他的名字前加了这个了不起的形容词。我的两个主人这时拒绝将我向这些人展示。事实上，我那时候还没学会按他们描述的那种方式行走，我的皮毛和身上用化学药品制造出的斑马条纹也还没有达到预期效果。这两个狡猾的阴谋家让那位年轻的门徒侃侃而谈，那家伙向他们详细描述了"动物同一论"这个杰出的哲学体系，其思想精华与造物主的伟大和纯粹完美地融合到了一起，也与牛顿爵士所发现的自然科学体系完全吻合，很好地解释了这个世界的奥秘。我的主人在这过程中一直洗耳恭听。

"我们正在开创一门纯粹的科学，而我们的这匹斑马则是解释问题的核心所在。"小报记者说道。

马尔米也补充道："我的斑马已经不仅仅是一只普通的斑马，而是一个伟大的发现，并催生了一门学科。"

"您的'比较本能学'恰恰证实了博学的菲尔奈特爵士的发现，他发现西班牙、苏格兰以及瑞士的绵羊根据草的不同分布吃草的方式也不同。"那个忠实的门徒说。

"但是，生活环境不同，出产的东西也不一样，是吗？我们的这匹非洲斑马行走起来如同一只长颈鹿，这不也正好解释了为什么我们无法在诺曼底地区①生产出制造布里干酪②的白奶油，更无法在莫城③造出黄奶油和纳沙泰尔奶酪④。"

"您抓住了问题的关键！"忠实的门徒激动地说，"伟大的发现往往是从微不足道的事实中起步的，世间万物都是科学，您刚刚提到了奶酪的例子，这与我们研究的动物形态学以及'比较本能学'紧密相关。'本能'是动物最基本的特征，如同'思想'是人类最基本的特点一样。如果动物的本能随着自身生长的环境变化而产生差异，负责研究动物外在特征的'动物生理学'也一定会遵循同样的规律。这就不难得出一个理论：动物界只有一个通用的原则，一种同样的形态。"

"所有生命的主人都是同一个。"马尔米附和道。

"从此，这些术语只能用于辨识动物，而不再是门科学了。"门徒得意地说。

"这也意味着，"小报记者趁机赶紧补充道，"之前的动物分类也不复存在，这些用来区分动物种类的术语也没用了，例如脊索动物亚门、软体动物门、节肢动物门、哺乳动物、无头软体动物、甲壳类动物、棘皮动物门、水母、纤毛虫等等。最终，您将打破'大脑男爵'发明的所有动物分类

---

① 法国北部上诺曼底大区以及下诺曼底大区的统称。
② 布里奶酪为法国法兰西岛大区塞纳－马恩省的莫城出产的著名奶酪品种。
③ 莫城为法国法兰西岛大区塞纳－马恩省的一个城市。
④ 纳沙泰尔奶酪为法国上诺曼底大区滨海塞纳省的纳沙泰尔昂布赖区附近出产的著名奶酪品种。

体系。一切都将变得如此简单纯粹，不再有所谓的科学，取而代之的是统一的法则……唉，请相信我，那些主流学者是不会甘心失败的，他们一定会站起来捍卫传统的学说，口诛笔伐将是必然的。可怜的人类！不，他们不会轻易让一个天才的新理论抹杀他们多年来苦心研究的成果。我们的学说一定会遭到无数诽谤，就像你们的伟大哲学家也一直遭到非议一样。然而，想想耶稣为了宣扬灵魂的平等而经历了什么，您就会知道捍卫'动物同一论'将会遇到什么挑战。我们就是要通过这个理论来改变世界，让反对我们的人发抖吧。丰特奈尔①的那句名言太有道理了：手握真理的同时要攥紧拳头。"

"先生们，你们会畏惧吗？"普罗米修斯在自然科学界的这位门徒问道，"你们会背叛神圣的'动物性'研究事业吗？"

"不会，先生！"马尔米坚定地说，"我绝不会放弃我为之奋斗终身的理论。为了证明这一点，我们可以共同起草关于这只斑马的科学公告。"

当"动物同一论"的那个门徒离开后，年轻的小报记者对我的主人说："哎，您看，人类其实都是小孩，一点点利益就能让他们盲目行事。所以，为了诱导他们干某件事，只需准确地把握他们的利益所在。"

---

① 丰特奈尔(1657—1757)，法国哲学家。

马尔米说："我们终于得救了！"

就这样，那位大哲学家最得意的门生起草了一份关于这匹非洲中部斑马的科学公告，发表时署了马尔米的名字，这也就帮后者搭建起了所谓的新理论体系。我的两个主人从此开始了一番让人啼笑皆非的"名流"生活。两人整天受邀参加城里的各类晚宴和舞会，被无数人冠以"博学"和"伟大"的头衔。赞誉多到足以让他们成为一流学者。他们这一伟大发现的证据[1]也被寄送到大脑男爵那里。法兰西科学院知道了事态的严重性，没有一个院士敢公开发表意见。

"等着瞧！"两位主人如是说。

比利时著名科学家萨尔坦贝克开始了他的专题研究。荷兰的沃－曼－贝登先生、著名的法布里修斯·格布图赛尔先生以及菲尔奈特爵士也启程赴巴黎考察这匹著名的非洲斑马。那位年轻热情的"动物同一论"门徒开始撰写一篇重要论文，其中的结论足以颠覆大脑男爵的理论。

在这之前，植物界就形成了一个支持"植物同一论"的学派。与著名植物学家米贝尔齐名的坎道尔教授，受迪特罗谢[2]研究结果的启发，对"植物同一论"进行了深入的研究。然而，出于对大脑男爵权威地位的敬畏，他对公开宣传自己的理论还有所犹豫。很快，"植物同一论"的学说就和"动物同一论"一样，在科学界占据了有利位置。大脑男爵

---

[1] 指非洲斑马。
[2] 迪特罗谢(1776—1847)，法国植物学家、生理学家。

决定让教育部部长参观这匹非洲斑马。我跟着主人走到了他们的面前。那个江湖郎中给我加上了一条母牛的尾巴，而棕黑相间的斑马条纹让我酷似一个奥地利岗亭①。

看到我前腿后腿左右踱步的样子，部长发出一声感叹："太惊人了！"

陪同前来的那位法兰西科学院院士也附和道："确实如此，太神奇了，但这也不是无法解释。"

"可我不知道如何才能从'同一论'学说中总结出'多样性'结果。"说出这番话的时候，这位平日里十分挑剔的部长变得十分温文尔雅。

"这确实是个让人头疼的话题。"马尔米机智地说了这么一句就不再开口了。

其实，这位教育部长是个顽固派，觉得有必要抵制这些反常的东西，他取笑说：

"先生，"他抓住马尔米的胳膊，说，"这只斑马既然已经习惯了中非的气温，很难在图尔农大街生存……"

听到这一残酷的决定，我激动起来，紧张之下，恢复了正常行走。

我的主人被我的这种聪明的反对吓坏了，赶紧说："它能活多久就让它活多久吧，因为我已经承诺，将在雅典娜剧院演讲，它应该能够活到那个时候的……"

---

① 卫兵站岗所用的小型岗亭，通常饰有黑色条纹。

"您是一个聪明人，很快就能为您优秀的'比较本能学'找到许多学生，它应该可以与大脑男爵的理论很好地融合在一起。如果能让大脑男爵的一位门徒作为代表来宣传这一新学说，这对您而言不是无上荣光的事情吗？"

大脑男爵趁机说："我有一位绝顶聪明的学生，他能完美地重复别人教给他的理论，我们管这样的人叫做宣传家。"

"我们管这种人叫作'鹦鹉'。"小报记者说。

大脑男爵说："这样的人对科学做出了真正的贡献，他们能解释科学，并让无知的民众了解科学。"

"'鹦鹉'和'宣传家'就是同一类人。"小报记者答道。

"太好了！他会很高兴地研究'比较本能学'，并将它与'比较解剖学'以及地理学相结合。毕竟，所有的科学都是相通的。"

"那我们就联合吧！"马尔米紧紧握住大脑男爵的手，以示能与这样一位伟大的博物学家合作而感到巨大的光荣。

部长随即做出承诺，要给马尔米颁发十字荣誉勋章，在这之前，还会给他一笔用于鼓励科学、文学以及艺术方面成就的奖金。看到政府做出了这些承诺，法国地理协会也不甘示弱，很快给马尔米提供了一笔一万法郎的奖金，用于报销他之前在非洲月亮山旅行的花费。在记者的建议下，我的主人杜撰了一篇非洲之旅的详细报道，里面的内容全都抄袭其他作家的游记。很快，他就被推选为国家地理协会的会员。

　　记者也被任命为植物园的图书馆副馆员，开始在各类报刊上攻击"动物同一论"的大哲学家。在各类文章的攻击之下，那位哲学家被当作一个空想主义者、学术界的公敌、危险的泛神论鼓吹者，人们开始嘲笑他的理论。

　　此事发生在七月革命时期最动荡的那段日子里。马尔米用各种奖金和政府津贴在巴黎城内买了一套房子，甚至开始出入皇宫，当然，他在那里只是一个只听不说的木偶。王公贵族们都很满意于他的"谦逊"，并任命他为大学的顾问。在仔细观察和研究了他身边的人和事之后，马尔米很快就明白了一个道理：皇宫其实就是一个让人三缄其口的地方，于是他接受了大脑男爵的建议，采取"鹦鹉学舌"的方式，目的不外乎就是一边推广所谓的"比较本能学"理论，一边渐渐淡化那匹非洲斑马所带来的革命性影响，仅把它当作一个奇特的个例。毕竟，在科学界，对事实只能有一种分类和决定方式，就像在金融界，只有一种统计数据的方法。

　　"动物同一论"的大哲学家此时在科学界没有任何地位可言，除了德国政府，没有别的政府支持他。当得知所谓的"比较本能学"课程将由大脑男爵的一位弟子、现已成著名的马尔米信徒讲授时，他伤心极了。夜晚，他一个人在树下漫步的时候，不禁抱怨法国科学界已经陷入分裂，而这场危机的发生正因为大脑男爵的顽固不化。

◎ "动物同一论"的大哲学家伤心极了。

  想到这里，他大叫起来："人们把那匹斑马给藏起来了。"

  他的学生们异常愤怒。有人在布封街听到栅栏里他的一个弟子在讲座结束出来时大声说道：

"大脑男爵啊，您这样一个开明、博学而又温文尔雅的科学家怎么能罔顾事实？为什么要迫害真理？您如果还能活三十年，就应该有足够的勇气去改写科学史。您难道真的想坚持您的错误理论，直到进棺材吗？您没想过无情的后人将用我们传给他们的'动物同一论'推翻您的理论吗？"

宣传"比较本能学"的公共讲座定在城中最漂亮的礼堂举行，因为光顾这里最多的是女性群体。演讲的是马尔米的弟子，图书馆员寄给报社的公告中将其标榜成一位才华横溢的演讲家。他一开始就声称，德国人在这一学科领域已经领先于法国人：威滕伯格、米滕伯格、克拉伦斯坦、波尔柏林斯基、瓦雷修斯、吉尔巴赫等德国科学家已经指出，"动物学"终有一日会变成"本能学"，而不同的动物本能与大脑男爵理论体系中的物种分类原理相通。那只年轻的鹦鹉以此为基础，用华丽的辞藻重复学者们关于这一理论的论述，向人们解释动物的本能，讲述动物本能的神奇之处。就像帕格尼尼① 灵活地用小提琴上的四根弦演奏出美妙乐章一样，这只鹦鹉也得意地卖弄着"本能学"所带来的科学奇迹。

小市民以及广大女性都听得心醉神迷。没有什么比这更开导人、更有趣的了。演讲者太雄辩了，简直妙语连珠！如此精彩的讲座只有在法国才有机会听到！

外省居民也在报纸上的巴黎专栏上读到了关于这次讲

---

① 帕格尼尼（1782—1840），意大利小提琴演奏家、作曲家。

座的报导：

> 昨天，在巴黎的雅典娜剧场，"比较本能学"的讲座如期而至。主讲人是这门新兴学科的创始人著名学者马尔米最得意的门生。第一场讲座完全达到了听众们的预期。科学界的滋事者①本来想跟这位伟大的动物学家结盟，但他们很快就发现，"动物本能学"其实与大脑男爵的"动物分类形态学"相得益彰。听众们得知马尔米与大脑男爵已经在学术上达成一致的时候，都发出了由衷的赞叹！

"动物同一论"哲学家的支持者们十分沮丧，他们发现没有一方会认真严肃地进行科学论战，只有陈词滥调与空话。他们找到了马尔米，毫不留情地指责他说：

"科学界的未来曾经握在您的手里，但您却背叛了它！您为什么不宣传'分子吸引力理论'这种伟大学说？这样才能让您名垂青史！"

马尔米回答说："你们没有注意到，我的学生故意没有提到你们、辱骂你们？我们迁就大脑男爵，是为了以后给你们正名！"

在这期间，著名的马尔米已经在他的出生地东比利牛

---

① 暗指"动物同一论"的支持者。

斯省当了议员，在被任命之前，大脑男爵还设法给他弄了另外一个地方的教授头衔。这一系列行政职务所赋予他的权力使他很快就为小报记者谋到了一个教员的职位。小报记者上任后几乎从不备课，只是时不时给一个颇具才华的人二十法郎，所有的工作都让其代劳。

事情至此，一场彻头彻尾的背叛和骗局已经十分明显。菲尔奈特爵士对此非常气愤，写信寻求十一个英国科学界同僚的支持。很快，我就被以四千英镑的价格卖到了英国，这笔钱被我的两个主人平分了。

此时，我几乎跟我的主人一样快活。精明的图书管理员利用这次卖我的机会游览了伦敦，借口是要指导饲养员如何养我，而真实的目的却是与饲养员搞好关系，怕我的真面目以后暴露出来。一来到为我预备的地方，我就对未来的幸福生活充满了信心。在这一点上，英国人简直是太完美了！他们给我准备了一个美丽的小山谷，面积有四分之一英亩，谷底还有一所桃花心木做的漂亮小房子，一个警卫模样的人给我当管理员，年薪五十英镑，专门负责保护我。

让我的前主人获得十字荣誉勋章的小报记者来到管理员身旁，对他说："亲爱的，如果你想在这头驴子的有生之年保住你这份薪水，就一定要记住以下这些事项：我给你一个药水的配方，你可以去药剂师那里配药，要定期将药水抹在驴子身上，这样就可以让它身上的斑马条纹一直保持下去。切记！千万不能让它恢复原貌！"

四年来，我一直被供养在这家动物花园里。管理员对参观者们坚称我是英国著名探险家芬曼和戴普伦从非洲带来的斑马。我已经预见这个花园将是我度过余生的地方，每天躺在从天而降的荣誉上，接受众多美少妇的赞美。她们给我带来面包、燕麦、大麦等精美食物。这些人在观察我的时候，我其实已经逐渐恢复了驴子的行走方式，然而她们只顾着欣赏我身上的假斑马条纹，完全没有意识到这个细节的重要性。

议会代表来参观的时候，动物园的主人甚至对他们发出了这样的感慨："法国没能留住这一世界上最独特的动物！"

后来，我干脆就完全按照我成名之前的行走方式来踱步。然而，这种改变竟让我更加出名了，我的前主人这时候依然被称为"著名的马尔米"，他和整个"变化学术"派当然懂得如何解释才对自己有利。根据他的说法，已故的大脑男爵其实已经预料到这一趋势，我的走路方式是本能的回归，因为上帝赐给动物的那种本能是永远不会改变的。之前，非洲的生活环境让我和我的家人的特征发生了一些偏差。在这一点上，他又举了一个例子：生活在美洲大草原和鞑靼草原①的野马，尽管与家养的马儿杂交后皮毛颜色会

---

① 指蒙古东北及贝加尔湖周围一带使用突厥语的诸民族活动区域。

发生变化，但其皮毛最终还是会恢复野马身上那种自然、真实、唯一的颜色，即老鼠身上的灰色。而"动物同一论"的支持者们则坚持认为，动物的本能是随着生活环境的变化而不断改变的。

◎ 我的前主人这时候依然被称为"著名的马尔米"。

就这样，学术界分成了两派：一派以马尔米为代表，他是十字荣誉勋章获得者、大学顾问、各种你能想到的教授头衔获得者、参议院议员、道德与政治学院委员等等，尽管他从没有写过一篇文章，也没有发表过一次有意义的讲话，但已故大脑男爵的门徒依然把他当作一个伟大的哲学家；而另一派却始终坚持认为动物的本能是随着生活环境的变化而不断改变的，这一派支持的观点是"动物同一论""分子吸引力理论""形态进化理论"以及"动物本能随环境变化理论"，只有这些理论能解释动物永恒发展规律。

无数文章交锋，大量学术论文发表，无数的宣传手册出版。在这一系列的论战当中，只有一个事实被证明：愚昧的民众为国家贡献了数不清的税收，这些税收形成了财政预算，而预算当中的很大一部分都被这些阴谋家窃取了。从这个意义上来说，所有的公共讲堂其实都是一个大锅，而无知的民众则是锅里的蔬菜。那些懂得三缄其口的人比口无遮拦的人精明。一个人获得教授的头衔，往往依靠的不是他说了什么了不起的话，而是因为这人懂得在适当的时候保持沉默，也就是说，真正管用的不是学识，而是拥有这些资源。也正因为这样，我的前主人才靠财政预算的支持养活了一大家子人。

真正的学者都是梦想家，而一无所知的人却自称"实用主义者"。实用，就是只拿不说。像马尔米一样忙于各种应酬，其实就是将自身置于既得利益集团之中，通过趋炎附

◎ 博物馆就是动物的"先贤祠"。

势来得到好处。

我是一只驴子，我在这里斗胆为各位介绍了通向成功的道路，也归纳了各种本领。所以，动物同胞们，千万不要改变现状：我在英国的动物花园里生活得很滋润，我庆幸自己能过上养尊处优的生活而没有卷入你们那场愚蠢的革命！同胞们，你们重新陷入了革命的深渊，将自己置身于火山口。何不继续保持我们顺从的本性，承认那些既有的制度和现实，鼓励各个国家设立更多的动物花园呢？那里有金色的栅栏、舒适的小木屋和美丽的草地，让我们在里面靠着人类的财政预算颐养天年，就像我的主人马尔米一样。

你们想想，我死后，将被做成标本，放在博物馆中展览，被人类精心保护。如果我们在大自然当中死去，我怕是无法这样"永垂不朽"的。博物馆就是动物的"先贤祠"。

哲学家老鼠

E. 勒穆瓦纳

主要人物

咬线：一只灰色胡子的老鼠

小碎步：小老鼠，咬线的干儿子

巴博林：教堂里的圣水提供者

图瓦依：巴博林的女儿

画外音：故事发生在一个装修简陋的餐厅里。

第一幕

咬线（独自在屋里走来走去，有时显得很忙碌）：
我的干儿子小碎步今天要来和我共进晚餐，希望它不会后悔接受了老干爹的邀请……（咬线闻了闻它刚从桌子底下拿出来的一块干酪）这是一块柴郡干酪①，它的香味简直令人飘飘欲仙。我倒想知道小碎步会觉得这块奶酪怎么样……或许它根本不会觉得这是什么好东西。年轻一代的老鼠实在是太奇怪了！它们什么都不喜欢，怎么都不满意，甚至从来不会露出一丝笑容……哎，想当年，我们绝没有那样的坏脾气，日子也就这样一天天过下来了……在那个年代，今天有小麦吃，明天说不定就只有木头可以啃：不管是小麦还是木头，对我们来说都没问题。现在就不一样了，这些年轻的老鼠从来都不会满足……即便桌上放着核桃仁和猪油，它们依然会抱怨……真是任性又偏执的一代！……话说到此，这孩子来晚了不少……它不会在路上出了什么意外吧？

第二幕

小碎步（出现在窗前）：

干爹，我能进来吗？

咬线：

什么？你要从窗户进来？你就不能像其他老鼠一样从门底下钻进来吗？算了，我差点忘了，你们这些年轻的老鼠

① 一种产于英格兰柴郡的饼状干酪。

从来不走寻常路……对一只普通的老鼠而言，从门底下走进来难道不是很好吗？来吧，可以吃饭了……我已经准备好饭菜等你很久了……

小碎步（忧伤地说）：

如果不能从门底下钻进来，而是必须绕道从窗户爬进来，那就不是我的错了！

咬线（笑着说）：

那总不能算是我的错吧……（咬线给小碎步盛上菜）来吧，吃点烤核桃仁，这东西美味极了！

小碎步（愈发难受地说道）：

这都是命运的错！

咬线：

又开始抱怨命运了……你就不能不说这个吗？

小碎步：

干爹，其实就是命运在不停地捉弄我们……那天，不就是命运将这扇门下面的洞给堵住了？之后，您的父母和朋友们就不能轻易进出了。

咬线：

难道你觉得是命运堵上了门下面的洞？

小碎步：

干爹，如果不是命运的话，还能是谁呢？

咬线：

是图瓦侬！（它边说边继续给小碎步盛菜）这块猪油

实在是太香了！只有图瓦侬才能有如此上等的猪油。

小碎步：

干爹，这个图瓦侬到底是谁呢？

咬线：

图瓦侬是这幢宅子的女主人，是老巴博林的女儿。她拥有世界上最美丽的面孔，而且是一个十分勤劳的姑娘，从早到晚都在穿针引线，能编织出美丽的衣裳。

小碎步：

那我习惯进出的这个门洞与她何关？为什么她非要堵上这个小洞？

咬线（笑着说）：

与她何关？你真是太有意思了，简直要笑掉我的牙……赶紧吃了这块干酪，香极了……与她何关？关键问题在于她的腿……那双腿才是问题的关键……这姑娘的腿受不了门缝下的穿堂风……除此之外，她真是棒极了。她每次吃面包的时候，都会掉下一些面包屑让我吃，而且她从不盖上装着食品的餐盘。这么好的姑娘，我真想把她嫁一个好人家……

小碎步（面露难色）：

您要把她嫁出去？

咬线（面带慈祥地说道）：

是啊！我希望把这姑娘嫁给一个她爱的男孩！我觉得成全这对可怜的孩子是我应该做的，谁又能阻挡我呢？

小碎步（激动起来）：

干爹啊！您的这个想法既没有考虑到您的身份，也没有考虑到您应该做什么！如果我没听错，您是想促成一对人类青年男女的婚事？

咬线：

是啊！这又有什么不妥吗？

小碎步：

靠您自己？一只老鼠？

咬线：

对！我就是一只老鼠，而且我为此感到自豪！孩子，再吃点这个糖块，或者啃一点梨核。

小碎步：

谢谢，但是我已经吃饱了……（又开始愁眉紧锁）做一只动物界最低贱的老鼠，您竟然感到自豪！哎，我可一点也没有自豪感！

咬线：

你说老鼠是最低贱的动物？这我可得好好跟你说道说道……走吧，我们一起去散散步，正好可以帮助消化。（它们边走边聊）

小碎步：

你要跟我说什么？诡辩论也好，矛盾论也罢，无论什么都难以让我对老鼠们的境遇感到一点点乐观！如果不承认老鼠是动物界中最悲惨的群体，那就是睁着眼睛说瞎话。就连人类（尽管我们总是诋毁人类这种动物，但他们其实跟我们生活在同一个世界上，享用同样的阳光）都感慨我们是自然界当中最卑微下贱的动物。在他们的语言中，也总是用我们来形容那些极端贫困的可怜人。

咬线：

你这么想是因为人类总说"穷得像一只老鼠"吗？哎，这又能说明什么呢？贫困并不代表不幸福。你难道从来没有听过贝朗瑞①的歌曲吗？

小碎步：

没听过！

咬线：

不过你这个年纪确实很难接触到他的作品……介绍他歌曲的书在书店里已经很难找到了，而且也很少有人会花时间去看那些书……唉，那都是十二年前的事了，那时候多么美好啊！人们每次找到贝朗瑞的书，就会把它塞到阁楼里，然后书就永远不见了……贝朗瑞的歌曲给我们的心灵带来了安慰……那时候，我们不是啃这些书籍，而是狼吞虎咽般地消灭它们！……1827年至1830年的那段时间②，我几乎就靠着这些书活了下来：最终我没有饿死！……

---

① 皮埃尔·让·德·贝朗瑞(1780—1857)，法国歌谣诗人，作品大多反应社会底层人民的生活。
② 法国波旁王朝末期。

小碎步：

您能告诉我他的歌曲都唱了些什么吗？

咬线：

他的歌曲里唱的都是贫穷，或者说，唱的都是老鼠们的境遇。但是，歌曲想表达的都是贫困中体现出的正直、智慧与幸福！除此之外别无其他。

小碎步：

真是矛盾！这些歌曲既不能减少贫困，也不能防止老鼠继续饿死……

咬线：

谁会动不动就饿死呢？你会吗？你昨天死了吗？今天死了吗？

小碎步（用一种哀伤的语气说道）：

谁知道呢？（声调变高）即便我不饿死，也有别的老鼠饿死。您不记得拉塔朋一大家子的悲惨遭遇了？有几天，它们一家食不果腹。于是，一个早晨，它鼓起勇气去向邻居求助。这位邻居是一只老肥猪，猪圈里堆满了各种橡果、大麦以及蔬菜。唉，你知道后来怎样了吗？

咬线（不耐烦地说道）：

天啊！我其实也知道这个故事的经过……被它们一家可怜的呻吟声吵醒之后，那头老肥猪从自家猪圈的窗户上露出头，非常生气地说："到底是什么吵闹声？你们这帮无赖到底想要什么呢？"

老鼠一家说道："行行好吧，先生！"

"见鬼去吧，我自己还不够吃呢！"老肥猪说完就又回到了自己的猪圈里。

◎"到底是什么吵闹声？你们这帮无赖到底想要什么呢？"

小碎步（极度悲伤地说道）：

第二天，拉塔朋和它的家人就横尸荒野……饥饿与绝望将它们推向了绝路。

咬线：

饥饿与绝望？别写诗了……你不过是想说明这是"老

鼠的命运"。其实，它们只是不走运，吃到了砒霜。这一家子太不小心，找到什么吃什么，结果被毒死了。事实就这么简单。

小碎步（讽刺地说道）：

是啊，事实就这么简单，事实就是"死亡"！这难道不是我们的命运吗？猫、毒药、陷阱、诱饵，这些东西无时不刻不在威胁着我们老鼠。

咬线：

但这也不妨碍我们继续生存下去……

小碎步：

是啊，但这几乎是九死一生！

咬线：

就算是九死一生，只要那"九死"没有落到自己头上，就该庆幸这"一生"啊！

小碎步：

对于那些软弱的动物来说，是这么个道理。但是一只觉醒了的老鼠绝不愿意战战兢兢地度过一生，它会摒弃这种生活……

咬线：

你难道想自杀？自杀是种愚蠢的疯狂，而疯狂比自杀好点，因为疯狂还多多少少带有一点快乐的性质。

小碎步（面色凝重地说道）：

干爹，别开玩笑了，我是说真的：我已经受够了这种时刻处于危险中的生活，我真的准备放弃了……

咬线：

孩子，你这就错了，相信我的经验吧……生活不是一件苦差事……它有好的一面，也有坏的一面……我曾经不止一次面对天敌，但也并没有因此而死去。并非人类设下的所有陷阱都无法躲避，也并非所有的猫都是要命的。如果我已故的父亲还活着的话，它会给你讲述自己曾如何耐心而坚决地脱离了险境。那时候，我还很小，有一天，为了获取一块被用作诱饵的猪油，它不幸被困在了人类设计的捕鼠器里。我们全家围在它的囚笼旁不停地哭泣，我们学着母亲的样子祈求上天能网开一面……然而即便身处这样的危机和不幸当中，我的父亲依然保持镇定，对我们说：

"别哭了，行动起来！也许在不远处，就有敌人在暗中窥视着我们。我们来想办法逃脱吧！我不止一次仔细观察过变态的人类发明的这些陷阱，如果我没弄错的话，并不是无法从这个捕鼠笼子里逃脱。我面前这扇刚刚关上的铁门连着一个叫作'杠杆'的东西，这是一项科学发明。（我父亲是生活在图书馆里的老鼠，它什么都懂一点儿。）人们曾经宣称，只要有一个杠杆和一个支点，就可以撬起地球。如果能够依靠这一杠杆原理来拯救一位父亲，那就太美妙了！你们现在都爬到我的笼子顶上来，统统都爬上来，用你们所有的重量来撬动这根杠杆，这样，我很快就可以得救了。"

◎"别哭了，行动起来！也许在不远处，就有敌人在暗中窥视着我们。"

　　我们执行了它的命令。果然，那扇要命的门打开了，我们的父亲得救了。但我们马上就得开始逃跑，因为一只在旁边看守的猫突然跳了过来。"快跑呀！"父亲对我们大喊了一声，这时候，什么都不能动摇他的勇气，它选择了独自面对这个可怕的敌人。这真是一次英勇的抗争！它被那只猫抓伤了，甚至连尾巴都被咬掉了，但没有丢掉性命。没过久，它就跑回了我们住的老鼠洞里。在我们给它舔伤口的时候，它笑着说：

"孩子们，你们都看到了吧，有时候危险就像一根在水上漂动的木棍：

远看的时候，它很吓人；但是走近了一看，其实没什么可怕的。"

小碎步（镇定地说）：

危险并不能吓倒我，我什么都不怕。

（就在这个时候，响起了三下敲门声。小碎步正准备逃跑，被咬线给拦住了。）

咬线：

你看，你刚刚还在说自己什么都不怕，这会儿有一点儿声响你就准备逃跑了……别担心，我熟悉这个声音……这是图瓦侬的恋人来找她了……我们不用走。恋爱中的男女是不会对我们造成危险的：他们眼里只有彼此。

第三幕

人物：咬线、小碎步、图瓦侬、窗外的一个声音

（图瓦侬轻轻地推开了自己的房间门，踮着脚走向窗户。）

图瓦侬：

什么？保尔，你怎么来了！你也太不小心了，如果我

父亲这时候回来的话……

一个声音：

天啊，我已经两天没有见到你了，我实在受不了了！难道巴博林老伯还在生我的气吗？

图瓦侬：

比以前更生气了！他现在想对你提起诉讼。

一个声音：

诉讼？是为了争夺我刚去世的表哥米绍内的房子吗？

图瓦侬：

正是这样。

一个声音：

可是米绍内表哥是通过遗嘱把房子赠给我的啊！

图瓦侬：

我父亲也有一份遗嘱啊，而且他说你的那份是假的。

一个声音：

其实，他的那份遗嘱才是假的。可是，只要他同意我们结婚，这座房子不就成了我和他的共有财产了嘛？

图瓦侬：

哎！别提了！他说他再也不想听到我们俩结婚这件事了！他说他恨你，宁可让我一辈子当老姑娘，也不愿意把我嫁给你这么坏的男人。

一个声音：

你也这么觉得吗，图瓦侬？

图瓦侬:

唉!

咬线:(画外音)

这声"唉"包含了多少的无奈啊!

一个声音:

天哪!你父亲出现在街角了,我先避开一下!

图瓦侬(匆忙关上窗户):

但愿他没有看到我们……否则,他一定又会大吵大
嚷!(说着,她回到了自己的房间里。)

第四幕

小碎步(开玩笑的口吻):

干爹,是不是巴博林先生并不同意女儿的这门婚事啊?

咬线(冷静的口吻):

那又怎么样呢?既然我已经决定了这门婚事,他们俩
就一定能成。

小碎步(依然用开玩笑的口吻):

啊,这就不一样了!一旦您说能成,那这件事情就一
定能成,您说是吗?

咬线:

巴博林也会同意这门婚事的!

小碎步：

这位巴博林先生是个没主见的人吗？

咬线：

巴博林不是一个没主见的人，至少在我看来是这样……他其实是个很固执的人；一旦他那老鼠脑袋里有了一个想法，你就别想轻易改变他。

小碎步：（惊讶）

巴博林先生的老鼠脑袋？难道这位年轻小姐的父亲是我们的同类？

咬线：

也不完全是这样……只是人类管这种人叫作"教堂的老鼠①"。他是在教堂门口给信徒提供圣水的人，同时，他也在那里卖一些蜡烛。信徒们会在教堂里为上帝和其他圣人点燃蜡烛。

小碎步：

这我知道。每次做礼拜的时候，人们就会点燃蜡烛，但等他们一背过身，蜡烛就被熄灭了。（带着气愤与不满的口吻）人类和动物一样，只知道撒谎与欺骗！

咬线：

走吧，走吧，你稍后再生气。我听到巴博林回来的声音了，赶紧给他让开地方，因为他完全有可能踩到我们身

---

① 西方的教堂没有供品，教堂的老鼠沾不到一点油水，因此"穷得像一只教堂的老鼠"相当于中文的"一贫如洗"。

上。（它们很快消失了。）

第五幕

巴博林（独自一人）：

哼！尽管我强烈反对，这对小情侣还是通过窗口谈情说爱！真的把我当成一个可以儿戏的父亲了吗？（喊道）图瓦侬！图瓦侬！

第六幕

人物：巴博林、图瓦侬

图瓦侬：

父亲，我来了。您准备做什么呢？

巴博林：

小姐，我要你立即穿上外套、戴好帽子，跟我出去一趟！

图瓦侬：

去哪儿呢，父亲？

巴博林（用夸张的口吻）：

去找诉讼代理人！我要让保尔先生知道，我和他之间已经没有什么可说的了。一场好官司将给我伸张正义，彻底驳回那个年轻人无理的要求。天哪！这人竟然一边掠夺我这位父亲，一边又勾引着我的女儿！

图瓦侬：

父亲啊！

巴博林（厉声说道）：

别说了，小姐！直到今天，我依然相信这个年轻人不敢公然与我作对，并且会善意地将这所房子让给我。毕竟，我跟米绍内的关系那么好……

图瓦侬（哭着说道）：

但是，爸爸，假如米绍内先生把房子留给了他，那就不能怪保尔先生了啊……

巴博林：

你是傻子吗！……保尔先生就是想继承别人的遗产，这再明显不过了！这是那些继承了很多遗产的人的通病。但是他必须证明他的权利。我手上的这份遗嘱已经经过仔细鉴定，绝对真实有效。我今天就要将它亲手交给诉讼代理人，而且必须明天就提起诉讼……把写字台的钥匙给我！（图瓦侬边哭边将钥匙递给他）别再孩子气了！擦干眼泪，赶紧穿好衣服。（他走了出去。）

第七幕

人物：图瓦侬、咬线、小碎步

图瓦侬（戴上帽子）：

这个可恶的米绍内先生，哎！他难道真的需要立两份遗嘱吗？

小碎步（对咬线说道）：

干爹，我觉得该表明您的观点了，因为我感觉巴博林先生一点儿也没有要把女儿嫁给保尔的意思。

咬线：

淡定，孩子，淡定点……

第八幕

巴博林（生气地说）：

看呐！家里竟然有老鼠？

（小碎步赶紧跑，咬线也紧随其后。）

图瓦侬：

是啊，爸爸，家里一直有老鼠的……可是它们做了什么不好的事情吗？

巴博林（依然生气）：

它们做了什么不好的事情？你想知道它们都做了些什么吗？唉！（一阵沉默）你是不会知道的！

图瓦侬：

爸爸，您愿意怎么说就怎么说吧！

巴博林（焦躁地来回走动）：

谁会想到是这样呢？刚刚还在呢！现在，遗嘱跑到哪里去了呢？这下子，该轮到保尔先生来嘲笑我了！（突然，他停住了，仿佛突然来了灵感）如果我只字不提我的倒霉事，变成一个仁慈的人呢？保尔爱我的女儿，我的女儿也爱着他……如果我成全了这对年轻人呢？这样会让我脸上有光，也可以让我更像一个模范父亲！（他走向女儿，用一种温柔的语气说道）我的小侬侬，你说说，要是不能和你的保尔在一起，你是不是会很伤心？（图瓦侬什么也没回答，只是在一旁哭泣）那么侬侬，如果我们不去诉讼代理人那里，而是去公证员那里呢？

图瓦侬（开始破涕为笑）：

我的爸爸，去公证员那里做什么呢？

巴博林：

让公证员赶紧给你起草结婚协议啊……

图瓦侬（同样的表情）：

爸爸，让我跟谁结婚呢？

巴博林：

跟保尔啊……

图瓦侬（高兴地跳起来，搂住了她父亲的脖子）：

啊！爸爸，我亲爱的爸爸，您真是太好了！之前我都不敢跟您坦白，怕您会大发雷霆。如果不能嫁给保尔的话，我一定会伤心而死的。

巴博林：

天哪！天哪！我可不能让你死⋯⋯走吧，咱们去公证员那里！（两人出发）

第九幕

人物：咬线、小碎步

咬线：

好了，孩子，你现在还有什么想说的吗？

小碎步：

干爹，我只想说，您真是一个伟大的巫师！但我想知道，这份已故米绍内先生的遗嘱是怎么突然从巴博林那里消失的呢？它到底跑到哪里去了，求求您告诉我吧。您难道真的把那份遗嘱藏起来了吗？

咬线：

那张纸已经被我当早餐了！正因为我，一场官司被制止了，一对新人成了眷属！所以你看，尽管我们老鼠条件不好，处境艰难，但还是可以做一些好事的⋯⋯你这个小幻想家又想到了什么呢？

小碎步：

我只希望能在婚礼的第二天过来看您。到时候一定会有宴会的残羹剩饭，我想尝一尝⋯⋯

咬线：

你不准备自杀了？

小碎步：

天哪，当然不想了！我已经改变主意了……看来，尽管咱们生活的这个底层世界里有很多捕鼠器，但同时也有很多不错的奶酪。如果死了，就没机会品尝这些美味了……

咬线：

你说的正如那句古老的谚语所说：

"母鸡万岁……尽管它会口干舌燥！"

一只巴黎麻雀的旅行 ①

——寻找最好的政府

乔治·桑

引子

　　巴黎的麻雀一直都是鸟类中最具风格与胆识的一族：它们是法国鸟，这既是缺点也是优点；它们的生活令人艳羡，但这也是它们受人非议的原因。它们无需担心捕猎的枪响，行事独立而又衣食无忧，无疑是所有飞禽中最幸福的。我有时会想，或许一只鸟儿天生就不该如此幸福。这种想法在其他鸟类中也许会显得惊世骇俗，但对于一只吃着精致谷物，又沉浸在高级哲学氛围中的欧洲麻雀来说，就再正常

不过了：因为我是巴黎里沃利大街①的一个居民，总是在一位名作家房檐边和杜伊勒里花园②旁边的屋顶上飞来飞去，比较着宫殿旁盛开的金盏花和无产者陋室旁开放的玫瑰。我们这些通人性的巴黎麻雀在这里繁衍生息，这

◎ 吃着精致谷物，又沉浸在高级哲学氛围中的欧洲麻雀。

种麻雀如今在世界上已经很少见了。

啄食着人类的面包屑，听着大人物的演讲，我成了一只非常著名的麻雀，同类们选举我作为它们的代表去参加一些重要事务，并赋予我一项任务：为巴黎的鸟类寻找最好的政府形式。巴黎的麻雀们当然受到了1850年革命的重大影响，但人类显然正忙于处理这场政治骗局，完全没有注意到我们。除此之外，巴黎鸟类大暴动发生时，正值霍乱爆发。事情的起源和经过如下：

巴黎的麻雀对于能够生活在这座城市中非常满意，它们成了思想者，并在道德、精神和哲学领域有着很高的追求。在来到里沃利大街的房顶上生活之前，我是从一个鸟笼中逃出来的。在笼子里的时候，我被锁链拴住，口渴的时候只能从一个小水屉中饮水。在被人类这种自诩为世间

---

① 巴黎市区塞纳河畔的街道。
② 法国旧皇官杜伊勒里宫前面的花园。

之王的动物囚禁的两年间，我遭受的苦难比佩利科和马龙切利被关在施皮尔贝格城堡监狱①中所经历的更多。我曾经向圣安托万大街的鸟儿们讲述我的悲惨经历，并在它们的帮助下得以逃脱。我因此对它们心怀敬意。从那时起，我开始观察鸟类的道德和习俗，并坚信生活并不仅仅是吃吃喝喝。我的思想开始让我的名气与日俱增，并逐渐与我之前所遭受到的痛苦达到同一高度。我的身影经常出现在大皇宫内一座雕像的头上，鸟头缩进肩膀里，只露出喙，身体像一个圆球，半闭着双眼，思考着我们麻雀的权利、义务以及未来：麻雀们要往哪儿去？它们从哪里来？为什么不能哭泣？为什么不像野鸭或黑兀鹰一样组成社会？为什么不像那些掌握崇高语言的物种一样和平共处？这些都是我沉思的问题。

小麻雀们互相争斗的时候，只要一看到我，就会停下来，因为它们都知道我是为它们好，我在为它们的幸福而操劳。它们会说："这就是那只伟大的麻雀！"嘈杂的鼓乐声和皇家卫队阅兵的噪音最终促使我离开了大皇宫，我开始居住在一个大作家的屋檐下，这里充满了他智慧的气息。

就在这时候，尽管我有些许预感，但还是发生了一些让我意想不到的事情；不过，对于一只具有哲学家气质的鸟

---

① 西尔维奥·佩利科，19世纪意大利著名爱国作家、诗人；彼得罗·马龙切利，19世纪意大利著名爱国音乐家、作家。上述两人在19世纪20年代因参加反对奥地利侵略者的烧炭党秘密革命团体运动而被逮捕，并被长期关押在如今捷克共和国境内的施皮尔贝格城堡监狱。

儿来说，即便它预测到一场即将发生的雪崩，也还是能从容地站在即将崩塌的雪坡边。由于大片的花园逐渐变成了房屋，巴黎最中心地区的麻雀们处境日益艰难，特别是与居住在圣日耳曼大街①、里沃利大街、大皇宫以及香榭丽舍大街的麻雀们相比，前者的境遇明显下降。

这些麻雀们居住在没有花园的街道上，既没有谷物、也没有昆虫和蚯蚓可以啄食，最终不再食肉：它们甚至一度沦落到靠在垃圾中寻找食物果腹的境地，还时不时在那里吃到一些有害的东西。在这样的情况下，麻雀分成了两类：一类衣食无忧，尽享生活的美好；另一类则食不果腹，被饥饿、贫困所折磨。简而言之，出现了生活条件优越的富裕阶层的麻雀和饥寒交迫的贫困阶层的麻雀。

在这个麻雀国度里，有二十万只不拘一格、有精神追求并且无比喧闹的居民，现在它们当中有一半成了富裕阶级，与自己优秀的配偶幸福地繁衍生息；而另一半则在街头忍饥挨饿，羽毛脱落，脚踩烂泥，为了生存而苟且于世，沦为贫困阶级。这样的社会现实不可能长期维持下去。贫困阶级的麻雀们拥有坚硬宽大的鸟喙以及与其雄性嗓音相匹配的健壮翅膀，它们怀着愤怒的心情组成了一个充满勇气的集体，选择了一只居住在圣安托万大街酒馆并曾参加过攻占巴士底狱斗争的麻雀作为领袖。这个阶级很

---

① 该区旧时是郊外的一个镇，后成为一个区，现在扩展为一条大路。

快就团结在了一起。每只穷麻雀在这一刻都感到了服从指挥的必要性。巴黎人在这个时候惊奇地看到，成千上万只麻雀站在里沃利大街建筑物的房顶上，队伍的右翼直到巴黎市政厅，左翼直到玛德莱娜大教堂，中间部分则处在杜伊勒里花园。

看到这一示威场景，富裕阶层的麻雀感到万分惶恐：它们意识到自己有可能会被对手全面围攻，最终不得不撤退到乡下，而到了那里，一切优越的生活都将一去不返。在这样的局面下，它们派出一只漂亮的母麻雀带话给反抗的同类，表示愿意和解：难道和平相处不比大动干戈更好吗？反抗者注意到了我的出现。啊，这是我一生中最光辉的时刻之一。生存问题是政治斗争中永恒的话题，而世界上最优秀的麻雀群体也正因为这个问题而分裂成了两个阶级。现在我的同胞们选举我作为总代表来起草宪章，并通过这一宪章来缓和严重的阶级矛盾。

两个阶级的代表提出了如下这些尖锐的问题：占据巴黎核心地段的富麻雀群体是否永久拥有这片区域的绝对产权？为什么这种不平等现象会存在，它又是如何产生的？麻雀社会的不公平状态是否会持续下去？巴黎的麻雀要生活在一个完全平等的社会中，麻雀政府到底该采用怎样的政体？

穷麻雀们对我喊道："空气、土地以及物产是所有麻雀共有的资源！"

"错！"富麻雀们回应道，"我们都在城市里生活，麻雀群体共同组成了一个社会。既然生活在社会中，就得接受贫富差距。你们贫困阶级虽然抱怨，但相比野地里、村庄里的麻雀，你们已经过得很好了！"

群鸟嘈杂的争论声几乎震聋了麻雀议会的立法委员们，委员们害怕他们打起来，吓得晕头转向。然而，也正是在这喧嚷之中得出了一个结论：鸟类社会与人类社会一样，激烈而又嘈杂的争论往往将揭示一个事实，换言之，争论本身就是政治的产物。争论之后，委员们马上提出了议案，得到全数通过，其内容是：派出一只正直、无私、不偏袒、爱观察并且受过良好教育的麻雀作为特使，去全世界研究动物界的法律，并且比较不同的动物政府之间的优劣。结果，我被选为了特使。于是，我就以巴黎麻雀国总检察官的身份出发了。尽管我们麻雀不善迁徙，但为了完成祖国赋予我的使命，我又有什么不能牺牲的呢？

结束行程回归故里后，我才惊讶地得知我离开期间发生的"动物大革命"，以及那个著名的夜晚，麻雀们在巴黎植物园做出的崇高决定。我决定用以下文字将我此行的收获献给祖国，希望一个谦卑的麻雀哲学家的外交之旅能给大家提供一些借鉴。

一

蚂蚁政府 ①

我漂洋过海，历尽千辛，终于来到一个叫作"古老蚂蚁王国"的岛屿。它的居民对于这个带有"古老"字眼的岛名十分自豪，仿佛世界上有些土地比别的地方更年轻似的 ②。我遇见一只年长而又儒雅的黑兀鹰，它告诉我蚂蚁政府是最理想的政府。您也许能想象到，此时我是多么迫切地想研究这个体制并探索其起源。

上路后，我看到许多蚂蚁在欢乐地行走：它们全都干干净净，浑身漆黑，但没有任何个性，所有的蚂蚁都长得一模一样。你只要看到它们当中的一只，就会了解它们的全体。它们行走在一种蚁类特有的液体之上，以免遭泥土或灰尘的污染。正因如此，即便你在深山、河流或在城市遇到蚂蚁，它也跟刚从一个盒子里爬出来一样整洁，穿着光亮如新的黑色外壳，四肢油亮似漆，上颚干净。但这种良好的卫生

---

① 本文中"蚂蚁政府"主要影射 18 世纪下半叶至 19 世纪上半叶的英国。这一时期的英国率先完成工业革命，成为资本主义强国。然而，由于阶级分化、贫富差距等问题，社会内部存在严重的阶级矛盾；在海外，由于实行殖民政策，导致一些殖民地国家以及被占领国家人民的反抗。

② 一只可爱的海底珊瑚虫告诉我，这个观点是错误的。它被一群鱼囚禁在波利尼西亚海域，十分怀念它曾参与的一个庞大的海底工程，那片珊瑚应该位于新大陆。蚂蚁政府为了能在这片新陆地刚刚浮出海面之时就将它占领，对珊瑚虫群体的工程项目提供了支持。在"波利尼西亚共和国"的这位好友的通风报信下，巴黎的麻雀群体很快掌握了上述工程的情况。珊瑚虫在海底建造了坚固的基地，足以将过往的船只摧毁。然而，当问到这一庞大工程的基地是如何打牢的时候，那位美丽的珊瑚虫线人却不再答复。——原注

状况并不一定就对它们有利，如果它们不再这样注意保洁，那会发生什么呢？针对这个问题，我请教了一只我遇见的蚂蚁，然而它望着我，并没有回答。我还以为这只蚂蚁耳聋，但一只鹦鹉告诉我，蚂蚁只跟它们认识的动物交流。

◎ 一登上这座岛屿，我就被蚂蚁这种奇怪的动物群体所包围。

　　一登上这座岛屿，我就被蚂蚁这种奇怪的动物群体所包围。它们恪尽职守，保卫着国家的安全，规定外来者不许携带这样或那样的东西，让你在这一刻深感自由的可贵。尽管如此，你还是很容易对它们心生敬意。它们将我围住，让我张嘴，检查里面是否藏着蚂蚁国禁止携带的毒药。我将我的两只翅膀轮流张开，证明底下并没有夹带任何东西。经过这一程序后，我终于可以在蚂蚁王国的土地上自由来往。黑兀鹰曾跟我夸耀过这里是多么自由。

◎ 首先震撼我的是蚂蚁们热火朝天的劳动场面。

　　首先震撼我的是蚂蚁们热火朝天的劳动场面。无论在什么地方，它们都在勤勉地劳作，到处都是忙碌的蚂蚁，装货卸货、建造仓库、锯木头、加工各种植物原料。工蚁们挖地下洞穴，在里面贮藏白糖，铺设各种坑道。它们工作如此专注，完全没有意识到我的存在。在沿海的各个港口，一艘艘小船满载着即将驶向新大陆的蚂蚁们。蚂蚁通讯员会告诉大家哪里有食物，蚁群一听，立即前往搬运，动作如此迅速、敏捷，以至于人类都不知道自己是什么时候被洗劫的，又是怎么被洗劫的。我承认，我惊呆了。在这全民动员的劳动场面中，我也注意到有些带翅膀的蚂蚁，它们在没有翅膀的黑蚂蚁当中比较显眼。

"当你们辛苦劳作时，这只带翅膀的蚂蚁却悠闲地在一边玩耍，它到底是谁呢？"我好奇地问了一只正在站岗的工蚁。

"啊！这是一只'贵族蚂蚁'。这样的蚂蚁共有五百只，它们被称为蚂蚁中的帕特里西安蚁①。"它回答道。

"到底什么是'贵族蚂蚁'呢？"我问道。

"啊，"它骄傲地答道，"这是我们的荣耀！一只贵族蚂蚁，就像你看到的那样，有四片翅膀，它们吃喝玩乐，生儿育女，享受着爱的滋润，而我们却注定要终日劳作。这种法定的阶级分化是我们伟大的宪法制度中最智慧的地方。在蚂蚁世界，底层蚂蚁生来就是劳工，而贵族蚂蚁则日夜笙歌！"

"那底层蚂蚁的劳动有什么回报呢？你们有朝一日能成为贵族蚂蚁吗？"

"不会！贵族蚂蚁生来就是贵族。否则，奇迹在哪儿

---

① "帕特里西安"的法文原文拼写与"巴黎人"相近，作者在此影射自命不凡的巴黎人。

呢？贵族的称号又有什么特殊的呢？当然，这个群体也有自己的责任与义务，它们负责保障我们的安全，并且筹划战争。"

就在此时，一只贵族蚂蚁朝我们走来，所有的蚂蚁一见都自觉列队站好，对其表现出无比的崇敬。我得知，没有一只普通蚂蚁（即所谓的"底层蚂蚁"）敢与贵族蚂蚁抢道，更不敢站在贵族蚂蚁前面。底层蚂蚁们其实一无所有，整天不断劳动，吃好吃坏也只能凭运气；而五百只贵族蚂蚁则住在蚁穴中的宫殿里，为蚂蚁王国繁衍后代，那里的寄生虫储藏库可以保证它们的营养。在蚂蚁王国考察期间，我甚至目睹了它们狩猎寄生虫的活动，看得我心花怒放。我们很难想象在这个国度里，蚂蚁们是多么重视幼蚁的培养。它们给幼蚁以无微不至的爱与关怀：抚摸孩子，亲吻孩子，给孩子洗澡，保障孩子的安全，注意孩子的营养，并对一切可能发生在孩子身上的危险提高警惕。它们观测气温，下雨时就将孩子带回穴中，天晴时就让孩子们出去晒太阳，还教它们如何使用自己的上颚，培养它们的各种本领。然而，一旦孩子们长大，就不再予以关爱。在这个王国里，一只蚂蚁最美好的时代便是它的幼年时期。

尽管目睹了幼蚁们的美好生活，但蚂蚁王国中这种极不平等的社会形态还是令我震惊。我发现与这里的底层蚂蚁的悲惨命运相比，巴黎麻雀之间的纷争简直微不足道。您一定清楚，对于像我这样的麻雀哲学家来说，观察到这些现象仅仅是提出了一个课题。我必须研究清楚为什么这500只贵族蚂蚁能够维持这种国家形态和社会秩序。我想接近一只贵族蚂蚁，但它登上了一座城堡，与那里的几个同类用蚂蚁语言说道："贵族蚂蚁们很快就将在蚂蚁世界中继续扩大队伍。"我看到由贵族蚂蚁指挥的工蚁小部队出发了。这些由底层蚂蚁组成的工蚁部队登上了稻草、树叶或者木棍，组成了船队。后来我才知道，它们这是要出发去两千步之外"营救"几只被别国蚂蚁攻击的本国工蚁。我尾随着这支远征军，并听到两只老贵族蚂蚁之间的对话：

"大人，您知道我国目前有很多蚂蚁正在忍饥挨饿吗？"

"阁下，您难道不知道，在河的另一端，有一片物资充足的蚂蚁聚集区，我们只要把那里攻克下来，赶走当地的蚂蚁，就可以让我们的国民去那里享福了。"

这种非正义的侵略行为是蚂蚁王国的宪法第一条所认可的，这条宪法是这样写的："从这儿走开，这是我的地盘。"宪法第二条的主要意思是：任何对蚂蚁王国有利的东西都属于蚂蚁王国，任何阻止蚂蚁王国的臣民占有这些东西的群体，都是王国政府的敌人。我当时没敢说，这其实与强盗的逻辑没有什么区别。我承认很难与这个民族讲道理，这种野蛮的教条已经成了蚂蚁王国人民的本性。我亲眼目睹了它们的这场军事远征。在这场以"营救三只被攻击的本国蚂蚁"为借口的军事行动结束之后，蚂蚁王国立即派出大使赴该国"考察"，研究准备占领的蚁穴，并观察当地居民的状态。

"您好，朋友！"一只贵族蚂蚁问一只经过的当地蚂蚁："您现在过得怎么样？"

"抱歉，我现在正忙。"

"等等，我正在跟您说话呢！你们这里有很多谷物，我国却没有，但是你们缺乏木材，我国却有很多。我们何不进行物资交换呢？"

"请别骚扰我们了，我们只想留着我们的谷物。"

"但是按道理你们不应该独占贵国富余而我国短缺的物资——这既不合法也不合理！所以我们还是交换吧！"

在遭到当地蚂蚁的拒绝后，蚂蚁王国的贵族蚂蚁感觉受到了羞辱，于是立即派遣一支部队乘坐本国最为坚固的叶子战舰赶往增援。贵族蚂蚁们宣称，蚂蚁王国的荣誉以及自由贸易的原则被这群具有反抗性的外国蚂蚁破坏了。宣战之后，水面上很快就布满了蚂蚁王国的木船，约一半底层蚂蚁都登船征战了。打了三天，可怜的外国蚂蚁不得不溃逃到内陆，将本国物资丰富的蚁穴拱手让给了蚂蚁王国的孩子们。一只贵族蚂蚁给我展示了这场战争占领的十七个蚁穴，它们把自己的孩子送到那里，这些孩子日后将成为新的贵族蚂蚁。

"你们这样做太卑鄙了！"我对那只提出以木材换谷物的贵族蚂蚁愤怒地说。

"这并不是我的错，"它答道，"我是世界上最正直的蚂蚁，但蚂蚁王国的政府必须考虑工人阶级的利益，我们刚才所做的一切对它们的切身利益至关重要。我们都应该感谢国家，为国效劳，我回到祖国后，将继续发扬上帝赐予我族的美德。"

事实上，它将自己的民族标榜为全世界最优秀的蚂蚁。

"您可真会奉承自己的政府！"我喊道。

"是啊！"另一只贵族蚂蚁笑着对我说，"难道您不承认这一切都很美好吗？"它一边说，一边指着一队趾高气昂的贵族蚂蚁，它们正在阳光下得意地显示自己的实力。

"这种违背天性的行为，你们是怎么做到的？"我问，"我此行的目的是来考察，我想知道动物的幸福到底源于什么。"

"来自一个简单的原则：相信自己过得很幸福。"这只贵族蚂蚁回答道，"每一只蚂蚁王国的工蚁都坚信，与世界上其他蚂蚁种族相比，自己是最优秀的。不信的话您可以随便问问它们，任何一只工蚁都会对您说，我们的蚁穴是世界上最完美的。在世界上任何一个角落，只要它们中的任何一只受到不公正的待遇，那就是对整个蚂蚁王国的挑衅！"

"然而，这种傲慢似乎并不能给你们带来更多的粮食……"

"您说的似乎有道理，但这仅仅是麻雀的逻辑。我可以坦率地对您说，我们自产的粮食绝不够养活所有的国民。然而，蚂蚁王国的每只蚂蚁都坚信能寻找到足够的食物。只要我们时不时占领一个蚁穴，一切就迎刃而解了。"

"但你们采取这样的国策，就不担心别的蚁群会联合起来反抗你们的侵略吗？"

"绝对不会！我们蚂蚁王国有一条很重要的政策，就是趁别的蚂蚁族群自相残杀、纷争不断时，立即出兵占领它们的领土。"

"如果您所说的这种别国纷争没有发生呢？"

"在这种情况下，贵族蚂蚁的任务就是为别国之间创造战争机会。"

"这么说来，蚂蚁王国的繁荣岂不就是建立在别国不断内战与纷争之上吗？"

"是的，麻雀大人。所以，我国的工蚁都为自己是蚂蚁王国的子民而感到自豪，全身心投入到劳动当中，高唱'蚂蚁，规则！'"

我一边离开，一边气愤地想："这一切都是违反'动物性①'的：上帝决不会允许这样的法则存在下去！这些蚂蚁简直是无法无天！如果已经那么聪明的巴黎麻雀也变成这样，如果有几支实力强大的麻雀族群也按这种法则生存，那会怎么样？我又将何去何从？我不仅仅是一只巴黎麻雀，更重要的是，我是一只有教养的麻雀，从小接受动物性的熏

---

① 这里"动物性"的说法暗指"人性"。

陶。不！动物社会绝不能采用蚂蚁王国的这种法则，因为它只能造福一小群既得利益者！"

离开时，我为蚂蚁王国的寡头政治以及目中无人的自负感到悲哀。在路上，我遇见了一只几乎跟我飞得一样快的雄蜂王子。我问它为何如此匆忙，这个可怜的王子告诉我，它急着赶去参加一位蜂后的加冕仪式。我对这场盛大的仪式充满了幻想，于是尾随着这位雄蜂王子。它此行的目的是想成为那位蜂后的丈夫，因为它属于一个望族，负责为蜂后们提供合适的丈夫①。为了这一神圣的目标，它们时刻准备着，就像宫廷里总备有一只烤鸡作为拿破仑的夜宵。这只雄蜂王子唯一的财富就是自己那身美丽的色泽。它从穷乡僻壤飞来，那里既没有鲜花也没有蜂蜜，但它却憧憬着奢华与荣耀的生活。

二

蜜蜂的专制

根据我在蚂蚁王国考察时得到的经验，这次我决定先考察民情，然后再与王公大臣们交流。刚来到此地，我就撞到了一只捧着粥饭的蜜蜂。

"哎呀，完了！"它惊慌地说道，"它们一定会把我杀

---

① 雄蜂唯一的职能是与蜂后交配，繁殖后代，交配后即死去。

◎ 这只雄蜂王子唯一的财富就是自己那身美丽的色泽。

了，至少要把我投进监狱！"

"为什么？"我不解地问道。

"难道您没看见吗，您刚才撞了我一下，导致我洒了即将献给蜂后的粥！可怜的蜂后陛下！幸好玫瑰女爵派了很多人送粥，我的失误才不至于酿成大祸。不然的话，如果因为我的过错而让蜂后白白等了半天，我会内疚死的！"

"王子，你听到了吗？"我转身对雄蜂王子说道。

那只可怜的蜜蜂还在因失去见到蜂后的机会而伤心。

"天哪！你们的蜂后到底何德何能让你们如此五体投地、忠心耿耿？"我大声地问，"在我所生活的法国，国民完全不把国王、王后以及人类的这类发明放在眼中。"

"这难道是人类的发明吗？"它气愤地说，"大胆的麻雀！在我们的蜜蜂国，从来就没有所谓的宗教与神明！蜂后就是上帝一般的存在！没有她，我们的社会将分崩离析，一切社会秩序都不复存在。正如你一旦失去翅膀，也就无法飞翔。蜂后是我们欢乐与荣耀的源泉，是我们努力奋斗的最初动力与终极目标。她任命了一位负责桥梁与道路的女大臣，后者制定了基础设施的总规划，我们的宏伟建筑皆来源于此。蜂后根据不同蜜蜂的能力，合理分配工作，她本身就是司法与公正的象征，总是关心她的臣民。她负责生育，而我们则悉心地照顾她的孩子们。我们生来就是为了敬仰她、服侍她、保护她！我们为今后将继承王位的小蜂后们建造雅致的宫殿，给她们提供精美的膳食。唯有我们的蜂后可以幸福地歌唱！她让我们听到了她美丽动人的嗓音！"

"请问你们的蜂后是哪位？"雄蜂王子问道。

蜜蜂回答道："提蒂玛利亚十七世女蜂王，即'大蜂巢蜂后'，因为她孕育了一百个民族的三万只蜜蜂！她打了五次胜仗，那都是嫉妒她的其他蜂后们挑起的战争。她具有非凡的预感，能准确预测到什么时候会下雨，哪一年将遭遇寒冬。她拥有大量的蜂蜜，我们甚至怀疑她在别国也有很多财产。"

雄蜂王子接着又问："您知不知道目前有无适龄待嫁的年轻女蜂后呢？"

工蚁蜜蜂回答说："难道您没有听到仪式的喧闹声吗？在我们蜜蜂的领地，没有一个民族会没有蜂后！如果您想追求提蒂玛利亚的某个女儿，就赶紧去仪式现场。如果运气好，您可以度过一个美妙的蜜月。"

到了那里，我被眼前的这一幕宫廷戏震撼了。显然，这样的仪式感很符合蜜蜂王国的政治需求，工蜂们可以通过这样的戏来加深自己对本国政府和法制的热爱。八个鼓手从老城中走出来，胸前戴着黄黑相间的护甲，唱着一首叫作《锡德拉》的颂歌。据说这首歌的歌名源于第一只鼓吹社会秩序的蜜蜂。紧随这八位鼓手的是五十位优雅的音乐家，它们风度翩翩，堪比蜜蜂王国的蓝宝石。它们合唱着一首歌曲：

提蒂玛利亚万岁！蜂后万岁！

愿蜂后美食餐餐！

儿孙绕膝！

　　所有的蜜蜂都在念诵歌词，但只有最英俊的雄蜂们负责演唱。接着是蜂后的近卫队，身上有可怕的刺。近卫队约两百名士兵，列队整齐，以六行六列的方队走来。每个方队都有一个带队的长官，胸前护甲上印有"锡德拉"勋章。那是一枚红色的星形蜡，是蜜蜂王国最高的军事荣誉。带刺卫队的后面是为蜂后除尘的丫鬟，由一位除尘官带队；紧随其后的是捧花官，它带着八个小捧花官，每队各两位；再后面是内务大总管，带着十二个清洁工；之后是蜜蜡总管和蜂蜜总管。终于，年轻的小蜂后出现了，美丽而贞洁。她的翅膀从未使用过，却熠熠生辉。她的母亲提蒂玛利亚十七世陪伴着她，老蜂后的翅膀上闪烁着钻石般耀眼的光泽。她们俩身后跟着王家合唱团，正充满激情地演唱着专为蜂后出宫而准备的颂歌。合唱团后面跟着十二只雄蜂，似乎是王宫的神职人员。最后是一万多只工蜂。提蒂玛利亚蜂后站在蜂窝边，对女儿说了一番值得铭记的话：

　　"看到你要飞翔，我的内心充满了喜悦，因为这对我们意义重大，它将保证我国长治久安，并且……"

　　正在即兴发言之时，她突然停了下来，好像想说一些与政策相反的话。很快，她便这样说道：

　　"我坚信，你们身为蜜蜂王国的子民，自幼受道德的熏陶，服从习俗，随时准备为上帝效劳，但愿你们能在大地上传播他的光辉，永世不忘自己的出身，维护政府的神圣主张和行为方式，省下蜂蜜留给我们尊贵的蜂后。永远记住，如果没有王权，一切都将陷入无政府主义的混乱状态；唯有服从，才是蜜蜂最重要的美德，唯有忠心耿耿，王国才能长治久安。要知道，为蜂后牺牲，就是为国捐躯。现在，我向你们介绍新的蜂后，我的女儿塔娜巴特！爱戴她吧！"

蜂后的这番讲话得到了一片赞扬，现场响起了热烈的欢呼声。

这充满个人崇拜的仪式让一只蝴蝶感到可悲，它告诉我，老蜂后分给忠于她的臣子双倍的优质蜂蜜；警察与好蜂蜜让大部分蜜蜂都毕恭毕敬①，但内心里，它们恨透了老蜂后。

仪式结束后，蜂群尾随着塔娜巴特蜂后离开。这时，我的旅伴，那个雄蜂王子在蜂群四周嗡嗡道："我是雄蜂家族的王子。很遗憾，我的家族不懂得采蜜。可是，漂亮的提蒂玛利亚蜂后，为了让您高兴，我可以节约蜂蜜，尤其是你如果还有别的公主待嫁……"

这时，蜂后的内务总管答道："王子殿下，您知道吗？在我国，蜂后的丈夫没有任何地位，他既没有殊荣，也没有头衔；雄蜂仅仅是一个工具而已②，我们绝不会允许他干涉朝政。"

---

① 暗指蜜蜂王国里胡萝卜加大棒的统治方式。
② 蜂后是蜜蜂群体中唯一能正常产卵的雌性蜂；工蜂在蜂群中占绝大多数，是生殖器官发育不完全的雌性蜜蜂，没有生殖能力，个体较小，负责采集花粉、酿蜜、饲喂幼虫和蜂后，并承担筑巢、清洁蜂房、调节巢内温度和湿度以及抵御敌害等工作。

"不要多管闲事！"塔娜巴特蜂后斥责总管，然后又温柔地对雄蜂王子说道，"来吧，我的天使，别听它们胡说。我才是蜂后，一切都是我说了算！我可以让你有很多用武之处：你可以先做我的带刺近卫军长官。如果你愿意服从我，我也会对你温柔，并且顺从于你。我们将在鲜花上漫步，在香气袭人的花蜜中翩翩起舞，在百合花上溜冰，在仙人掌上唱情歌，在浪漫的爱情中忘掉权力所带来的一切烦恼……"

我被一个重要的发现所震惊，它与我此行所调查的政府形态无关，但我忍不住要在这里说出来：爱情在任何地方都是一样的。我把这个发现告诉了整个动物界，并希望各动物群体能够设立专门的委员会，来考察人类的爱情是什么样的。

我于是对一只工蜂说："亲爱的，烦请您转告提蒂玛利亚女蜂王，一只优秀的巴黎麻雀希望拜见蜂后陛下。"

提蒂玛利亚女蜂王应该对其蜜蜂王国政府的秘密了如指掌。我之前已经注意到她喜欢言谈，要掌握信息，没有比她更好的人选了，即便只跟她安安静静地独处一会儿，也能得到很多有用的知识。许多蜜蜂对我进行了仔细的检查，生怕我身上有任何危险的气味[①]。女蜂王的臣民们对她顶礼膜拜，一想到她会死，它们就吓得浑身发抖。不一会儿，老女蜂王提蒂玛利亚飞到了一朵桃花上，而我则站在下面的一根

---

① 蜜蜂害怕烟熏等气味。

树枝上面。出于习惯，她扶着一个东西。

"蜂后陛下，我是一个麻雀哲学家，周游列国，只为比较各个政府的优劣，并由此寻找出最好的政体。我是一只法国麻雀，也是一名吟游歌手，因为法国的麻雀喜欢边思考边唱歌。陛下您一定很清楚贵国制度的不合理之处。"

"聪明的麻雀，如果我不是一年要生育两次，我一定会非常不安。但我时常想，仅仅做一只工蜂该多好，在花丛中飞来飞去，喝着花露。如果您想让我开心，那么就不要叫我陛下，也不要称我蜂后，管我叫公主好了。"

我接着说："公主，蜜蜂王国的体制似乎没有任何自由，您的工蜂永远都在做同样的劳动，据我观察，你们这里很像古埃及的社会。"

"您说得没错，但秩序是至高无上的美德。我们的国家格言是'公共秩序高于一切'，而我们也确实在践行这条格言。人类试图模仿我们，却仅仅将它刻在他们国民卫队军服的纽扣上。对我们来说，君主制度就是秩序，而秩序是绝对的！"

"公主，这一秩序都是以您的利益为核心。据我观察，您的臣民都在忙着给您准备精美的膳食，它们只照顾您。"

"您觉得这样不好吗？王，即国家！没有我的存在，一切都黯然失色。在这世界上，人们都在讨论秩序，并且给秩序以定义。每一种思想的存在，都伴随着一种秩序，如此一来，社会反而就进入了一种无序状态。在我们蜜蜂王国，大家之所以能够幸福地生活，是因为我们只有一个秩序。举例而言，与其像蚂蚁王国那样有五百只贵族蚂蚁，不如只有一位尊贵的蜂后。我们的王国经历过不止一次思想自由和言论自由所带来的危险，所以我们不再为这所谓的自由而做无意义的尝试。我国也曾发生过暴动，工蜂们不再采集蜂胶、蜂蜜以及蜂蜡。在几个改革派的煽动下，大家将蜜仓毁掉，所有蜜蜂都变成了自由之身，为所欲为。我在几个忠实卫兵以及助产士的陪护下逃出王宫，来到这个蜂巢。然而，正在革命的蜂巢没有建筑物，没有战略储备，所有的公民都吃自己的蜂蜜，国家的概念不复存在。这时，有几个逃出去又被冻得半死的蜜蜂飞回来，承认了自己的错误。"

"这太可悲了！"我说，"财富的获得靠的是这种残酷的阶层划分。麻雀的良知让我对这种不平等的制度嗤之以鼻！"

"永别吧，"女蜂王对我说，"愿上帝能开导您！本能来自上帝，就让我们服从上帝的安排吧！如果真有公平，那也只存在于蜜蜂王国，因为所有蜜蜂都是一样的大小，一样的食量，连爱也是通过最严谨的数学原理计算出来的。但您也应当知道，只有蜂后统治的政府才能维持这种完美的统一！"

"但你们辛辛苦苦地采集蜂蜜到底是为了谁呢？是为了给人类采蜜吗？"我惊呼道，"自由啊！愿大家都为自由而战！愿人人都为集体而战，因为集体才是我们自身所在。"

听到这话，蜂后回答道："的确，我并不是自由之身。

从某种意义上而言，我比我的臣民更加缺乏自由。麻雀哲学家，离开我的国家吧，也许您能吸引一些懦弱的动物！"

"坚强的动物！"我反驳道。

但她飞走了。我挠了挠头，一只种类独特的虱子从我头上掉了下来。

"麻雀哲学家！我是一只来自远方的可怜虱子，从一头狼的背上掉下来的。"它说，"我刚才听到您说的话了，对您肃然起敬。如果您想获得更多的信息，我建议您直接取道德国，穿过波兰，再跨越乌克兰。在这过程中，您会被狼群的强大和独立所震撼，因为它们所奉行的原则，正是您刚才向那只啰唆的老蜂后所呼吁的。麻雀大人，狼是最受诟病的一种动物。博物学家们都不了解它们的共和精神，因为敢于深入狼群的博物学家都被它们吃掉了。然而，它们不可能吃掉一只麻雀。所以，您可以大胆地站在傲慢的狼头上，在野马和狼群共舞的草原共和国思考动物界的美德。野马的世界是雅典，而狼群的世界则是斯巴达。"

"谢谢你，小跳蚤。你现在要去哪儿呢？"

"我要跳到一只正在晒太阳的猎狗身上去，我刚才就是从那里来的。"

于是我飞向德国，飞向波兰，去那些我在巴黎里沃利大街的房顶听到过的地方。

三

狼群共和国

啊！巴黎的麻雀，世界的鸟儿，宇宙的动物，还有你们，远古崇高的骨架，但当你来到狼群共和国，你们也会跟我一样对它肃然起敬！唯有它才能征服饥饿，提升动物的精神。当我飞至这横跨乌克兰及贝加尔湖周围的大草原时，天气已经异常寒冷。我突然明白，只有自由带来的幸福能让这样一个地方富有生机。我碰到了一只正在放哨的狼。

"狼，"我喊道，"我快要冻死了，这对你们狼群来说将是一个损失，因为我是慕名而来的，我刚刚考察了你们的政府，准备把你们的政纲在动物界推广。"

"那么请你站在我的身上吧。"狼对我说道。

"公民，你会吃掉我吗？"我问道。

"吃掉你对我有什么好处吗？"狼回答道，"无论吃不吃你，我都不会更饿或者更饱。一只麻雀对于一只狼来说，就好比一粒稻谷对于你的意义，简直还不够塞牙缝。"

我有些害怕，但作为一个真正的哲学家，我甘愿冒这个险。这匹友好的狼让我站到他的尾巴上，并用充满饥饿的眼神看了看我，但没有碰我。

"您在这里做什么呢？"我开始跟他聊起来。

"唉，其实，我们是在等待去隔壁城堡串门的地主们。他们走出来的时候，我们可能会上去吃掉两匹马、几个坏车夫、几个仆人以及两个俄国地主。"

　　"这听上去很有意思。"我回答道。

◎ 我碰到了一只正在放哨的狼。

动物们，不要以为我刚才的这句话是恶意奉承这只狼，其实我说的是内心的真实想法。在巴黎的谷仓里以及其他很多地方，我都听到人们在咒骂"地主"或者"房东"这类人。我尽管不认识多少这类人，却对他们充满了厌恶。

"您不会要吃他们的心吧？"我开玩笑地说道。

"为什么这样说？"狼问道。

"我听说他们根本就没有心！"

"可怜的人类！"狼说道，"这对我们来说是种损失。不过，他们并不是唯一可怜的动物。"

"此话怎讲？"我好奇地问道。

"唉，在袭击猎物的过程中，我们狼群中的很多成员将不幸牺牲。但是，一切都是为了祖国的利益！这群猎物总共只有六个人、四匹马以及一些随身物品，根本不够我们一千多只狼吃。麻雀，请你试想一下，我们已经两个月没有吃东西了。"

"什么也没有吃吗？一个俄国王子都没有吃过？"

"甚至连一只野马都没有吃过！要是有野马在，我们在两里外就能嗅到它们！"

"那你们如何生存下去呢？"

"我们狼群共和国要求年富力强的狼参加战斗并且节制饮食。我是一只年轻的狼，我得把有限的猎物留给母狼、小狼以及老狼们吃。"

"这真是至高无上的美德！"

"至高无上的美德？不，这很简单。除了年龄和性别之外，我们狼群社会不承认其他任何不平等，所有的狼都是平等相处的！"

"为什么要这样呢？"

"因为我们所有的狼都同样强壮！"

"既然如此，那么狼大人，您为什么还要被派来站岗呢？"

"这并不是什么不平等，只是今天正好轮到我放哨而已。"狼对我说这话时，一点都没有因为我调侃其"大人"而生气。

"那么，你们有共和国宪章吗？"我又问。

"那是什么？"年轻的狼不解地问道。

"你们既然是一个法制化的狼群共和国，总该有法律吧？"

"对于我们的共和国而言，唯一的法律就是我们生来自由，可以做任何想做的事情。当所有的狼都面临共同的威胁时，我们会聚集在一起，集体行动。但在事后，行动中担任领导的那只狼便又成为一个普通公民，绝不会想第二天早晨起来会高人一等。在狼群共和国，所有的狼都情同手足！"

"那么，在什么情况下你们会聚集在一起呢？"

"当出现饥荒，或者是为了狼群的集体利益去打猎的时候。我们分组狩猎。在大饥荒的日子里，我们非常严格地均分食品。可是小麻雀，你知道吗？在最困难的时期，当草原被厚厚的积雪覆盖，当所有的人家都紧闭门窗，当我们连续三个月都没有任何食物时，我们会勒紧裤腰带，彼此紧紧靠在一起相互取暖。自从狼群共和国建立以来，狼之间从来没有发生过自相残食的现象！对于我们狼群来说，每一个公民都是共和国主权的象征：自相残杀是绝不可饶恕的罪行！就像人类的一句谚语所说的：一只狼绝不会吃另一只狼。"

◎ 所有的狼都情同手足！

"怪不得人类经常说，狼才是主权的象征！"为了让它高兴，我这样附和道，随即又问，"那你们有相应的惩罚措施吗？"

"如果一只狼在执行集体交办的任务时犯了错，比如说没有捕捉到猎物，或者没能及时提醒大家猎物的出现，它将受到体罚；尽管如此，它绝不会因为被罚而在事后被看作低人一等，所有的狼都会犯错误，为自己所犯的错接受一定的惩罚，这难道不是遵守共和国法制原则的表现吗？除了因为饥饿要参与集体捕猎，在其余的时间里，每只狼都如空气般自由自在，而且，必要时它完全可以求助于集体的力量。"

"这样的社会真是太美好了！"我由衷地发出了赞叹，同时又不禁想，这样的社会虽然既自由又平等，但巴黎的麻雀社会估计没有单纯到这种地步，接受这样一种制度。

"小心！"我的狼兄弟突然喊道。

我在它头顶三米高的地方飞着。突然，一千多只狼冲了过来，速度堪比飞鸟。它们阵容庞大，行动敏捷。我在远处看到了两架马车，每架马车都由两匹马牵引。尽管马车速度很快，并且车上的主仆数人都在用剑刺向狼群，然而这些勇敢的狼依然奋力地用自己的身躯挡住了车轮，有些瞬间就被碾死。马车终于被绊倒了，狼群捕获了一份不错的猎物，但很多狼还没有吃到马肉就已经身亡，一百多头狼英勇牺牲。和我交谈的这只狼正在放哨，作为哨兵，它有权吃掉皮围裙。有些勇敢的狼，没有别的东西吃了，只能吃点衣服和纽扣来充饥。最终，只剩下了六个头骨，由于实在太硬，狼群们无法弄碎，也无法吞食。

狼群很尊重阵亡同胞的遗体，并巧妙地加以利用：饥肠辘辘的狼常常会躺在同伴的尸体下面，一些食腐的鸟类会飞过来，躺在底下的狼就会扑过去，将鸟捉住，分而食之。

惊叹于狼群共和国的绝对自由主义的同时，我开始思考这种平等精神的来源。很显然，法律意义上的自由平等来自资源的平均分配。狼与狼之间之所以是完全平等的，是因为它们都同样强壮，跟我聊过天的那只哨兵狼就是这样认为的。要想让所有的公民都能享受到平等，就必须像狼群一样，通过教育，让大家具有同样的才能。狼群捕猎时的惨烈场景，让我们看到了什么叫优胜劣汰：体弱的狼都战死了。小狼必须懂得吃苦和战斗，唯有这样才能生存，这也让它们个个勇气可嘉。比别人强并不代表着就高人一等，但软弱无能以及无所事事是不被接受的。狼群其实一无所有，但从另一个角度来说，它们却拥有一切。这种令人称赞的结果源于其社会风俗。然而，回过头来想想，要想改变被享乐主义侵蚀而严重堕落的社会风俗又谈何容易？我在想，为什么巴黎的麻雀有的每天吃着虫子和谷物，栖息在树荫下享受生活，而另外一部分穷麻雀却要为了填饱肚子走街串巷。怎样才能说服那些幸福的麻雀去跟穷麻雀过平等的生活呢？是否有什么具有创意的办法能做到这一点？

狼群只服从于自己，就像蜜蜂们只服从于蜂后，蚂蚁只服从于它们的法则。自由使它们成了责任的奴隶。蚂蚁是王国法律的奴隶，而蜜蜂则是蜂后的奴隶。我的天！如果说我们一定要成为某种奴隶，最好还是把社会公德作为主人。在这一点上，我非常赞成狼群共和国的社会模式。来库古①一定研究过狼群社会，这从他的名字中就能看出来②。"团结就是力量！"这句话就是狼群共和国最伟大的宪章。所以，狼是动物界唯一能够攻击并吞食人类和狮子的动物。而且，狼群社会的平等精神也十分可敬。现在，我终于理解罗马城母狼③的传说了！

深入研究这些问题之后，我发誓回国之后要把问题告诉那位伟大的作家。我也下定决心要向他提出我此行所思考的很多问题。光荣也好，惭愧也罢，我都必须承认，在我飞回巴黎的路途中，之前对狼群的敬仰之情已渐渐淡化，随之想到的是一种更加文明的社会风俗，这种理想化的追求是巴黎麻雀区别于其他动物群体的根本之处。想到这里，狼群共和国在我心中已不再是一个完美社会的范例。毕竟，仅靠掠

---

① 来库古（约前9或8世纪），古斯巴达传说的立法者。谓因得特尔斐神谕，在斯巴达当政并为之立法，将国有土地平等地分予斯巴达家庭。他奠定了斯巴达国家的基础。

② 来库古（Lycurgus）与拉丁文中"狼"（Lupus）属于同一词根。

③ 传说，拉丁姆地区亚尔巴·龙加城的国王本来是努米托，但他弟弟阿穆略阴谋篡夺了王位，并将他女儿的两个孩子投进水中，所幸一只母狼用乳汁救活了他们。后来他们被一位牧人收养，长大后杀死了阿穆略，并在台伯河畔母狼喂养他们的地方建了一座新城，以哥哥的名字罗慕路斯命名，简称罗马。罗马人为纪念这一传说，制作了一个兽笼，一只母狼在里面喂养孩子。兽笼被放在市政厅前面最显眼的地方。他们还将母狼的形象镌刻在罗马的城徽上。

夺来生存，这难道不是一种极其可悲的做法吗？如果说狼群内部的绝对平等是动物界的典范，但他们对于人类、鸟类以及马的残杀难道不是对其他动物基本权利的野蛮侵犯吗？

我不禁自问，难道，狼群社会的所谓美德都建立在战争的基础上？不断征战、牺牲同类、屠杀外族，这样的政府会是最完美的吗？有的动物宁可饿死也不干活，而有些动物，如巴黎的麻雀，面对饥饿团结协作，在历史的长河中，它们勾勒出一幅幅美丽的画卷，上面编织着鲜花、建筑以及谜一样的故事。哪种动物会不选有而选无，不选满而选空，不选劳作而选虚无？我们来到这个世上，都想干一番事业！我又想到了印度洋中的珊瑚虫，那些群居的多细胞动物没有心脏，也没有思想，仅靠本能活动。它们在这种无意识的状态中生存繁衍，却最终搭建出了一个个珊瑚岛。我不禁开始怀疑所有政府的本质。这种怀疑是很可怕的，我发现，学到的知识越多，对事物的质疑也就越多。总之，我认为对我们所生活的时代而言，狼群终究还是过于残暴和血腥！或许有一天人们可以教他们学会吃面包，但前提是人类愿意为它们提供面包。

我一边飞一边想，安排着鸟类的未来，殊不知它们的命运取决于人类。人类砍伐森林，发明猎枪……因为我差点被那些无情的枪械击中。回到巴黎时，我已经精疲力竭。可怕的是，阁楼里已经空无一人：居住在此的哲学家已经身陷囹圄，罪名是他曾经站在劳苦大众的对立面，替富人阶级进行一些辩护。可怜的富人们，替你们说几句公道话又该当何罪呢？我去监狱里看望了我的哲学家老朋友，他认出了我，问：

"小伙伴，你是从哪里飞回来的？如果你去过很多国家，那就应该受过很多苦。唯有'博爱'的法则得到普及，世间的疾苦才有尽头。"

◎ 他曾经站在劳苦大众的对立面，替富人阶级进行一些辩护。

落入陷阱的狐狸

夏尔·诺迪埃

这则轶事是从一只猩猩的文章中找出来的，它是多家学术院的成员。

"不行！绝对不行！"我大声地叫起来，"让我把我讨厌和轻蔑的一种动物作为我这个奇幻故事的主人公？这不可能。那种野兽，卑鄙而贪婪，它的名字已成为搞鬼和狡诈的代名词。说白了吧，那就是狐狸。"

"您错了。"一个我已完全忘了其存在的东西打断了我的话。

必须告诉您，我在离群索居的日子里，藏着一个慵懒的家伙，任何自然主义作家都未描写过此类东西，它很少替我做事。此刻，为了达到某种目的，它假装整理书架上的书，尽管我书房里的书已经放得够整齐了。

后世的读者得知我有书房也许会有些惊讶，但他们要惊讶的东西多着呢！我希望他们有空的时候再去惊讶吧，假如他们还有这闲工夫。

这样对我说话的东西以前大概是叫"家庭精灵"。随着时光流逝，尽管精灵并不罕见，但它们并不待在家里。所以，如果您允许的话，我们还是给它另外取个名字吧。

"真的，您肯定错了。"它重复道。

"怎么可能！"我气愤地接过话茬，"怪不得人们常常指责您胡说八道，您现在连这种可咒的、腐败的狐狸也辩护？您不知道我讨厌它们吗，您不和我一样反感它们吗？"

"我想，"小玩意儿（我们就叫它"小玩意儿"吧）手肘支在桌子上，看起来一本正经，这副样子和它倒也相称，"您也明白，这坏名声啊，如同好名声一样，在流传过程中总会变样。而我们所说的狐狸，至少与我亲密交往过的那只狐狸，是这类错误的受害者。"

"这么说，您说的都是自己亲身经历过的事情？"

"诚如您所说，先生。我担心浪费您宝贵的时间，所以只简单给您讲讲事情发生的过程吧。"

"我洗耳恭听，但由此将得出什么结论？"

"得不出任何结论。"

"好极了。坐下吧，如果我在您讲述的过程中睡着了，请您别停下来，不然我会醒过来。"

小玩意儿从我的烟盒里弄了点烟，开始讲述它的故事。

◎ 这有张扶手椅，坐下吧。如果我在您讲述的过程中睡着了，请您别停下来。

"先生，您不是不知道，尽管我敬重您，但我不想被奴役，这会让我们俩都感到被束缚。我有的是空闲时间，那时我便天马行空，什么都想；就像您在空闲的时候心无旁骛，放空一切。不过，我有许多消遣方式。您有时会去钓鱼吗？"

"会呀，"我回答道，"我经常去，穿着一套适合钓鱼的衣裳，坐在河边，从日出到日落，一坐就是一天。我的鱼线很漂亮，挂着银坠子，像东方的武器那么奢华的浮标，只是不大中用就是了。啊！我钓鱼度过了许多怡然的时光，还作了不少歪诗，不过我一条鱼也没钓到过。"

◎ 怡然的时光。

"先生，鱼不过是想象的产物，真正的垂钓者从钓鱼中得到的快乐和钓到的鱼没有半毛钱关系。很少人能体会到专心钓鱼的乐趣，不慌不忙，耐心等待，同样茫然的希望，同样澄澈的水，同样慵懒的生活，但不无聊，多年来如此，因为没什么理由让垂钓者消失。"

我点点头表示赞同。

"很少人明白这点，不过，"它又说，"因为，在越来越多的钓鱼者当中，许多人毫无感觉地举着鱼竿，心里想的未必是有关钓鱼的事，而很可能是一本书、一幅画。这些人，先生啊，他们把钓鱼这件好事弄得变了味。不知您注意到没有，这几年这样的人还翻了好几番。"

"您说得对。"我答道。

小玩意儿对于我完全接受它的观点还有点不习惯，虚荣心得到了极大的满足。

"先生，"它的声音显出些许自我陶醉来，"其实我对很多事情都有过思考，虽然看起来不像是这样。如果我把头脑中所有的荒诞想法都记录下来，一字不改，我肯定会出名。"

◎ 您怎么看待捉蝴蝶这件事？

"说到名声变样，让我听听您和狐狸之间的故事吧！您滥用了我对您的许可，我让您讲这个故事，您却讲另一个故事。这不诚实。"

"先生，我说的这些只是巧妙地兜了个圈子，为的就是把我们带回原地。现在我就按您的想法直入主题了，我只问您一个问题：您怎么看待捕捉蝴蝶这件事？"

"可是啊，可怜的人，为什么您说了住在地上的和养在水里的动物，唯独不提我想听的？您忘了它可怕的习性，猜不透那个奸诈之徒。它戴着伪善的面具，诱拐可怜的小鸡，欺骗愚蠢的乌鸦，迷晕笨拙的火鸡，吃掉莽撞的鸽子，窥伺着每一个可能的受害者，等待着，志在必得。您浪费了它的时间，也浪费了我的时间。"

"全是诽谤！"小玩意儿回答时没了几分底气，"总之，我想向您证明，当爱情来临的时候，一头狐狸也会变得笨拙、愚蠢与荒唐，以反击所有敌人对我们的污蔑。现在，我又要回到这个问题上来了。我是否有幸能问您，关于捕蝶您有什么看法？"

我作不耐烦状，它回应了一个恳求的动作，我只好让步。而且，谁能不被捕蝶的乐趣所吸引呢？反正我会。我一定是不小心被它看出来了。

小玩意儿很得意，又要了点烟，半躺在扶手椅里。

"先生，"它激动地对我说，"我很高兴看到您喜欢当今这个时代高贵而又完美的消遣。还有比人们一大早遇到的那个气喘吁吁、笑逐颜开、用捕蝶网不断在花草上扫荡的人更幸福，更为朋友和同胞所称道的人吗？捕蝶网的网孔里有一个针垫，上面插着长别针，以巧妙地钉住被微风吹来的蝴蝶，不让它感受到一丁点儿痛苦。（事实上它也从未喊过疼。）我还从未遇到一个可以百分之百地信任、在各方面都与我投缘，并让我想要与它共度一生的人。总而言之，它是那种随着相处时间越长我愈敬重的人。但我们谈的不是这个问题，我们好像离题万里了。"

"至少这次我和您想的一样。"

"那我现在言归正传。我们就不泛泛地谈论捕猎者了，因为这肯定会让您不高兴，那样我就不好意思了，谈谈我自己吧！一天，我突然忍不住想去捕蝶，因为这毕竟跟我们刚刚谈到的钓鱼不同。"

我起身准备离开，它轻轻地拉我重新坐下。

"别不耐烦，讲到钓鱼只是为了做个简单的比较，让您注意到这两者的不同之处。钓鱼要求纹丝不动，而捕蝶正相反，需要到处跑，停下来很危险，可能会着凉。"

"也只能是着凉了。"我闷闷不乐地低声说。

"既然您刚才只是说说而已，也没有什么新内容，那我就接着说下去了。有一天，我在弗朗什孔泰地区[①]的山

---

① 法国东部一大区，现已与勃艮第合并。

间不由自主地追逐一只漂亮的阿波罗绢蝶①，追到一块林间空地时，已是上气不接下气，这才停了下来。我本以为它会趁机逃脱，但是，要么是出于傲慢或对我的讥讽，要么是带我走了这么一大段路它也累了，它没有逃，而是停在一株被它的重量压弯了的细长的柔软植物上，似乎是在等着我，挑衅我。我生气地凝聚起全身的力气，准备抓住它。我轻手轻脚，目不转睛，蹬直小腿，姿势不太舒服，也不是很优雅，但是心里充满了您应该明白的那种激动。就在这时，附近有一只可恶的公鸡尖着嗓子开始啼叫，令人难以忍受。

"阿波罗飞走了，我不恨它，尽管我原本可以这样做，但失去这只美丽的蝴蝶让我惆怅难平。我坐在树脚下，破口大骂，这只蠢鸡居然破坏我努力了好几个小时的成果，使之成为泡影，看我都累成什么样了。我气急败坏，用各类死法威胁它。我得向您承认，我甚至预谋在面团里下毒。就在我沾沾自喜陶醉于这些犯罪方法时，我感到有只爪子放在了我的肩上，我看到一双眼睛含情脉脉地盯着我。先生，那是一只年轻的狐狸，长相迷人，它的外表首先让人对它产生一种好感：从它的眼神中可以看出它高贵的气质和忠诚的性格，尽管之前我有偏见，和现在的您一样，但我还是不禁对站在身边的它生出怜爱之情。

---

① 一种蝴蝶品种，是重点保护动物之一。

"显然，这只敏感的动物听到了我渴望复仇时威胁公鸡的话。

"'先生，不要这样做，'它的声音悲伤得让我听了都要掉眼泪，'它悲痛欲绝。'我一点都不明白它在说谁。

"'你说的是谁？'我大胆地问。

"'小心肝。'它温柔地说了三个字。

"我没有追问，但我隐约发现这里面有一个爱情故事。我一直喜欢听爱情故事，您呢？"

我摇了摇头，"这得看情况。"

"啊！如果这样的故事还得看情况，您倒不如直说您根本不喜欢。不过，您得委屈一下听听这个故事，或者说说为什么。"

"如果我不是怕您蒙羞，我会马上说出为什么。但我宁愿勇敢地忍着，继续听您讲下去。人们总不会被烦死的。"

"这件事大家都在传，但不可信。我认识一些人，他们对此深信不疑。我们回到狐狸这个话题上来吧！"

"'先生，'我说，'您看起来很痛苦，让我感到非常担心。如果我能帮助您，您就把我当作一个真正的朋友，我悉听尊便。'

"它被我友好的建议感动了，抓住了我的手。

"'谢谢您。'它对我说，'我的悲伤应该是难以排遣了，因为谁也不能让它爱我而不爱别人。'

"'小母鸡吗？'我轻声地问。

"'是的。'它叹了口气。

"当我们无法让坠入爱河的人挣脱出来时，我们所能提供的最大帮助，就是听它讲述它的爱情故事。没有什么比听一个不幸的情人讲述它的痛苦更让它感到宽慰的了。对于这些真理我是深信不疑的，我请求得到它的信任，我没有花什么力气就得到了。"

信任是爱情的最大驱动力。

"'先生。'这只有趣的四足兽对我说，'既然您待我这么好，希望我能给您讲述我所过的悲惨生活，那我就得从头讲起了，因为我的不幸几乎从我出生的那天就开始了。

"'我要感谢最机敏的那只狐狸，但我只感谢它的机敏。它身上的任何优点都没能在我身上发扬光大。我呼吸的空气充满狡黠与伪善，让我喘不过气来，激起了我的愤慨。一旦陷入爱情，我总会去寻找与我的种族势如水火的动物，觉得这样就能报复我讨厌的狐狸。我生来就和我的兄弟们没什么共同语言。我曾结交过一只大型守门犬，它教我如何保护弱小，我花了很长时间听它给我讲课。它身上的美德不仅让人仰慕，更让人甘愿臣服。第一次看见它把这些理论运用到实践中，是它为了救我。

◎ 我很羞愧被抓住了。

有一天，天气炎热，我忍不住去寻找阴凉和葡萄。王国中最愚蠢的田间看守者突然在主人的葡萄树下发现了我。我很没面子地被抓住了，被带到它的主人跟前。主人是市政府的要员，神情可怕，吓得我要死。

　　"'不过，先生，这头强壮俊美的动物同时也很善良。它原谅了我，允许我上餐桌，教我何为智慧和道德，这些道理是它在一些伟大的作品中读到的。它还主动给我提供其它丰富的食物。

"'先生，我敏感的内心、良好的教养，甚至包括今天能幸运地跟您聊天，这一切都得归功于它。唉，我直到现在才意识到，我今天还能活着，全要感谢它。不过，不说了吧！我生命的各个阶段都充满了忧伤和失望，我就不唠叨了，因为您也未必会感兴趣。直到命中注定、阳光灿烂的那一天，那天，我和罗密欧一样，我全身心地爱上了一个仇家的女儿。那种仇恨分开了我们两个家庭，似乎也将把我与它永远分开。不过，我没有罗密欧那么幸运，我没有被爱过。'

"我惊讶地打断了它的话，问：'是哪一位美人如此麻木，不回应您那深沉的爱？它爱的意中人又是谁？因为您刚才跟我说，小心肝爱的是别人。'

"'先生，'它谦卑地答道，'那位美人是一只母鸡，而我的情敌是一只公鸡。'

"我一头雾水。'先生，'我尽可能让自己的声音显得平静，'请相信，我对这种动物的看法，绝不会受到近期某些人的敌意所影响。我坚信自己的主张。但我这一生都极其讨厌这种动物，您的不幸很自然激起了我的同情，可没有这种同情我也会诅咒母鸡对那家伙的爱。也是，还有什么比一只公鸡更自命不凡、更愚蠢、更可笑的呢？又有谁比它更自私自利，也更粗俗、更卑鄙呢？为了表现它愚蠢的美貌，它集上述所有缺点于一身。公鸡无疑是我见过的最丑的家禽，因为它太荒谬。'

◎ 那主人佩戴着上流社会的市政勋章。

　　"'先生，有许多母鸡不同意您的看法，'我年轻的朋友叹息道，'母鸡的爱可悲地证明，相貌英俊、高度自信是有竞争力的。由于缺乏生活经验，爱得太深，我曾一度糊涂，希望我的无限忠诚迟早能让我爱的那个人懂我的心意；至少，要让人们关注到我的胜利，我疯狂的爱恋让我赢得了初恋。因为，先生您知道，我不是生来就爱母鸡的，尽管教育已经改变了我的天性，我也许还有本领把狐狸对母鸡往往是物质上的爱提升到精神层面。美满的爱情是残酷的，母鸡毫不内疚地看着我受苦，甚至都没有察觉到。情敌的快乐建立在我的痛苦之上，因为在自负和傲慢方面，它是最强大的。朋友们感到气愤，它们看不起我，继而抛弃了我：在这片土地上，我孤单一人——我的保护者在一个体面的隐居地离开了世界。这种疯狂的爱情尽管给我造成了巨大的痛苦，但仍让我夜思日想，驱之不散，否则，我将重新生活在恐怖之中。

"'我活着是为了见我的心爱之人，我要见到它才能活下去：这是个恶性循环，在这当中打转，就像被困笼中的一只不幸的松鼠，不想也不愿永远走出这个牢笼。我在监牢四周游荡，让小心肝逃过同类的觊觎，避开世上最热烈最可敬的爱情。我觉得我这辈子都会戴着沉重的枷锁，我不会抱怨，只要我能在生命和痛苦终结之前，向这只可爱的母鸡证明我值得它的温柔，至少值得它同情。

"'先生，您是如此宽容，我们两个聚集到一起这件十分自然的事，您也许不会完全无动于衷。

"'如果您愿意，我想让您听听去年夏天召开的一次血腥秘密集会。出于对我死去的父亲的尊重，它们才让我参加。因为，我之前和您说过，我喜欢修行生活，我接受的是与家人完全不同的人文教育，它们认为，我应该被踹死，被口水淹死。另外，我将参与的那场小规模战斗，其性质总的来说似乎值得怀疑。

"'任务很简单，就是趁主人和看门狗不在的时候，袭击农场的家禽栏，进行一次大屠杀，光是准备工作就会让您毛发悚然。

"'不好意思，'它突然停了下来，'我没有注意到您戴着假发。

"'我性格温和，愿意做别人要求我做的事，因为愚蠢的傲慢也渗透到了人类所有的情感当中。在这种危险的情况下，向我的朋友证明我虽然常常想入非非，但当时机到来，关系到吃饭问题时，我并不缺乏勇气，这不会让我不高兴。而且，我得承认，这一阴谋，现在一回想起来就让我浑身发抖，但当时似乎并没有实际上那么可恶。那是因为我当时还没有爱上谁，只有爱会让一切全好或全坏。夜幕降临，我们得意洋洋地进入了农场几乎无人看守的院子里。我们高兴地看到，未来的受害者几乎都已进入梦乡。您知道，母鸡们通常都睡得很早，只有一只还在站岗：那就是我的小心肝。

"'一看到它，我心里就产生了无名的慌乱。我起初还认为是天性让我不由自主走向了它，发现内心深处的这一邪恶的天性后，我开始埋怨自己。为了摧毁它，教育已经作出了巨大的努力。但我很快意识到，另一种情感占据了我的全身。在它火一般的目光中，我感到自己的凶残在逐渐消失。我欣赏着它的美貌：它遭遇到的危险更增添了我对它的爱。先生，该怎么跟您说呢？我爱它，并已向它表白，对于我的誓言，它习以为常，像是已经听惯了这样的赞美。我走开了，完全被它吸引，只想着要怎么救它。请注意，我的爱情并不始于自私的想法，这太罕见了，值得关注。

　　"'想清楚该采取什么行动之后，我回到了嗜血的同伴去。我不幸与之为伍，漫不经心地建议它们不如先吃几个鸡蛋，以体面的方式打开胃口，不要被当成没见过世面的贪吃鬼。

　　"'我的提议被大多数狐狸采纳了，这表明，狐狸也很容易受到自尊心的驱使。

　　"'这时，我心急如焚，徒劳地想让那只无辜的母鸡明白它即将遭遇灭顶之灾。它伤心地看着许多本来有望成为它们后代的鸡蛋被狐狸残忍地吞噬，却不知道自己有气无力的脑袋已经伸向刽子手。我深受折磨。已经有好几只鸡在睡梦中悄然死亡。在被入侵的后宫中，公鸡在警觉地睡觉。情况越来越危急。所爱之人遭受痛苦使我重新燃起了希望：因为它在忍受一切痛苦，我惊恐地想到，只需叫一声，它就会丧命。让我更痛苦的是，轮到我值班了。我不得不把我的小心肝扔给这群无耻的强盗。我犹豫不决，不安中突然灵光一闪。我赶紧冲向大门。不一会儿，我机智地喊了一声"救命"，向狐狸们发了警报。当时，它们中的大部分已经转向第二只猎物，由于过于害怕，便丢下宝贝逃之夭夭。我回到农场的院子里，在仔细确认同伴全部离开之后，我才敢离开小心肝，在它的感谢声中走开了。回想起第一次相遇，尽管伴随着遗憾，甚至可以说是悔恨，但仍是我一辈子都不会忘记的甜蜜之一。唉！我注定无法将这份爱忘记。那天晚上之后，我萌发了爱情，并越来越强烈。我很快就发现（因为我时时处处跟着它），那只您也知道的聒噪的公鸡对小心肝十分倾心，我无法无视它们之间自然而然产生的爱慕之情。

　　"'花前月下、相濡以沫、撒娇斗气，相爱的人之间的这类永恒的游戏，如果没有进行到让人羡慕的地步，便会被人取笑，事实上也真的很可笑。

　　"'我对事事不顺早已习以为常，这种发现我有思想准备，我虽然痛苦，但并不抱怨，反而抱有一线希望。

　　"'不幸的爱人们总是怀有一丝希望，尤其当它们说再无希望的时候。

　　"'一天，我像往常一样，悄悄地在农场周围闲逛，秘密地见证了让我更加忧伤的一幕，我固执地抱有的微小希望也消失了。不幸的是，我对爱情的威力知道得太清楚了，深知态度粗暴并不能减弱，甚至消灭爱情。当一个人春风得意时，几乎总会出现相反的结果。

　　"'然而，先生，那只愚蠢的动物用指甲和嘴虐待我亲爱的小心肝，我站在那里，气愤极了，却不敢出声，不得不忍受这可怕的一幕。为我爱的人报仇的冲动很快就消失了，因为我担心会牵连它。还有，必须承认，我也担心这位可爱而残酷的人儿会拒绝我的援救，因为我的保护没有得到它的许可。您明白，我比小心肝还痛苦。当我从它的眼神中读到绝对的和执着的顺从时，我心中不是没有痛苦。我很想一口吞掉那个粗鲁的家伙，可是，唉！那样的话，它将陷入多大的痛苦之中啊！

　　"'为了它的幸福而牺牲自己的感情，这个想法让我强忍着一直看到最后。最终，我勇敢地离开了那里。我的心死了，但我也很满意我能赢得这场感情中最艰难的胜利。

　　"'然而，我还要进行一场和我自己的斗争。应该说，这只公鸡丝毫不在意它那位年轻爱人无可指责的爱情，还有过很多次不忠诚的记录。小母鸡爱得太盲目，全然没有发现，我这个爱慕者的作用就是要提醒它。可是啊，先生，我已跟您说过多次，我爱它，哪怕我对它的柔情得不到理解，也没有回报，我不愿意通过剥夺它最珍贵的幻梦来得到我梦寐以求的爱情。

　　"'我看出来了，这些话出自我的口，您似乎觉得很奇怪。许多感觉，微妙得往往难以保存在记忆深处，所以，我在给你讲述这个故事时不得不省去，其实，我自己也不是很明白。

"'这时，我那位上了年纪且很温柔的老师的身影和忠告又浮现在我眼前：孤独、幻想，尤其是爱，具备这三样东西才能有所成就。我确信自己是个好人，我觉得自己的感情和才智也高于同类。然而，我比它们不幸。你们呢，是不是也是这样？

"'我还能再说些什么呢？难以启齿的爱情总是那么回事。让我感到惊奇的是，承受了过多的痛苦，反而无话可说，这对许多人来说是一种补偿，我可能也是这么认为的。无论如何，您现在应该了解了我悲惨的命运，我唯一的奢望，就是将来有个精英为我抱怨。我遇见小母鸡的那一次，如果我不那么局促、手足无措、语无伦次、窘迫得无法言语和行动，而是能自如地向它表白，它会像我预料的那样，对我深表轻蔑，用冷漠的嘲讽回应我的誓言。我宁愿去死，也不想用我可悲的爱情故事再纠缠它。我只需要看守它和它的爱人，让那些有危害的坏蛋们远离这屋子。我什么都不怕，除了一样东西，不幸的是，这东西无处不在，那就是人。

"'现在，请允许我向您告别。'它说，'太阳快下山了，如果我错过小心肝优雅地跳上梯子前往鸡棚的画面，我会睡不着的。先生，请记住我。当有人对您说狐狸都是坏家伙的时候，别忘了您还认识一只这么多情也因此而不幸的狐狸。'"

◎ 它会像我预料的那样，对我深表轻蔑，用冷漠的嘲讽回应我的誓言。

"讲完了吗？"我问。

"当然，"小玩意儿说，"除非您对于我故事中的角色感兴趣，想知道它们的结局。"

"引导我的从来不是兴趣，"我解释说，"只是我喜欢每样东西都各就其位。最好能知道那些人现在正在做什么，万一在它们不愿意遇到我的地方遇到它们，我可以避而远之。"

"好吧，先生，我的这位年轻朋友相当聪明，学会了认识敌人。那家伙，原先残酷而野蛮，学习了文明以后，变得无聊而傲慢了。既然必须称呼他，我们姑且叫他'人类'吧。他又想吃鸡饭了，于是盯上了不幸的小心肝。已经有不少东西遭了殃，包括母鸡和吃母鸡的人，因为这不是件好事情。但我不会申辩，正义自会到来。

"小心肝死了，而它那不幸的情人，闻讯赶来的狐狸，为了我们不可能有的忠诚献出了生命。这样的忠诚，我只见过一次。那天晚上，人们清楚地向我证明，我的那个主人公真的被吊死了。这让我现在有了一颗铁石心肠，害怕无端端地变得多情起来。"

"那也不能过于小心。那公鸡呢？"

"听，它在唱呢！"

"啊，是同一只吗？"

"天哪，如果这只公鸡的性情跟那只如出一辙，都是同样的自私、残忍和愚蠢，是不是同一只又有什么关系呢？"

"我的朋友，"我对小玩意儿说，"我们再往深里想一想。我想您还没有原谅阿波罗的逃跑。"

"啊，别弄错了。我敢肯定，我从来都没有特别恨过某个人。正因为这样，我也许有权憎恶许多普遍的东西。"

"您对公鸡和我对狐狸不都带有偏见和仇恨吗？我也可以给您讲个关于狐狸的神奇故事，正如您给我讲的这个关于公鸡的故事一样。不过别害怕，我不会这样做。

◎ 我的那个主人公真的被吊死了。

　　而且，您不相信我的故事，正如我也不信您的故事一样，
因为抛弃原先的观点，说些从来没有人说过的无稽之谈
是不理智的。"

小玩意儿反驳道："我倒是想知道，为什么讲故事要完全遵循从诺亚时代^①甚至更早之前就接受的思想，或要讲些所有人都讲过的无稽之谈。"

"这个问题讨论到明天都讨论不完，我们就此打住。请允许我这么认为，如果公鸡没有展示出它的美德，如果它的优雅、伟岸和慷慨受到质疑，那也不能劝母鸡们绝对信任狐狸的忠诚和爱慕。我呀，我完全不信，我还在想，您的狐狸是出于什么动机做了这些事。如果找到这个动机，我可能会不那么喜欢它，但会更理解它。"

"我的朋友，请相信，老是只看到事情坏的一面是非常不幸的。"小玩意儿伤心地接着说，"我经常会想，如果母鸡的这位爱慕者成功让母鸡爱上它，那它要做的第一件事，就是吞它下肚。"

"这一点，我一刻也没怀疑过。"

"唉，我也如此，先生，但我对此很生气。"

---

① 取自《圣经·创世纪》，意指非常久远的年代。

手枪的第一篇连载

儒勒·雅南

亲爱的主人：

　　我昨晚没戴口罩和项圈独自出去，肯定让您担心了。何况天还这么热，周遭传来的吠叫声又格外瘆人。确实，如果不是被您常在文学作品中提到的那种不可抗拒的强大力量推出家门，我的这些举动无疑是很薄情的。而且，请您别忘了，我出走的那一天，您对艺术、诗歌、作品的统一性，对作家布瓦洛[①]、亚里士多德和维克多·雨果先生已经表现出极大的不耐烦。

◎ 他打算进入法国犬类研究院。

---

① 尼古拉·布瓦洛（1636—1711），法国诗人、文学批评家，代表作《诗的艺术》。

我干听着您可爱地打着哈欠、唠叨着，就像听到有人来到门口。我不够走运，未能使您和您的朋友们从艰深无趣的谈话中解脱出来片刻。您既没有爱抚我一下，也没有看我一眼。当我跳到您膝盖上的时候，您甚至粗暴地责骂我，那时，您正说着《卢克雷齐亚·波吉亚①》《玛丽·都铎②》《欢乐国王》《路易·布拉斯》③，这些名字像是从一个嗓音沙哑的诗人嘴里叫出来的。总之，您昨晚怒气冲冲，而我却精神百倍。您想待在家里，而我却发了疯似的想出门冒险。真的，我很快就做了决定，因为我看到桌子上有一张博学动物剧院的戏票，还是前排包厢内的位子。我急忙赶往剧场，只见里面装潢华丽，金碧辉煌，就等着我们二人开场了。

亲爱的主人，我不准备向您描绘这里盛大的集会场面。其一嘛，我是个新手作家；其二，这里靠写作吃饭的人是您不是我。事实也的确如此，不写作您就什么都不是。如果手里没点戏剧艺术的技巧，您如何完成每天的任务呢？如果我涉足您的领域盗取成果，岂不是成了一个忘恩负义的坏人？而且，别人最漂亮的分析对您来说又有什么用呢？您可是靠分析为生的。您的想象力很有限，甚至可以说有些麻木，没有见过的东西您永远也写不好。

我步行来到了剧院，因为天气很好、街上很干净，林

---

① 卢克雷齐亚·波吉亚（1480—1519），意大利文艺复兴时期的贵族女性，长期赞助艺术家从事艺术活动。
② 玛丽·都铎（1496—1533），法国王后，路易七世的妻子。
③《欢乐国王》《路易·布拉斯》皆为法国作家雨果的戏剧作品。

荫大道上满是逍遥自在的散步者，煞是可爱。门口的斗牛犬一看到我就趴了下来，人们对我毕恭毕敬，急忙打开包厢。我懒洋洋地躺在扶手椅上，右爪靠在天鹅绒座位上，两条腿伸向第二张扶手椅，活把自己当成了您，您会低声地自言自语："好，我们要看五个小时……五幕长长的戏。"说完，您一般都会蹙起眉头。一只狗，哪怕再有教养，也不会这样皱眉。

亲爱的主人，要告诉您我内心真实的想法吗？当自己舒舒服服地坐在三面有丝绸装饰的包厢内，我才不会因为在地方狭窄、水泄不通、人挤人挤得让人喘不过气来的楼座和正厅后排看见粗俗的人而不高兴。

坐下不过十分钟，音乐家们便突然涌向了乐池。这是平时所见的最笨拙的一群：瘦骨嶙峋的骡子、打转的驴、未经驯化的野鹅、森林里咕咕叫唤的火鸡和牲口棚里的马。

听说，这是为了消除戏剧音乐中乐器的声音。戏越美，音乐听起来就越伤感。所谓天才剧作的顶级配乐，大概就是完全没有音乐家参与的那种。这些先生们开开心心地离开，对《艾那尼》①《查理七世》《卡里古拉》及其名角赞不绝口。谢天谢地，幸亏他们不是每天放假。

①《艾那尼》为雨果的戏剧作品，浪漫主义的代表作。

◎ 戏越美，音乐听起来就越伤感。

交响乐开始了。应该说，这很像您每年冬天都会激动地提起的那种神奇的交响乐。当大家有的打瞌睡，有的咯咯笑的时候，幕布升起，对我这个初出茅庐的连载小说作者来说，一场奇特而庄严的戏开始了。

主人，您想象得到吗？这出戏的台词是一只鬈毛大猎兔狗现场特别撰写的。这条狗由猎兔犬和斗牛犬杂交而来，一半是英国血统，一半是德国血统，一周前，他打算进入法国犬类研究所。

这位伟大的诗剧作者名叫法诺尔，在我看来，他的创作方式非常方便快捷。先是去斯克里博先生的哈巴狗那里问要写什么主题，得到主题后再去巴亚尔先生的贵宾犬那里，让他去写。戏写好后，他让六只狗把巴亚尔先生按在地上吃了，这六只可怕的看门犬牙尖爪利，没有尾巴也没有耳朵。观众不管身份多么尊贵，在他们面前也只好低下头：法诺尔的本领是把别人想象出来的东西拼凑起来，在不是自己写的杰作上署上自己的大名。而且，这是一只活泼机敏的动物，毛发梳得光亮，脖子上的毛有些鬈，背上的毛却有点短。他漂亮地伸出爪子，只为国王和王后而奔走，让剧场里所有爱打听的人都有新闻听，并且专制地统治着广大愚民。

戏终于开始了。据说是一部新戏。

前几幕我就不跟您细说了，总是用同样的方式，通过主人公的心腹或是仆从来解释他们内心的激情、痛苦、罪恶、美德和雄心。说法诺尔是个有创意的诗人，这有点言过其实。在戏剧的铺陈方面，他并不比我们的大师——原生态的野狗、古典牧羊犬和长毛垂耳的西班牙猎犬强。

主人，您明白吗？人们犯了大错，不该给诗人取掉传统的口罩。狗窝缺乏诗意，都是不戴口罩惹的祸。旧诗人全靠口罩才远离嘈杂的人群和不良嗜好，也不会突然发无名火。我们以前可没有看见过狗用自己肮脏的鼻子在路口的垃圾堆里嗅来嗅去。一旦戴上口罩，他们就到处受到欢迎了，不仅能出入王宫和沙龙，坐在漂亮女人的膝盖上，还可以避免狂

◎ 人们犯了大错，不该给诗人取掉传统的口罩。

犬病，这是到现在还没有解药的顽疾，也不会误食市政府投放的有毒肉丸。戴上口罩，他们就纯洁了，干净了，有教养了，典雅了，做对了，忠诚了，拥有了诗人所需的一切。今天，看看发生了什么事啊，看看新式的自由到了什么程度！多么可怕的狗吠声！多么危险的变革！又是多么严重的皮肤病！这革新又是多么无力！亲爱的主人，您常说，那些所谓的革新者，不过是些卑鄙的抄袭者，您说得太对了。如果前人没有留下作品，他们一定会不知所措，什么也写不出来。

不过，慢慢地，正如人们今天所说的，剧情的范围扩大了。哈巴狗接着详细解释了主人们最隐秘的事情和他们深埋内心的情感，主人们也上场了，长篇大论，告诉我们他们的感情冲突。啊，要是您知道那是些多么可恶的人物就好了。在博学动物剧院，演员跟编剧一样可笑。想象一下没有牙也没有尾巴的老狐狸，想象一下好像看着一切却什么都不明白的昏头昏脑的老狼，笨拙而不修边幅的熊，跳起舞来跟走路似的，还有尖嘴猴腮的黄鼠狼，眼睛布满了血丝，即使爪子戴上了手套，还是显得又干又瘦。他们组成了一个老演员戏班，不怎么为自己担心，也不为自己留后路，进行犯罪、复仇、激情和热恋等类型戏的表演。这些因角色而面目可憎的生灵啊！顺便补充一句，在表演之外，这些演员的样子更丑。他们时刻准备互相撕打，不单单是为了一块羊后腿肉或是一小块马肉，也会为多一个词或少一个词，多一个唱段或少一个唱段，因为大诗人法诺尔可能会给角色增加或删去一个词或一个唱段。但我忘了，正如您常说的那样，公共生活应该封闭。所以，我兜了一个圈子回到分析上面来了。

因为这出戏是用新教的狗叫声演的，更像是一种英式德语而不是法语，所以我也不敢保证自己完全懂了。不过，据我所知，它给我们讲的是王后的泽米尔和她的情人阿佐尔之间发生的悲惨故事。这是最让人讨厌的了。主人，您不会相信的，戏里都是些什么稀奇古怪的创新啊！想象一下，美丽的泽米尔属于西班牙王后，她戴着一串珍珠项链，一直坐在王室女主人穿着绸缎的膝盖上。她在王后手里吃东西，用王后的杯子喝水，出行有六头骏马拉车，还跟着王后一起进教堂做弥撒，去戏院听歌剧。总之，泽米尔是福克斯的孙女，马克斯的曾孙女。在她著名的先人中，有大名鼎鼎的恺撒大帝。而泽米尔，排在西班牙王后之后，是埃斯科里亚尔①的"第二王后"。

　　然而，在城堡的厨房工作间里，泔水桶旁边，在一群可怕的厨房小学徒当中，有一只患疮痂病的秃毛狗。那是个好孩子，名叫阿佐尔，他正转动着烤肉旋转铁叉的轮子，一边为王后烤肉，一边偷偷想着泽米尔。他唱道：

　　　　美丽的泽米尔，你肤白似鼬。

　　　　我美丽的天使，柔波流转，

　　　　可怜可怜我的爱情，

　　　　何日来厨房与我约会？

　　　　您终日安卧在王后脚旁，

① 位于西班牙马德里西北。

我，地位卑贱的小学徒，

整天在漆黑的监狱里打转。

泽米尔啊，替我解脱痛苦。

夫人啊，请屈尊看一眼

我的敬意和我的爱情。

正如天上永恒的星星

能拯救夜晚的花朵。

　　主人，我向您保证，大家都觉得这首带点油脂味的即兴之作写得不错。诗人的朋友们啧啧称赞，说诗中散发出爱的香气。语言学家们、小凶狗、怪兽格里芬①以及蟒蛇徒劳地批评这首诗的分段，说阴性韵脚之间相抵触，有些词，如"厨房""学徒"与"花朵""星星""永恒"并列，好像很不协调。也有人大声反对这些不怀好意的人，我甚至看见在剧院雇来捧场的副指挥马丁·巴东的帮助下，人们把那些人扔了出去。只需植物园里的一位音乐家将这首小诗谱成曲，让歌手长颈鹿演唱，您定会告诉我好消息：

　　正如天上永恒的星星。

---

① 一种狮身、鹰头、鹰翼的怪兽，出自希腊神话。

当他在夜风中，对着繁星和蓝色的天空唱着这首小诗，所有的小花都在绿色的草丛里晃起可爱的脑袋。唱得腻烦了，我们这位陷入爱河的阿佐尔又作起散文来，每天吟唱："泽米尔，泽米尔，来，我的心肝，来，我的星辰。如果您走路时扬起了尘，我愿吻那灰尘！"年轻的阿佐尔就是这么想的。正当他沉浸在狂热的想象中时，一个学徒走过来，将滚烫的炉灰扔向他的眼睛，叫他把轮子转快点，快快烤肉。

我得告诉您，在埃斯科里亚尔宫，拴着一条凶猛的丹麦狗，是部长席尔瓦的。这条丹麦狗傲慢无礼，对自己所处的地位非常自豪，他是公爵先生骏马们的密友，有时还随公爵一起去打猎，但不过是为了给自己找乐子罢了。这位绅士衣着华丽，背景深厚，但是冷酷凶残，铁石心肠，妒忌心强，坏得流脓。您以后会知道的。

这头丹麦狗常常向美丽的泽米尔献殷勤，甚至还凑得很近去嗅她。但我们这条高贵的西班牙狗，十分蔑视这位殷勤的北方佬。那丹麦狗该怎么办呢？他藏了起来，似乎完全忘记了情人如何虐待他。可其实他一点也没忘！有一天，在经过城堡的水沟旁时，他看见温柔的阿佐尔正在那里含情脉脉地望着情人的住所。"阿佐尔，"丹麦狗对他说，"跟我来。"阿佐尔夹着尾巴跟在他身后。他把阿佐尔带到了附近的池塘，命令他跳进水里，待上一个小时。阿佐尔照办了，跳进了神奇的水中。水冲走了他身上厨房里的油烟味，让他蓬乱的皮毛恢复了光泽，病怏怏的身体也变漂亮了，被炉火弄得疲惫不堪的眼睛也变得水灵了。从清澈的水中出来以后，阿佐尔高兴地在散发着香气的草地上打滚，围裙上满是花的芬芳，牙齿也用老树上的苔藓洗得雪白。这样一来，阿佐尔又恢复了年轻时的活力，年轻的心在胸膛里幸福地跳动。他用自己柔软的尾巴拍打着小肚子。总之，他陶醉在希望与爱情之中，未来向他敞开了大门。这世上没有什么地方是他够不着的，包括泽米尔的爪子。看到他激动成这个样子，丹麦狗笑得胡子打颤，活像一个阴谋家，好像在低声地说："瞧你这副臭美的样子，倒霉去吧！至于你，泽米尔，我会让你付出代价的。"

　　主人，为了表示公正，我得告诉您，这出表现社会地位的戏由著名演员拉利东担纲主演，并大获成功。对于这个角色来说，他有些胖了，年纪可能也有点大，但他活力四射，激情满满，拥有美术期刊上所说的那种"高雅"。

　　有一幕尤为精彩，至少看起来很美——西班牙王后的母狗泽米尔在阿兰胡埃斯① 森林玩耍。她默默地一步一步走着，长长的耳朵耷拉到了地上，走路的步伐流露出她内心的悲伤与忧虑。突然，她在树林的角落里遇到了阿佐尔。阿佐尔换了新毛，阿佐尔，她的情人，阿佐尔焕发着新的美。真的是他吗？除了他还能是谁？啊，太不可思议了！啊，行行好吧！啊，太可怕了！但也太让人开心、高兴了！啊，亲爱

_____

① 西班牙马德里自治区的一个市镇，位于马德里以南。

◎ 他活力四射，激情满满，拥有美术期刊上所说的那种"高雅"。

的阿佐尔！这对情人四目对视，不用说话就能明白对方的心意。他们相爱，互相欣赏，并用各自的方式来表白心迹。他们忘了一切，天空和大地似乎也不存在了。如果有人对泽米尔说："您坐在世界上最高贵的王位上。"她会这样回答："这有什么？"要是有人对阿佐尔说："别忘了你是个烤肉的小工。"他准会用自己的利齿把他撕碎。啊！充满诗意的美好时光！啊，可爱而狂热的爱情！啊，爱情伟大而又悲惨！作为一连串感叹的结束，让我再补充一句。啊！虚荣中的虚荣！

用诗人的话来说应该是这样的：门有铰链，锁有钥匙，玫瑰里有蠕虫，广场有间谍，狗窝里有狗，诸如此类，但灯里没有灯芯。在阿兰胡埃斯的森林里，可怕的丹麦狗正远远地窥伺着这对情人。"啊，你们相爱了。"说着，丹麦狗交叉着双手，放在胸前，"你们的相爱对我是一种伤害和损失！颤抖吧，颤抖吧，悲惨的家伙。"就在这时，王后手里拿着饼干，把泽米尔叫回自己身边，满眼含情。丹麦狗喊住正沉浸在喜悦中的阿佐尔，说："泽米尔觉得您好生俊俏，可是，我要求您，命令您，必须这样，让她看看您这个当学徒的狗一身灰尘和调味汁时的那副肮脏丑陋的样子，而不是像现在这样，外表漂漂亮亮，毛梳得光亮光亮的，似乎出身豪门。您不仅应该向泽米尔展现出您真实的样子，您其实就像一头豪猪，脖上系着餐巾，毛发直竖，拱手哀求，还应向王后报告，让她知道泽米尔做的事情。"

我还能说什么呢？丹麦狗就这样咬牙切齿，乱叫乱喊。我的主人啊，您想象不到这段话激起了多大反响，现场嘘声一片，可惜剧院里八哥、鹦鹉、乌鸦、蛇和其他能够发出嘶嘶声响的动物不够多，不然该把这只无耻的丹麦狗给嘘倒了。戏会一直朝着丹麦狗所期望的方向发展吗？可怜的阿佐尔，刚刚还那么英俊，这会儿却脏兮兮的来到他的情人

◎ 您想象不到这段话激起了多大反响，现场嘘声一片。

脚边。长喙的苍鹭可怕地伸长脖颈，在高处盯着那个"说谎者"。阿佐尔告诉泽米尔，他其实只是个地位卑贱的小学徒，遇见泽米尔的那天正好在池塘里洗了个澡，这也是他有生以来第一次洗澡。主人啊，我该说些什么呢？泽米尔听完阿佐尔一番可怕的陈述后，扑到他的脚下，说："啊，我很高兴，虽然您条件艰苦，但我仍然爱您。我愿为之牺牲我的傲慢，并为之自豪。爱人啊，您想向我求婚吗？天地作证，我把爱情献给您。来，阿佐尔，来到我胸前。"主人啊，这动人的场景，让全场观众都感动得哭了。楼座上的獾先生徒劳地强忍着眼泪；包厢里的牛先生为了不让眼泪流出来，闭上了眼睛；坐在顶楼的母鸡扑腾着翅膀啜泣；趾高气扬的公

◎ 泽米尔听完阿佐尔一番可怕的陈述后，扑到他的脚下。

鸡，想跟剧里的阴险小人一决雌雄。大家都只是在呻吟、在
咬牙切齿，为了开心故意昏迷，大家都以为，坐在剧场里的
全是人类。

　　第四幕到此结束。

　　现在要给您讲讲第五幕吗？主人，我不认为我还有必
要代劳。毕竟我只是一条狗，不能盗用您的批评权。您只需

知道在第五幕里，狗变成了老虎，这在优秀作家的笔下是常有的事。老虎手里拿着匕首，轻手轻脚地进去了，当场将母老虎和另一只公老虎捉奸在床。具体他是怎么用力将匕首插进这对奸夫淫妇的身体里的，我就让您自己想象了。

温柔的泽米尔，好像一结了婚就成了一只母老虎。最好的夫妻也可能会遇上这种事。后来有人对我说，这是个老故事了，讲的是一条家狗，叫奥赛罗。

第五幕充斥着犯罪行为，谋杀、刺杀、鲜血流淌。演完之后，幕布缓缓落下。幕间插曲是白鼠和大豪猪出演的，逗得大家哈哈大笑，值得一看。

戏演完了，全场平静下来。眼泪已被擦干，黑豹又扬起了小胡子，母狮子用玫瑰色的指甲捋了捋鬃毛。大家都想起了身边人，猎兔狗想起了母兔雅娜，蜗牛想起了蝴蝶，蚕想起了金龟子夫人，布谷鸟想起了在座各位。几只热情的狒猴，要是谁想要有哈喇味的坚果、山羊奶酪、咬过一半的骨头以及大家嘴里吃的各种零食，它们尾巴翘过头顶就递了过去。至于我，我就像您通常在首场演出的大日子里会做的那样，很快就出去了，一脸神秘，就像一头很有品位的动物，肚子里面货很多，嘴里却什么也不说。我在牲口棚里散步，其实就是在剧院里，神色平静、端庄，像在说教似的。在这个牲口棚里，我遇到了各种散发着恶臭的动物，有些看起来脾气很臭，他们也在散步，神色傲慢，一副好为人师的表情。患有狂犬病的疯狗，羽毛光亮但脑子空空的鹦鹉，机灵地跳来跳去的猴子，用天真的小伙子和卖嗲的女子磨牙的狮子，以及尾巴在空中甩来甩去却伤不着人的狮子。看到这一景象，我想起了动物界唯一的历史学家，同时也是我们时代的莫里哀①和拉布吕耶②说过的话。只有那只看门狗不辱使命，完成了这一伟大的任务。那是一句诗：

为非作歹的动物，不会是道好菜。

所以，大家都尽量躲开他们；如果跟他们打招呼，那也是在讽刺他们。如果他们敢伸出手，收回去的时候肯定满手是血。他们的亲吻就像在咬人。我要说，这些动物都是些批评家。唉，主人，您可要丢饭碗了！

对了，我得告诉您，我说了我是您的狗，他们便让我进入了后台。我看见所有的小母猫都在那里往自己的脸上涂油，这只向我露出了自己雪白的牙齿，那只抿住小嘴不让我看她的一口黑牙；一只甜蜜地叫着，另一只在开心地舔身上的毛。两只猫都用软绵绵的小爪挠我，用热情的呼呼声接待我。总之，我们一同谈论着好天气、晨曦、朝阳和珍珠般的露水。突然，这群身上暖暖地裹着毛的女士，决定去看日出，于是就去了。我也想这样，于是就和我的两个猎兔狗朋友一起去

① 莫里哀（1622—1673），法国戏剧作家，演员。
② 拉布吕耶（1645—1696），法国哲学家，作家。

◎ 在这个牲口棚里，我遇到了各种散发着恶臭的动物，有些看起来脾气很臭，他们也在散步，神色傲慢，一副好为人师的表情。

了蒙特默伦西[①]，同行的还有戏剧学院里的一只小鹿，一只年轻害羞的母鹿，下周就要在沃尔尼和普莱西斯首次登台。

　　大家彼此非常客气地下榻在金狮旅馆，彼此间殷勤礼待。我向蒙特默伦西森林里的一头羊快速口述了这封信，他是那儿的大众作家。我的信将由乌鸦飞去带给您。我还不会写字，就作为报刊连载小说的新手进入了这个行业。

　　　　　　　　　　手枪，短枪的兄弟

　　　　　　　　　蒙特默伦西，在鳌虾的影响下

————————

① 法国地名。

又及：问候我们的跟班路易和那只小猫，我觉得他的毛有点红。各持己见吧！等我回去的时候，看到金丝雀全都生完了小鸟，我不会不高兴的。

儒勒·雅南

唉！这应该是这位初出茅庐的可怜的报刊连载小说家最后一次潇洒的远足了。尽管取了"手枪"这样的名字，他并非天生是干这一行的。文字生涯是由艰难的劳动、无数的非议和诽谤组成的。他不过是一只活蹦乱跳、充满快乐和幽默、目光迷人、人见人爱的西班牙猎犬，生来就是一条正直的狗，没有任何偏见。他厌恶派系之争，讨厌利己主义和艺人之间的内斗。他生来不是为了批评一切，而是享受人生。一切都能让他找到乐趣，比如，在音乐会上寻找不合时宜的吵嚷声，同类唱歌跑调，毛色不纯，逃进深处的公鹿一脚踩空。他觉得生活中的一切都很美，无论是运动还是外部世界。他热爱同宗兄弟，因为他们跟他在力量、品性、外形和勇气上相当。他喜欢本真的人类，因为人类总是善待他、悉心照料他，给他提供吃的和住的。不幸的是，命运让他成为了一条文化人的狗。这只可怜的动物，不由自主地近距离观察生命中的一切宝藏。别人远远看来，这种不同凡响的生活是多么美好。除了终日悲伤，他还看到年轻情侣都那么失望，戏中天真的少女都那么不忠，而他还曾向她们表示敬意呢！

您会懂得，他为什么会一步步陷入忧伤，加速进入死亡的坟墓。手枪跟许多伟大的诗人一样死于烦恼。临终前，他也这样说："我在这世上留下了痕迹。"然而，他在这里所说的痕迹，是捕猎者可贵的本能，是猎犬能嗅到猛兽味道的鼻子，跑起来一身警觉，停下来十分耐心。秋季狩猎是多么幸福啊！这就是高贵的动物的本能。然而，有人违背大自然的原意，把这个好猎手变成了写连载小说的人，把这个宁录①变成了杰弗瑞神甫，把在尚蒂利森林里热情地跟在二十岁王子们身后奔跑的猎狗，变成了剧院及其后台的密探。无聊杀死了手枪，他死于忧伤和贫困，因为他是最差的报刊连载小说作者。要是您让他去追逐一只十个角的公鹿，而不是十位演员，他今天的身体一定和你我一样好。

这位新作者的朋友将出资竖立一块非常简陋的墓碑。——"在此登记。"——但直到现在，我

① 宁录，《圣经》中的猎人，诺亚的曾孙。

们连五毛钱都没筹到。但这有什么奇怪的呢？我们的朋友手枪赞扬众生，从未伤过一人。他没什么仇家，朋友却遍天下。

比最简陋的坟墓还便宜的，是悼词。这是一首即兴创作的两行诗，悼念已故的手枪。诗是当代诗人德耶写的，为这个作家兼猎手悲哭：

狩猎正是这个时代的写照，
傲气之人只是在制造喧嚣。

——编者

一只老鸦的回忆

P.–J. 斯塔尔

那些渡海而走的人，只换天候而不改本性。

——贺拉斯《书简诗》

加入我们吧，我们无所不知。

——《尤利西斯的诱惑》

为什么要旅行？

首先，我们为什么要旅行？世上最美好的事情难道不是休息吗？我们费事地去寻找或避免什么，这不是多此一举吗？看它们不断地在天上飞来飞去，在地上跑来跑去，好像就能得到什么似的。

有些人是为了追寻无人所及的世间至美，有的人是为了远离无法逃避的痛苦。燕子与太阳同行，跟着它想到哪里就去哪里；旱獭任太阳离开，在睡梦中等着它回来。它们相

303

信这个道理：对它们而言，太阳就是财富，太阳是在睡梦中
来临的。许多人离开了，很少有人再回来：世界如此之大，
大海如此贪婪。许多人睡着了，很少有人再醒来：睡着的时
候，我们离死神如此之近，它总是睁着眼睛。蝴蝶飞来飞
去，只因为它有翅膀，蜗牛拖着全家走走停停，而不愿待着
不动。未知的世界是如此美丽！有人移居因受饥饿驱使，有
人迁徙因向往爱情。对于前者来说，能果腹的地方就是家乡
和幸福所在；对于后者来说，相爱之处才是天堂。行走而无
欲望，便会心生厌烦。总之，全世界都在动，人人都匆匆而
行，走完一生，或身不由己，或无拘无束。但对所有的人来
说，就像笼中的松鼠一样，行动并非进步，乱动并非前行。
不幸的是，我们更多的是在乱动，而非前行。

　　所以，最智慧的人会认为，平静的不幸好过漂泊的幸福，
最好还是待在自己出生的地方，外面发生再大的事也与他们
无关，这样，死的时候，即使不幸福，至少也心平气和。但
又有谁知道，这种智慧是因为心灵枯竭还是翅膀无力呢？

　　"为什么要旅行？"这个问题，没有人比一位女性大作
家回答得更好。乔治·桑说："旅行，是因为我们不属于世
上的任何地方。"所以，一切都不会停止，因为没有任何东
西是完美的，只有静止才完美。

　　我曾经旅行过。并非因为生来就不安分或喜爱旅游，
恰恰相反，我喜欢待在家里，偶尔出去散散步。

"故事还没讲，就来这么一大堆思考，这有什么用呢？"一位老朋友，也是我的邻居问我。我有时会向它寻求建议，然而又告诉自己要做自己喜欢的。"因为这里涉及的并不是哲学、考古、历史、生理学等等，你没必要把你所学的东西全都告诉读者。如果这样，你就成了一位老学究、一个故弄玄虚的哲学家，人们会把你打发到索邦大学去，更糟糕的是，你写的东西没人看。你难道不打算认真总结一下过去百年间的所见所感？至少要说明你的标题，谈谈你的错误，因为你错误地在所有的大道上飞行，最大的错误是在纸上旅行得太过认真。相信我，如果想让别人喜欢，你得有理性、有智慧、有感情，好像很不经意。忘了那些疯狂的举动吧！哥伦布的时代已经过去了：我们无须发现一个新大陆才能自称游客，我们不用花那么多钱也可以成为游客。我们可以发现自己的出生地，发现邻居，发现自己，或者什么都不发现。这样再好不过，无需走得太远，对此上帝会原谅我们！这样也很快乐。那就讲讲吧，讲一讲。不管你怎么讲，只要你讲，时间就在这些小故事里流淌。你尽可以模仿同时代的人，那些著名的旅行家，他们把自己在世界各地的印象勇敢地写在麦秆或老巢的羽毛上，你就像他们一样做。关于旅行，你可以无所不谈，谈谈你自己，谈谈你的朋友，你爱怎么谈就怎么谈。然后，稍微添油加醋，我向你保证肯定会取得成功。最优秀的作品都是由天大的错误和千真万确的事实组成的。人们不会崇拜你，也不会相信你，但会读你的书。你很谦虚，除此之外，还需要什么呢？"

这些话让我停顿了片刻。建议非常中肯，而且似乎很容易做到，但我的意识占了上风。我回答道："我们不能为所欲为，而要做能够做和应该做的事。我是一只诚实的乌鸦，我会尽我所能。如果你只给我这些建议，那你还是留着自己用吧！"

"好吧，我不说了。"我的邻居有点不高兴，对我深深地鞠了一躬，说。

我还了礼，然后继续写作。

大家都知道，我是一只老乌鸦。垂垂老矣的我不会再想着去掩盖年龄，我想起我也曾年轻过，是的，跟我的那几个椋鸟邻居（尽管他们在嘀嘀咕咕）一样年轻，而不像老人那样迟钝和健忘。出于对老人的敬意，人们总把他们想象成那样，而且，只要想到人一老，就在走向死亡，人们就对老人更加敬重。衰老的尽头是死亡，死亡会取而代之，并使之不朽。

是的，我曾年轻过。年轻，幸福，成家。然而，五十年前的一天，我在同一天失去了深爱的丈夫、青春和幸福。

多么可怕的日子！那一天我永远都不会忘记。狂风弄脏了旧钟楼的花边，阴沉的天空雷声滚滚。昏暗的教堂在发抖，基础好像都要被可怕的东西动摇了。冷冰冰的雨水伴随着雷声落下来，我们的巢穴第一次摇摇欲坠，尽管它深藏在斯特拉斯堡教堂的帷幕中。"我要死了。"丈夫的声音虚弱而坚定,我为它悲痛。"我要走了!永别了!如果我们的孩子不需要你的照顾,我会让你跟我一起走。我们一起飞到那上面去,飞得比太阳还高!死亡对于永恒者来说不算什么,但如果在世界上还能做些什么事,就要好好活下去。那就活着吧,勇敢点。将我留在美好的回忆里。可怜的孩子们!"它接着说,"看着它们羽翼日渐丰满,你会很高兴的。"

这是它最后的遗言。从此,我就成了寡妇。

谁都不知道不幸哪是个头,而我的不幸才刚刚拉开序幕。一个星期后,我失去了孩子们:它们全部在我的眼前停止了呼吸。

这些无法治愈的痛苦,最可怕的在于我们并不会因此死去,而时间会让一切渐渐淡去。

———————

我差点就疯了。大家担心我会想不开,于是围绕在我身旁,天天缠着我。我心一软,同意活下去。

一只上了年纪的鹳对我说:"去旅行吧。"我丈夫和孩子生病时它曾帮忙照顾。"出发时你会伤心欲绝,回来时你会有所宽慰。大路上留下了多少人的痛苦啊!"

这只鹳因忠于美好的感情而著称,但世间的磨练使它变得冷酷无情。它的这段话在我看来有些蛊惑人心,因此我没有理会。

我丈夫生前特别喜欢的几只乌鸦也附和这只无情的鹳。接下来的几天，我的耳边一直萦绕着"出发吧，出发吧"这句话。

一想到要抛弃这些神圣的一砖一石，我就心如刀绞。在这里，我看着身边的人生活、相爱、死去；在这里，尽管我十分理性，却还是希望它们重回世间，因为要相信深爱的人死去得花上好几年时间……大地啊！逝者去了哪里？你对它们又做了什么？在一群自认为在安慰你的人中间，又如何随心所欲地痛苦呢？

于是我出发了，我出发是为了独自一人，想哭就哭。

可以说，五十年来，我没有停下过脚步，也没有得到过安慰。唉！我们是如此软弱！那只多疑的鹳说对了，我们甚至都无法永远哭泣。日复一日地哭泣之后，痛苦渐渐离我远去。我们到底坚信什么呢？

———————————

流浪

是一件令人陶醉的事情

当我为了旅行而旅行，不愿做片刻休息时，我想起了一位伟大的道德学家的格言："旅行只是为了叙述。"于是我心想："我为了什么而讲呢？"

于是，我开始做记录，从无到有，积少成多，不错过每一个机会。我向那些好奇地围在我周围的鸟儿们讲述我的旅行。我尽量讲得清楚真实，希望对每个人都有用，大家听

◎ 于是，我开始做记录，从无到有，积少成多，不错过每一个机会。

得都很高兴。我清楚地看到大家都在听我讲，但眼神里却没有对我的褒扬，而且大家似乎都害怕让它们给予好评。最终，有一只鸟儿（事实上它并不算是我的朋友）大胆地肯定了我，说我的故事很好听。这就足够了，我看到了希望的曙光，我的故事很快就会口耳相传，到处都可以听到人们在讲我的故事。我感到非常自豪。

一旦被人夸奖过，就会爱上这种感觉。得到夸奖是如此不易，所以值得珍惜。于是我继续讲述我的故事。

一座古堡

从前有一座古堡……

（跟以前讲故事的人一样，我也用这句话作为开头，为什么不可以呢？我难道不和故事同龄吗？我可有一百岁了。）

从前有一座古堡，因为一些不便道明的缘由，城堡的名字我不能告诉大家。

在法国还有所谓的堡垒的年代，这座城堡曾被用作堡垒，也就是说。它在漫长的一生中，见证了那个时代城堡经常发生的一切。它多次被攻被守，也多次被占领被夺回。

一座城堡，不管它多么坚固，岁月都会留下明显的痕迹。所以，我不敢说，城堡还是建造时的样子。

我只能说，很少有城堡能幸免于93年革命[①]，这座古堡也曾被攻占掠夺，1815年革命[②]结束后得以修葺。不幸的是，就在对古堡的恢复刚刚有点起色的时候，又爆发了1830年的那场著名的革命[③]。善良的野兔在本书开篇引人入胜的历险记中，详细讲述过那场革命。

[①] 1789年5月，法国大革命爆发，7月14日攻占巴士底狱，1793年，国王路易十六被推上断头台。
[②] 1815年6月，法军在滑铁卢战役中战败，拿破仑第二次退位，10月被流放至圣赫勒拿岛
[③] 拿破仑帝国破灭后，路易十八复辟，法国大革命期间的政策被废除，波旁王朝渐失民心，最终导致1830年法国七月革命的爆发。

◎ 银行家当然很有钱，但他的考古知识却很匮乏。

　　此时的古堡已经失去了高贵的光环，被屈尊卖一位银行家。银行家当然很有钱，但他的考古知识却很匮乏。他想为他的新房产增光添彩，没想到给城堡带来了毁灭性的打击。

　　他叫来了泥瓦匠！

　　顷刻之间，城堡里的缝隙被堵上了，墙也被刷白了。他们改建了一个露台（新生），还以为与剩下的部分和谐得很呢！其实城堡被利用，被亵渎了！他们把城堡隔成一个个笼子，人类自愿被关在里面，度过他们的四分之三的生命，也许是因为憎恶上帝献给造物的东西：天空、空气和自由。

然而古堡并没有被完全改造。银行家深知钱的好处，所以他只翻修了一部分。各种不同的风格根据用途相互混杂：楼上是罗马建筑，楼下是哥特式建筑，这不禁让人以为是先建楼上而后才建楼下。我倒是希望这种野蛮的改造会让建筑家们气得发抖，包括海狸，人类盗取了它们庄严的拜占庭建筑风格的元素。

不过这并不妨碍这一资产阶级的改造工程在全国引起很大的轰动，人们纷纷向不遗余力完成这件艺术品的工匠们致敬。

幸运的是，城堡的其余的地方被搁置，或者更准确地说，得救了。

由此，这座古堡失去了它最具特色的古韵。以前住在里面的都是公爵、王子甚至国王，现如今它沦为了某种乡间住所，新主人难得有空拨冗来看一看。

我曾经说过，我出生在阿尔萨斯的璀璨明珠——斯特拉斯堡大教堂的正门上，固若磐石的火花饰支撑着圣父像。当你出生在这种地方，在崇古的敬畏中长大，你肯定就见不得这些人蔑视与亵渎宗教的言行，他们无耻地破坏了父辈建造出来的那点好东西。

对了，经过翻修的部分住进了与之相称的客人。

那是几只耳鸮和猫头鹰，它们在新建的露台上摆出一副大人物的样子，可笑极了，还让为它们服务的可怜的蝙蝠叫它们"公爵先生"和"公爵夫人"。

有一天晚上，经过一整天的飞行，精疲力尽的我来到这座城堡。我的心情很不好，对自己和他人都不是很满意，总之感觉糟糕极了。与此同时，一种烦闷困扰着我，我想这是内心空虚所致。让我深感焦虑的还有一个初出茅庐的猎人，猎人们不管男女老幼，一个都不放过。机缘巧合，我突然摔在了刚刚说的露台的栏杆上，栏杆前有一排路易十五时期的花瓶，花瓶中矗立着几株奄奄一息的柏树枝。

此时响起了午夜的钟声！

午夜了！在小说中，午夜的钟声总伴随着厄运，但在我这种真实的故事里，事情往往都非常简单。十二声钟响只提醒我，如果我还想第二天一早就出发的话，现在该睡觉了。

于是我便睡下了。

公爵和公爵夫人

就在我快要睡着的时候，我突然发现露台上不止我一个人：借着微弱的星光，我隐约看到一只耳鸮将一只面容姣好的猫头鹰优雅地拥入它的羽翼下，另一只翅膀则包裹住自己，恰如歌剧中披着斗篷的主人公。

侧耳细听，我听到它们在用十分凄婉的声音说着或者说吟唱着月光、夜色，如此云云。

可怜的月亮！要是相信这对爱人所说的话，你就是为它们而生的。

无论如何，我都不想显得冒失，也不想平白无故地逗留此地，再说，它们也不太可能拒绝我，于是我对一位路过的蝙蝠侍从礼貌地说道："你好，侍从，麻烦转告你的主人，一位百岁老鸦想请求它们好心收留一晚。"

"你叫谁侍从？"蝙蝠一脸恼火："我告诉你我可不是侍从。我是公爵夫人的第一侍女。你是谁啊？百岁老鸦？你从哪里来？我该怎么称呼你？你以什么名义？"

"我的名义？"我重复道，"我实在太累了，需要休息，但我不知道如何就近找到一个更好的地方。"

"这的确是个不错的名义，"这个自以为是的蠢蝙蝠一边走开一边回答我，"你以为那些千辛万苦来到城堡的大人物都不累吗？它们无所事事，悄悄地飞走了。"

过了一会儿，另一只蝙蝠过来招呼我。这只蝙蝠是公爵夫人的第三侍从，它比刚刚的那位态度稍微好一点儿。它对我说："天啊！都是因为你，第一侍女刚刚被责罚了。公爵夫人跟公爵正唱着小夜曲，第一侍女就在这时候打断了它们。公爵夫人让我转告你，它可不是随便什么人都能见的。此外，它只接待有头衔的人，而你什么头衔都没有。"

我怒道："你在胡扯些什么？你以为我没有看见所谓的公爵只是一只耳鸮，而公爵夫人只是一只猫头鹰？那副高傲的样子让它难看死了。"

"嘘！"有些唠叨的蝙蝠低声对我说，"小声点！它们

◎公爵夫人跟公爵正唱着小夜曲，第一侍女就在这时候打断了它们。

要是知道我听信你的话，准会把我赶出去，也许还会吃掉我。我的主人们自从离开了它们出生的地方，它们一心梦想着荣华富贵，飞黄腾达，成天谈论重凿沟渠和泥沼、翻新吊桥、改造小塔，希望通过这些贵族的标志彻底跻身贵族。但是啊！穿袈裟的并不都是和尚，住城堡的并不就是贵族。对了夫人，你可以往右边飞，那里是古堡的废墟，但我保证那里跟这里一样舒适。"

"废墟！"我喊道，"原来这附近还有古堡残留的废墟，不然我还得在这个既无格调又不大气，没有任何特色的普通露台上过夜！谢谢你，我的美人，你的女主人真是蠢笨无比。不过现在，我不用向它租房了。"

事实上，没有什么比这些冒牌贵族的自负更滑稽了。我离开了这些可笑的鸟儿和这栋粉刷一新的房子，往别处去了。

也许古堡没留下什么东西了，但像我刚刚离开的那种翻修过的城堡，再多也不及我现在有幸栖息的一块古老的石块。

可敬的古墙！

在这个世界上，还有什么比这些永恒的废墟更能打动人呢？它雄辩地证明，我们每天都对古迹下手是多么错误。在新旧之间该如何选择呢？当下难道不是"对过去的模仿"？

一只老隼

这座漂亮的古墙里面是同样古老的宫殿。整整一面墙掩盖在爬山虎的绿色藤蔓之下，荷叶蕨、百合和野生郁金香在破烂的石阶上交错丛生，常春藤也在石阶上占了一席之地。荠菜若隐若现的白色花朵、金黄色的花苞、明黄色的桂竹香、浅红色的康乃馨、苍色的木犀草以及蓝色和粉色的蓝蓟在石板的缝隙间冒出来，与地上的青苔、地衣、禾本植物、树莓和荨麻争相斗艳。金鱼草、虎耳草和几簇茂盛的火红色虞美人交相辉映，残砖破瓦似乎也因此焕发出勃勃生机。

人类不再涉足的地方，大自然夺回了权利。

这个旧宫殿属于一头风光不再的老隼，为了革命，它倾家荡产，但它活得清贫而高贵，主动让迷路的动物在它高贵的宫殿里栖居，所以里面随处可见不同物种、毛色各异、形形色色的动物，不知从哪里冒出来的老鼠、滞留于此的鼩鼱和鼹鼠、蟋蟀和知了以及其他无家可归的音乐家都齐聚此处，有的甚至在这里定居下来。麻雀们时而叽叽喳喳，还有一只固执无比的田鼠克服了石灰岩地区给它造成的重重障碍，在石板下刨了一个又深又牢的洞。

由此，尊贵的老隼庄主与法国最高贵的物种组建了一个大家庭，其中包括凤凰、乌鸦和白鼬。

这头上了年纪的老隼枯瘦而矍铄，浑身散发出贵族才有的那种自然而端庄的优雅，这种简朴的庄严已日趋少见。当不受痛风（这种有损健康的贵族病不会偏袒任何人）折磨时，它会向大家讲述昔日的丰功伟绩，那时，它伟岸的身躯会挺立起来，眼睛里闪耀着雄鹰般的光芒，似乎在向时间挑战。"一天，"（它经常这样说）这是它最光荣的回忆之一，"我从擎着我的年轻侍从的手上逃了出来，整整一个星期都在自由地捕猎。啊！我那时是法国第一只老隼！所以，当我回去的时候，我美丽的女主人看到我高兴坏了，不住亲吻我，感谢我能回去。那个可怜的侍从曾被大骂一顿，我的出

◎ 一只固执无比的田鼠克服了重重障碍，在石板下刨了一个又深又牢的洞。

现使它得到了宽恕。"

唉！如今再也没有狩猎，没有热闹的节日，没有轻歌曼舞，没有那些让人怀念的贵妇人。人们永远也不知道她们比今日的贵妇人强多少倍，也不知道她们为什么这样让人怀念。

取而代之的，是一些小打小闹的狩猎，戴着眼镜的猎人们，总之是一些业余猎人，在大路上打猎，把枪对准麻雀。而那些衣着光鲜、手里擎着隼的侍从也被谁取代了呢？一只可怜的椋鸟！

不过，有椋鸟做侍从总好过没有侍从。这只椋鸟堪称是最可笑的鸟类：老态龙钟、弯腰曲背、喋喋不休、离奇古怪，但好在忠心耿耿、性格温顺。它最初的主人是附近一座小教堂的司事。也许正是应了那句"有其主必有其仆"，这只椋鸟很像其主人，模样与腔调不知为什么像极了碰到好运的人类，让人不禁捧腹。

第一任主人死后，椋鸟就恢复了自由身。它在笼子里悲伤地栖息了整整四天，其间只吞食了几只路过的苍蝇，后来发现人死了不能复生，于是便飞走了。

它不知怎么办才好，但因着对家奴身份的热爱，它来到了老隼身边当奴仆，毕恭毕敬、真心实意地为其服务，老隼对它很满意。它一开始就真心喜欢上了这个大家都乐于见到的老隼。这位杰出的侍从深知，贵族，就得名副其实，因此它尽其所能，将宫殿打理得井井有条。

如果说贫穷已经很悲哀了，把这种贫穷显露出来则更悲哀。这只椋鸟似乎有三头六臂，忙得满天飞，飞来飞去，跟每个新来者说："我是我主人唯一的仆从。要那么多人干什么呢？难道我们的房子就不高贵吗？"

众所周知，它无私地为主人服务。但有些毒舌说，老贵族可能在什么地方埋了宝藏，它把这个秘密告诉了守口如瓶的仆从。没有什么比这更胡说八道的了，它的无私罕见得令人难以置信。

这位老态龙钟的侍从生活极其简朴。它去很远的地方为主人寻找食物，待主人吃完后拣它剩下的东西吃。如果主人全都吃完了，它会谎称之前已经吃过。当它在台阶下面看到铁栅栏似的东西时，作为一只喜欢待在笼子里的鸟儿，它乐坏了。每天晚上，我们的这位老侍从都会栖息在这道它喜爱的铁丝网后面，高兴地以为躲在这个牢笼后面就可以高枕无忧了。

我到的时候，侍从睡了，主人睡了，所有人都睡了。我也就睡了。

翌日清晨，主人礼数周全地接待了我，我一时还以为回到了过去，那时的鸟儿们都彬彬有礼，乌鸦也很受欢迎。

"你就当在自己家一样。"它对我说。

我与这片废墟相处融洽，我们之间有某种共鸣。于是我接受了和蔼的老隼的邀请，马上就决定在它家里待一段时间。

我的周围一片败旧，我却很幸福，或者说至少我离幸福已经很近了。我每天在四周跑来跑去，寻找美景并跟山里的居民们交谈。这些林间鸟类所知甚多，许多东西若是问城市里的鸟儿，它们会一无所知。大自然似乎更愿意将其最大的秘密告诉给它的忠实信徒。我们知道得很多，是因为所学甚少。难道不是吗？

在那里逗留期间，我趁机研究了一条蜥蜴的习性，我对它善良的天性十分感兴趣。用费加罗①的话来说，这些家伙懒散而快乐。我想，如果没有人为它们说话，我们的历史就会缺乏关于它们的专题研究。这该是多么可惜。

一只蜥蜴心系何处

一

在墙边的一堆石头当中，有一块特别吸引我，因为它下面生活着一只蜥蜴，它可谓是所有蜥蜴中最帅气、最出色，也最可爱的。只要稍稍有点品位，就会对它赞不绝口：修长的身躯、细长的尾巴、钩曲着的漂亮趾甲、洁白匀整的牙齿、敏锐的目光，彰显出它的无穷魅力。没有什么比这漂亮的造物更迷人了。它身上的颜色千变万化，每一种颜色都令人赏心悦目。总之，在这只幸福的蜥蜴身上，一切都显得温馨而优雅。

当它优雅地摇曳着漂亮的身姿爬到墙上的时候，当它一溜烟地钻进鲜花盛开的草丛，小巧迷人的身躯却未在鲜花上留下一丝痕迹，这样的场景真叫人目不转睛，就连其它蜥蜴也纷纷侧目。

而且，没有比这只蜥蜴之王更单纯更质朴的了。正如

---

① 18世纪法国剧作家博马舍剧中的人物。

著名的夏尔·诺迪耶①一样，它曾用几块金路易换取了几根胡萝卜。由此可见，它是多么与世隔绝。

我只弄错过一次，仅仅一次，我曾有机会前往那个世界，当然是蜥蜴的世界，那个世界比蛇的世界和人类的世界纯洁一百倍。它发誓说，去过一次人类的世界就不会想再去第二次，在那里待上一天如同一个世纪。

之后，它回来过它所喜爱的孤独生活，决心不再离开。幸运的是，它的诚实和自然的正直还没丢失，而这种诚实和正直只有在田野当中，在善良的动物当中才有可能被保存。动物们生活在天底下、花丛中，友好的大自然以各种方式抚慰着它们。出污泥而不染，这是诚实者的特权。中午，它待在那堵漂亮的古墙上，心情愉快，觉得那块石头就是一座金碧辉煌的小宫殿，它简朴地住在里面，比王子还幸福，感到没有比这更自豪的事了。

有只八哥信誓旦旦地告诉蜥蜴，说它是鳄鱼的后裔，它的祖先有三十五法尺②那么长。蜥蜴听了以后无动于衷。它看着短小精悍的自己，深知体积最庞大的祖先也不能让它变大一寸，也不会将它的尾巴变长一节，所以它并不怎么关心自己的出身，也不介意自己究竟是从一颗微不足道的还是硕大无比的蛋里蹦出来的，只要生活得幸福就好。而事实上正是如此。八哥告诉蜥蜴，它的贵族祖先的坟墓在巴黎，在

① 19世纪法国小说家，法兰西学院院士。
② 约11米。

植物园里，然而它不为所动，并不想去看看先辈的遗骨。

　　总之，它没有贵族的缺点，也不会凭借出身为自己抬高身价。它对自己的境遇很满意，只要太阳照常升起，其它一切对它来说都不重要。

二

　　谁能相信呢？在附近所有的母蜥蜴看来，这只天赋异禀的蜥蜴似乎缺了点什么，因为没有哪只母蜥蜴能够打开它的心扉。事实上不少母蜥蜴都曾尝试过。但是，唉！这只蜥蜴是最英俊也是最冷漠的，它甚至没有意识到别人对它有所好感。

　　这确实是一件憾事，因为它也许没有见过比它更英俊的蜥蜴。那怎么办呢？怎么让一只压根不想结婚的蜥蜴结婚呢？于是，大多数母蜥蜴都去别处寻找另一半了。

三

　　世界上最英俊的蜥蜴只能给出它所拥有的东西，这些东西一旦付出就覆水难收。然而这只世界上最英俊的蜥蜴已然交出了它的心，毫无保留。没有人知道这一点，甚至连它自己都不知道。爱情让它猝不及防：当它应该留下时爱情来临了，它勇往直前，向它爱上的那颗心冲去，它太愿意了，从此再也没有办法从那颗心里出来。当你真正爱上了，当你有理由爱上你所爱的人，爱情就是这个样子的。

你若说它恋爱了，那就伤害了它，它以后都不会再信任你。它怎么会恋爱！你可以说忠诚、感恩、笃信、虔诚，或者创造一个比这些词更崇高、更简单、更贞洁、更纯粹的词，一个简洁明了的词。然而，恋爱，它从来没有过。它也不敢、不愿、不屑甚至不知道它曾经恋爱过。

爱且只有爱，这样说远远不够！就像我们语言中的许多其他词一样，"爱"这个词也被糟蹋和玷污了，如果没有，它也会说，它欣赏它喜欢的人。但毫无疑问，最能表达它现在的感受的，就是谦逊地沉默。它的无知就在于从未意识到内心的状态。

也许对它来说，在风和日丽的春天里，什么都不做，看着鲜花绽放，或者穿过蛛网，在清香四溢的草地上往来穿梭，是最幸福的事情。落满白色蛛网上的飞虫，给蜥蜴提供了独享的美味。它也喜欢看大家抓蝈蝈，高兴地听知了唱着老调，此时的它并不想吃它们，因为它考虑到了它的朋友们——鲜花的利益。

但它最喜欢的是太阳，全身心地爱，不遗余力。太阳啊，撒旦对它都又爱又嫉妒！当阳光普照时，它浑身沐浴其中，什么都不想。一大早，你就可以看到它悄无声息地趴在门槛上，就像它亲爱的兄弟天芥菜，它悄悄地仰头看着那个星辰之王、心灵之主、诗人，连盲人都在歌唱它。蜥蜴躺在这块灼热的石头上面，陶醉其中，它挚爱的太阳的金色光芒把它的心都融化了。幸福，何等幸福！它睡得朦朦胧胧，所以能意识到温柔而虚幻的美梦。

四

有蜥蜴先生的地方，就有蜥蜴小姐。就在离我们的蜥蜴先生栖息之处不远的地方，有一位蜥蜴小姐住在另一块石头里，它的心只为蜥蜴先生而跳动，没有什么能让它退却。但薄情寡义的蜥蜴先生丝毫没有觉察到它的芳心暗许，所以那个可怜的爱恋者成天趴在窗口望着蜥蜴先生，觉得这是世界上最完美的蜥蜴，却几乎看不到一点希望。它深知这一点，但又能怎样呢？它爱蜥蜴先生的缺点，且并不希望更正这些缺点。它知道，爱情当中最幸福的，就是爱。不过有的时候，它会觉得自己的小房子太大了。如果住着两个人该多好。当它这么想时，泪水便模糊了它的小小双眼。被人爱着是什么感觉，它从来没有体会过！如果能有幸试试，它愿付出任何代价！

"一座漂亮的房子和一颗忠心，这可算是不错的嫁妆。"它这么想。

这位蜥蜴先生要么瞎了，要么是铁石心肠。

它怀抱希望等了很久，以至于它认为它的蜥蜴先生什么都不喜欢。

后来这只卑微的蜥蜴小姐发觉，它的情敌竟然是太阳，冷漠无情的蜥蜴先生眼里只有太阳，天哪，它怎么会这样呢！

爱上了太阳！蜥蜴小姐对于这个奇怪的情敌并没有太深的敬意，它觉得它的蜥蜴先生简直是昏了头。

因为，说真的，它还未真正意识到这份浓情蜜意的独特之处。对它而言，它弄不明白一只聪明的蜥蜴怎么就不能在爱上太阳的同时巧妙地爱上蜥蜴小姐。

那是一只好蜥蜴，但完全没有艺术细胞，也不懂诗歌的奇特与美妙。

最后它绝望至极，也没有对任何人谈起此事。生活变得索然无味，以至于最终它决定为此结束自己的生命。看到它，没有谁会相信正值花季的它会如此渴望死去，青春正在它身上绽放所有的美丽。但这就是它的渴望，没有任何东西能改变它的决定。

这些灰暗的想法占据了它的脑袋，它开始奔跑，没日没夜地跑，穿过深深的沟渠、密密的篱笆、青翠欲滴的树林，不管是播种季还是收割季，它飞奔过果园、尘土飞扬的小路，既不害怕被人踩到，也不害怕被鸟捉走。还有什么能让它活着，让它有动力打扮得漂漂亮亮的呢？拥有精心剪裁的靓丽衣裙，每星期就能换一件，还能戴上连公主都羡慕的金项链，它现在在对这种事都毫不在乎了。

像它一样受过折磨的人，你们都很清楚，它只想死！

五

"活着还是死去，究竟哪个更值得呢？"它问自己。

一只已经半瞎的年迈老鼠从废墟旁边经过。

"苟活不如去死。"那只老鼠嘟囔着，吃力地迈着步子，它和很多老人一样喜欢自言自语。常常大惊小怪的动物先生们，听到这些话从一只田鼠的嘴里说出来，一定会感到很惊讶。但事实就是事实。只有在城里，在人类的世界里，事实才会被粉饰。在别的地方，大家要么直言不讳，要么干脆抹杀它。

那只可怜的蜥蜴小姐很迷信，它觉得这些话，这句所有上了年纪的老鼠的口头禅，恰好回答了它的问题，这可是来自上天的警告。

在它还能看到这位圣人在尘土中拖着脱皮的尾巴时，它就已经下了决心。

"我要死！"它喊道，"但要让它知道我是为它而死。"

六

蜥蜴小姐下定了决心，奇迹般地来到了它爱慕的人身边，而平日它连正眼看蜥蜴先生的勇气都没有。

蜥蜴先生看到这位美丽的蜥蜴小姐坚定地走到自己身边，不禁朝后退了几步，因为它很害羞。

蜥蜴小姐看到它好像要走开，也差点走掉，因为它们俩都很害羞。害羞？你们一定会惊讶。亲爱的女读者，请不要对一只快死掉的蜥蜴那么苛刻吧！再说它是费了九牛二虎之力才鼓起了勇气，它可不想让这一切前功尽弃。

"等等，"蜥蜴小姐对它说，"听我说，让我说两句。"

蜥蜴先生清楚地看到这位可怜的蜥蜴小姐情绪很激动，但它怎么也想不到自己会跟这种情绪有关，因为它根本不记得见过这位蜥蜴小姐。不过蜥蜴先生有颗善良的心，所以留下来听它说。

"我爱你！"蜥蜴小姐对它说，声音里爱和绝望都如此强烈，"而你却并不知道我的存在。我去死的心都有了。"

一只品行一般的蜥蜴，一定会无视这个可怜小女子的痛苦和爱情，但我们的蜥蜴先生非常善良，丝毫没想过要忽视这种痛苦，因为它从来没有过这种感受，更不可能趁虚而入。不过刚刚听到的话语让它有些不知所措，一时间竟不知道该如何回答。因为它很清楚自己的回答将决定这位蜥蜴小姐的生死。

它思考了一下。

"我不想欺骗你，"它对蜥蜴小姐说，"但我很想安慰你。我不爱你，因为我不认识你，我也不知道认识你以后是否会爱你。因为我从未想过要爱一位蜥蜴小姐，可我不想你死。"

蜥蜴小姐头脑很清醒。这一回答尽管非常残酷，但让它体会到了蜥蜴先生满满的诚意，这一点很符合自己爱的人的样子。我不知道蜥蜴小姐是怎么回答它的，但渐渐地，蜥蜴先生开始靠近蜥蜴小姐，它们俩开始悄声聊天，声音非常小，小到我在远处要很仔细才能听到它们的只言片语。我只知道它们聊了很久，非同寻常的久。蜥蜴先生说了很多，从它的手势中很容易看出，它尽量不让自己爱上蜥蜴小姐，阳光总是个大问题，此时天上的太阳从未如此灿烂。

刚开始，蜥蜴小姐几乎一言不发，因为只有爱得不够，才能说清究竟爱有多深。蜥蜴先生说话时，蜥蜴小姐只顾静静地看着它，那目光分明在说，我们相爱，可我们还是失望之中。我不只一次确信蜥蜴小姐没戏了。但有一位（肯定对此很了解的）诗人曾说："'偶然'总会在爱情需要的时候出现，然后全身而退。"现在，偶然希望就在它小小的仰慕者唱出最美的赞歌时，让一大朵乌云飘过来遮住太阳。

"你看！"小巧的蜥蜴小姐高兴地喊道："你的太阳离开你了，我会离开你吗？"对手消失了，蜥蜴小姐重拾勇气，对蜥蜴先生说："我们都需要爱。"此时的蜥蜴先生变得很专注。蜥蜴小姐指向两朵花，一朵斜向另一朵，那是须苞石竹正在向野玫瑰抛媚眼。"花和花结婚，蜥蜴生来也是和蜥蜴相依为伴的，这是上天的旨意。"

心地善良的偶然决定站在弱者一边，继刚才那朵乌云过后，很多其他云也涌了过来，布满了整个天际。一阵北风试图和即将到来的暴风雨争地盘，但未能如愿。三叶草重新立起干枯的茎，燕子低飞，小飞虫到处寻找避雨处，任何地方对它们都有益，哪怕一颗最细小的草都可以成为它们安全的庇护所。蜥蜴先生不再说话，蜥蜴小姐也不言不语，暴风雨比它更会表达。焦急的蜥蜴先生左顾右盼，心想在这种晴天来场暴风雨还真是夸张。它的灵魂深处产生了激烈的斗争，它第一次对自己说，没有太阳的日子应该会很长。

一阵雷鸣宣布了太阳的溃败，乌云将会散开。

蜥蜴小姐依然在等待，只有上帝知道它的小心脏跳得有多焦急。

"你是一只好蜥蜴。"蜥蜴先生也被征服了，终于对它说："你不会死的。"

七

怎样才能形容蜥蜴小姐的心花怒放呢？它是多么庆幸能降临到这个世界。它解脱了的心发出无比愉悦的雀跃之声。它立起身子，满心骄傲，把之前的一切都忘记了：过去的所有痛苦！蜥蜴先生很高兴看到自己带来的这份欣喜，同时也开始觉得蜥蜴小姐很有魅力。它们俩立刻分享了一个小花冠上的一滴清甜露水（这是蜥蜴之间的结婚仪式），此事就这样圆满结束了。

骤雨将至，它们得赶紧回家。"我有一个宫殿，但你只有一间茅屋。"蜥蜴先生对妻子说，"但我的宫殿很小，你的茅屋比我的宫殿更好，因为它能容下我们两个，你愿意分我其中一半吗？"

"我愿意！"幸福的蜥蜴小姐答道，它凯旋般带着丈夫回了家。它家的门用几片酢浆草、一些小木条和迷迭香遮掩起来。

搬家过程很迅速，因为蜥蜴先生除了它本人以外什么都没带过来。当它走进妻子家时，它觉得这个小住所收拾得整整齐齐，室内的物件摆设也非常完美。简直就是世界上最舒适的蜥蜴窝了。蜥蜴先生喜欢美丽和优雅的东西，很欣赏这里极有品位的室内陈设。室内分为两部分，其中一部分稍大，是平时走动的空间；另一部分用柔软的蓟的茸毛和白杨花装饰，是睡觉的地方。

蜥蜴先生的称赞让妻子欣喜若狂，被自己爱的人赞扬是件多么幸福的事啊！

幸福可不占地儿，它今天好像完完全全归这间美丽的小屋了。它如果愿意，又有哪里进不去呢？因为它是如此小巧。

蜥蜴多多少少会作诗，蜥蜴先生作了四句诗来庆祝这美好的一天，但它马上就把诗给忘了。看来，比起诗人，它还是更像一只蜥蜴。

总之，它们结了婚，并遥想它们未来成千上万个幸福日子。

八

对这对新人我还有什么放不下的呢？它们是如此幸福，并相信它们会永远幸福！但当一个历史学家彻底完成它的使命时，任务却十分艰巨！

婚后，（也许人们对幸福感到愤慨吧！）蜥蜴小姐就开始胡思乱想，忘不掉当时只是偶然的一朵云和一滴水让它得到了丈夫。当然，蜥蜴先生对它的爱是很深的，但爱的方式并不是蜥蜴小姐们想要的那种方式。也就是说，蜥蜴小姐们想要对方每个小时不间断地只爱它。但只要太阳闪耀，它就无法完全得到丈夫的爱，因为那时的蜥蜴先生属于太阳。一旦它独自或者和一个好哥们儿躺在凉爽的草上享受阳光时，它可就顾不上妻子了。

蜥蜴小姐感受到了自己的无助，妒火中烧。"我结婚之前应有尽有，只需要吃半根噎根草的叶子！"它常说。有时它会羡慕地看着山萝卜花，这是寡妇花，因为这会让它情不自禁地想，蜥蜴先生究竟心系何方？

至于蜥蜴先生，只要它没和太阳在一起，它就是属于

◎ 一旦它独自或者和一个好哥们儿躺在凉爽的草上享受阳光时，它可就顾不上妻子了。

妻子的。它很肯定地相信，自己完美地做了所有该做的一切，因此对妻子的情绪变化毫不知情。

露台上的主人

公爵夫人来到这个世上就想成为一个大人物，它身体健康，吃得好喝得好，生活很完美，应有尽有，可它却费尽心思将这一切掩藏起来，整天胡思乱想，觉得应该变得更敏感一些。一切事物都能影响它的情绪，它爱小题大做，一个鼹鼠丘、一座山，任何动静：比如一片树叶的坠落、一只冒失昆虫的飞行，或者看到自己的影子，哪怕最微小的声响，或者鸦雀无声等等，都能引起它的情绪波动。它现在只会发出小小的、柔弱的、模糊、难以理解的呻吟。在它看来这都是高贵的表现。它双眼一直盯着苍白的月亮，月亮被公爵夫人称为敏感之心的阳光。"这些星辰，这些夜晚温柔的眼睛，对那些怀才不遇的人是多么珍贵呀！"它感叹道，"曾经有一位哲学家说：'当我们在别处会更好时，我们在自己的地方就无法过得好。'"对于这只高尚的猫头鹰而言，最清新的空气也难以承受。它讨厌太阳，说那是穷人的上帝，它只想得到空中最美的星辰。公爵夫人要费很大的劲才能让自己行走、呼吸、生活和用餐，可它其实吃得很好，足足有五公斤重。每当它佯装这种可笑的敏感时，有时甚至会敏感到不能看到葡萄园哭泣而无动于衷，这时真该毫不留情地撕开它的鹰钩嘴，看看里面的小老鼠、小鼹鼠和小鸟鲜血淋淋的身体。它自诩为贵族猫头鹰，其实只是一只可笑的猫头鹰而已。

◎ 它自诩为贵族猫头鹰，其实只是一只可笑的猫头鹰而已。

它的耳鸮丈夫，沉醉于它亲爱的猫头鹰妻子的种种优雅举止，费尽心思要达到同等高度。在这样的情况下，哪只耳鸮、哪个丈夫会跑掉？但是，尽管如此，它还是离它的榜样妻子很远。如此之远，我的天哪，以至于公爵夫人最终忘记了自己卑微的家族背景，指责丈夫只是一只卑微的耳鸮。

"蠢货！可怜的蠢货！"它喊道。它感到自己不得不在一个粗俗的中产阶级鸟类社会中度过此生，它们唯一的优点就是心地善良，对它爱恋，但这也因过度泛滥而变得毫无意义！

可怜的猫头鹰！

耳鸮更可怜！

城堡的小欢欣怎么不见了？露台上的假幸福去哪里啦？公爵夫人突然不再和丈夫唱夜曲了。一天，公爵接待了一只鸢鸟，公爵夫人被鸢鸟大胆的讲话所触动，结果跟它跑了。

这个背信弃义的家伙靠鸢鸟擅长的甜言蜜语中最长的词句勾引了这位有夫之妇。

这件事如大家所料立刻闹得沸沸扬扬。喜鹊、松鸦还有我们的老椋鸟本人都以自己的方式对这段轶事津津乐道。看来，有些不幸并未得到尊重。大家都指责公爵夫人，却没人同情它可怜的丈夫。为什么我们给予罪大恶极之人的同情不能给一个骄傲的傻子呢？——讲讲大公爵吧！

为了确保丈夫能很快得知此事，公爵夫人在露台上丈夫用餐的地方留下了一封信。这封信完全符合公爵夫人的风格，因为它是写在带香水味、印有小花饰的纸上的。

公爵先生，我这辈子就是注定不被人理解的。
因此我也不想向您解释我离开的缘由。

露台上的公爵夫人

公爵读了一遍又一遍，却一点也看不明白，笔迹和口气都十分坚决，所以作者的文字也非常简明扼要。

但头脑无法理解的东西，心常常能理解。公爵感到一阵巨大的悲痛，所有血液都向心脏回流，这可不是无缘无故的啊！它羽毛倒立，双眼紧闭，就像忽然头晕一样。当它终于意识到自己的悲痛时，它垂头丧气，感到胸闷，很长时间一动不动，好像被掠走了所有情感。

人们像这样突然遭受打击，会感到软弱无力，所以希望它能慢慢地来，悄无声息地来。公爵首先感到一个如同空气、土地和夜晚一样重要的东西失去了。失去生活伴侣就如失去一切。它从呆滞中清醒过来，便开始大喊离它而去的背信弃义的妻子。虽然它只是受了骗，可它觉得自己失去了尊严，于是走到水边，就像所有绝望的耳鸦一样，看看自己是否想跳入水中，带着忧伤了结此生。

到了水边，它忧郁地看了一眼深不见底的水，用嘴沾了沾水先尝了一下。月牙从遮住它的一片云中钻了出来，河水如同一面神奇的镜子，耳鸦从中看到了自己，被自己的狼狈样子吓住了。它机械地梳理自己的羽毛，就像它逃跑的妻子教会它的那样。它将因妻子而死。它精心整理自己乱蓬蓬的羽毛，并渐渐喜欢上了这个过程，似乎觉得像在幸福的日子里那样打扮，用妻子喜欢的方式打扮，然后死去，这会让人感到宽慰。

在某一刻，它也曾想到在死前对月亮唱一首歌，让月亮这颗妻子最爱的星星作为它全部不幸的见证。这首歌也是给那些黑色云朵的，妻子的思绪常常飘向那些黑色云朵。但它的一切努力都是白费，它知道人们只会哭泣颂唱那些已经开始遗忘的痛苦。

它很清楚现在只有死这一件事了。它已经快要跳下去了，突然想到了什么。既然死是那么重要的事，我们总要好好想想，把事情弄清楚。投河自尽时，我们至少得有足够充分的理由这样做。

于是它一再阅读公爵夫人的那封信，高兴地发现，其实这封信写得非常模糊。"天哪！"它自言自语道。信中最清楚的只是公爵夫人离开了露台而已，哪有说它不会回来，不再回来了呢？没有啊！完全没有！连它自己都没说清楚。这次离开只能是一次休闲旅行，也许是去看看和公爵夫人一样杰出的猫头鹰朋友，或者只是去一个充满诗意的地方休息一下，潜心冥想一番。像它这样的精英不就是钟爱这类消遣吗？又或者它可能已经死了？

一只耳鸦的心里总有些奇奇怪怪的神秘想法。最后这个猜测几乎让它感到高兴，它更愿意公爵夫人死去，而不是背叛。

"我的天哪！"它想，"我刚刚差点就小题大做啦！"它严肃地在河岸来回走了几圈，庆幸自己没有投河自尽。

但过了一小会儿，它又觉得这种自我安慰似乎也不太靠得住。它依然放心不下。为了消除所有这些不确定性，公爵先生决定去见一条当地的老鲤鱼，想知道过去、现在和未来，以及别的很多事情。这些占卜算命者之所以大受欢迎，就是因为有太多的不幸。绝望者才需要奇迹。那个巫师以阴晴不定的性情著称。"它会回答我吗？"伯爵心想。它心情忐忑地朝离河很远的两座城堡走去，那是老鲤鱼占卜的地方。

一条有魔力的鲤鱼

"强大的鲤鱼，"公爵说道，声音里充满敬畏，"你无所不知，把我的命运告诉我吧！我亲爱的妻子消失了，它是死了还是背叛了我？"

作为一位魔法师，这条老鲤鱼还算挺容易露面的。它巨大的、凸起的头很快露出了水面，它很庄严地动了三次它厚厚的嘴唇，然后看着河的上游，吸了三次气，对公爵说："等等。"

鲤鱼自转了三圈，身体的一半都露出水面后，便开始唱歌，它的嗓音非常奇特，歌词是这样的：

快来快来，无数游得快、肚子饿的鱼群啊，

你们喜欢黑夜和清水，喜欢平静而无人的河岸、没有渔翁和渔网的水域；到这里来，有红血的动物、金色的鲤鱼、蔚蓝的鲤鱼、贪婪的梭鱼；炫耀炫耀你们的鳍呀，机警的鳎鱼、刺尾鱼，服从我的法则的鱼群啊；柔软的鳗鱼、棕色的鳌虾，还有你们，卵生动物的女皇们，哑嗓子的青蛙，你们也来吧。虽然不是为了吃也不是为了喝，甚至没有给你们一只螨，还是说说你们的神谕吧！让大家看到你们也能说话，无论别人怎么说，跟这个悲惨的丈夫谈谈你们的意见吧！

它是否被背叛？它的猫头鹰妻子是死了还是背叛了它？首先要知道，如果猫头鹰死了，这只不幸的耳鸦便会活下来为它哭泣。但如果猫头鹰背叛了它，它会马上投河自尽。

灵异世界很容易被召唤。

那只颤抖的耳鸦很快就看到了它从未见过的场面。听到那只鲤鱼的声音，它所召唤的鱼全都在水面露出了头，很快就形成一个神奇的圆圈，圈外又有由其他无数昆虫组成的无数圈，呈螺旋状一直升到天空。不可思议的是，睡莲的根也勇敢地从污泥中浮到了水面。很多平日只在早上开放的花朵，也都被这股反常的力量从睡梦中惊醒。厚厚的云层让气氛显得更加凝重。天空似乎朝地面压来，空气沉重，四周鸦雀无声，公爵先生此时能清楚地听到自己的心跳。

　　那只老鲤鱼位居正中，那些圆圈开始围着它转，每个圆都有自己转动的方向，有些很快，有些稍慢。到了第三圈，老鲤鱼潜入水底，待了几分钟，然后从水底给受惊的耳鸦这样一个回答：

　　"你亲爱的妻子没有死！"

◎ 被召唤的鱼全都把头露出了水面，迅速形成了一个神奇的圆圈。

说着老巫师奇怪地一动，就像弯弓的两端，首尾靠近，然后惊人地一跳，跃到空中六尺高的地方，消失了。

"它没死！它没死！"鱼群可怕地一起高喊，"它没死！那只猫头鹰是密涅瓦[①]的鸟，是智慧女神的女儿，若不是你配不上它，它还会离开你吗？跳进水里！跳进水里！耳鸮，你发过誓，就得死！"

"让我们唱起来，快乐地唱呀！"鳌虾和青蛙叫喊着，"你死了和我们有什么关系？只有你死了，我们才能饱餐一顿。让我们唱啊！跳啊！吃啊！也许明天我们就会被人类吃掉！"

一条七鳍小欧鲃，还没有完全成为巫鱼，它游到水边，对耳鸮说：

"你的痛苦让我们充满悲伤和怜悯，"语气中似乎带着一份天真，又带着一份戏谑，"如果我们的悲伤和怜悯能让你的痛苦停止，那该多好！"

"它没死。"可怜的耳鸮说着，此时它已经快疯了，

[①] 罗马神话中的智慧、战争、月亮和记忆女神。

"它没死……我不明白。"河水继续流淌，那些神仙鱼们看见耳鸮不急着死，便纷纷散去，有的回到污泥里，有的钻回芦苇丛或石头底下。而可怜的耳鸮仍摆动着翅膀，失望地说："……我不明白。"

那天晚上，我因偶然有些失眠，也到了河边，默默地见证了我刚才讲述的一切。我很同情它，便走到它旁边，对它说："这就意味着，如果这意味着什么的话，它背叛了你。是的，背叛。也就是说，这里的大多数鱼都愿意看到你死，它们会觉得你很美味。但为什么要死呢？难道死了你就会被背叛得少一些了吗？"

我很高兴听到它骂了那些鲤鱼法师一声，它们是用神谕来谋求利益。

一只耳鸮如何为爱而死

我后来得知，这只可怜的鸟，头脑一直不太聪明，据说为了找乐子，最终还是跳进了河里。平庸者很少经受得住不幸的考验，它开始自暴自弃，尤其在饮食上，它见过小说的有些主人翁在这种情况下就是这样做的。由于它胃口很好，但品位不佳，它经常吃一些不健康的事物，所以很快死了。有人说它因爱而死，有人说是因消化不良，到现在也没有确切的说法。

我认为可以肯定的是，如果它不是因人们硬说成的那种病而死，那它一定是死于爱情。因为它是如此疯狂地爱着它的猫头鹰妻子，虽然这位妻子在成为一位高贵的夫人之前，只是一只尽职尽责的好猫头鹰而已。

心中的伤痕和身体上的伤痕一样，如果它很深，有时会自动愈合，但总会重新裂开，最终导致死亡，虽然看起来健健康康，伤口也愈合得很好。

给我们讲讲公爵夫人吧！

公爵夫人？十五天后，它的情人离它而去，找了一位真正的公爵夫人，并带情人去了希腊，其先辈曾是那里的国王。猫头鹰遭受如此奇耻大辱，于是日渐消瘦，后来孤独地死在一棵老柳树上。它死于羞愧、悲惨、饥饿，它有罪，但也很不幸。

那就讲讲那一对猫头鹰和公爵夫人吧！

作者夺回了话语权

我们永远在旅行，和时间一样永不停歇。这些不间断的事件高潮迭起，并不足以打动一颗疲惫的心。在四处游历之后，也许根本不需要这样，我开始思考，如果乌鸦生来就是为了周游世界或者过集体生活的，那么这场心灵痛苦的奔波究竟有什么意义？不管这种悲伤多么合理，迎合这种悲伤都是自私而非理智的行为。这次抗争与其说是逃避，不如说是一次壮举。不管你的生命多么可悲，像我的同类一样过日子而不是浪费在这无益的旅行中，不是更好吗？这些姗姗来迟的思考告诉我，最好还是回到我的同类当中去。

但到哪里定居呢？

那些老教堂是我们这种旅行者的天然旅店。在旅行中，我已经参观过法国几乎所有的教堂。我更喜欢哪一个呢？

其中的三座教堂尤其让我犹豫不决。

回到我的家乡斯特拉斯堡？我还会重新看到我亲爱的大教堂吗？它有优雅的尖顶、精致的镂空雕纹和坚不可摧的石块。不！一切都让我回忆起过去，在不幸福的时候回忆起曾经的幸福，这是最悲伤的事情。

去兰斯找一个庇护所？兰斯大教堂的大门石雕是多么漂亮。但为什么是兰斯不是别的地方呢？

我本决定去沙特尔圣母主教堂，因为它是法国最朴素庄严，也是最典型的哥特建筑风格的大教堂。刚好这时，我得知一大群乌鸦在巴黎圣母院落脚筑巢。我无数次听人讲到巴黎圣母院，但我还没去过。由于旅行者的习惯，我决定去一个如此著名，对我而言却完全陌生的地方。圣母院雄壮的建筑、坚固的瞭望塔和厚实的墙面，让我觉得威武雄壮而不咄咄逼人，我喜欢它的侧廊。我一到，就有一只老乌鸦向我问好，也就是说我很快被我的同胞认可了。那只老乌鸦带有浓重的阿尔萨斯口音，根深蒂固。

既然机会来了，我很乐意介绍一下这个人物。

"随便写一下吧！"那个讨厌的顾问第二次打断我，故事的开头我提到过他。我答应后，它就一直站在我身后。我一边写，它一边在我翅膀上方没有礼貌地看着，一言不发。"别担心，轮到它了，复仇吧！"

"您已经害怕了？"我对它说，"那就等等，在这之前请闭嘴。"

为什么我不讲呢？因为在这个老乌鸦身上，我看到了小时候一个旧朋友的身影。我们俩快一个世纪没相见了。

我们分开的原因是它年少时为一切疯狂，一切，其中对我也有那么一点点，如果我能这样说的话。但当时我已经心有所属（那时我都快结婚了），它很绝望，便离开了家乡，诅咒说它会因此而死，但它并没有死，人们还能看见它。希望我的女读者们像我一样原谅它继续活着。

"什么？"它走到我身边，激动得不成样子，让我非常感动，"您难道没有认出您的前男友吗？我爱您快一百年了，到头来还是枉然。上帝啊，为了忘记您，我什么事没做呢？可我忘不了，这是您对我的惩罚吗？求您了，留下来吧，让我们在一起。"

我回答说："这在我看来是一次很好的表白，但假如我没弄错，百年之爱听起来更像是美好的友谊。但我还是接受了吧。走吧，别伤心了。"我又说："爱情就像小孩，它需要和它一样年轻的心。我们太老了吧？我既然已经在巴黎，就会留下来，但有一个条件，那就是您得给我找一个住所。"

"只需一个住所？"它指着一条石雕飞龙，"我住在那条龙的左翼下，右翼没人住。如果住所合适，您能做我的邻居吗？"它对我吹嘘说它的住所有多美。按它所说，那里一年四季都是一个快乐园。

那天，我那好朋友用它最温柔的口气和我讲话，它看起来如此善良，声音如此沁人心脾，我没敢拒绝它。但当它过于温柔地握住我的前爪时，我还是收了回来，因为那种温柔已经超出了友谊的范围。

"太幸福啦，老了真好！"我的邻居看到我在那里安顿下来，幸福地大声说。

是很幸福！我们的性格互补，我说不的时候它会说是，奇怪的是，在这种不搭调中竟产生了和谐的气氛。我们从不同意对方的意见，却成了世界上最好的朋友。我的老朋友认为不存在什么社会体系，而我认为世界上无论小事大事都得益于一个社会体系。我记得我们是从讨论下面这个问题开始的：

"先不论这个想法是愚蠢的还是智慧，"我永远的反对者说，"究竟是谁愚蠢地或智慧地觉得在它之前就没有过去？我们沿着路往前走，一直走得很好。盲从者才是真正的智慧者。你们的哲学家都是些疯子。知道得越少，就越不用绞尽脑汁，所以才幸福。两千年前，你们的智者们互相争斗，看谁的体系最好。请告诉它们，在我看来就没有最好的，但能让它们停止争斗的体系一定不是最差的。"

我可不同意这种可怕的说法（可我也不知道怎么反驳）。我们争争吵吵，但友谊常在。这时，我们看见有只鸟从一块石头飞到另一块石头，从一个圣人像飞到另一个圣人像，飞得很沉重，很艰难，小心翼翼。猜猜是谁？雅克！是的，是雅克，那只可怜的古堡椋鸟。

"你怎么样了？"我问它，"有什么新消息？我的好雅克。"

"糟糕透了！"那个老仆人口气凄惨，我准备听到最坏的消息。

"糟糕透了！"它重复道，"它们都死了！"

"全都死了？"我喊道，"说说，雅克！快说！别让我受煎熬！"

"全都死了，"它说，"死得很惨，只剩下一块块的石头了。"

"怎么回事，快讲讲，"我对它说，"好好回忆一下。什么只剩下一块块的石头了？究竟谁死了？"

"老爷本来还可以逃，"可怜的雅克一边回忆，一边说，"但它最终还是选择抵抗到底，结果深埋在城堡的废墟下面了。"

简言之，雅克是这样讲述的：

在一次股票交易后，老城堡和新城堡的主人财产达到了可观的数目，名望也因此大幅提升，被命名为……男爵！但这位虚荣的银行家认为在自己的领地拥有这座破破烂烂的城堡是一种耻辱，于是，几天工夫，虽然冬季将至，拆毁的工作就已结束，我亲爱的废墟就此永远消失。

那只虚弱到极点的老隼不屑逃亡，结果一大块墙体落下，把它砸死了。它在院子一角一动不动，最终向时间女神投了降，连叫都没有叫一声就死了。这种悲壮的死也不是没有痛苦，因为它死的时候，已经绝望地知道不可能再回到它深深怀念的过去。

至于蜥蜴先生，它是睡着的时候死的，蜥蜴小姐和它们的孩子也都一样，那只小蜥蜴给了它们很大的希望。悲剧发生的前几天，整家人好像还聊到要连续睡六个月。正如雅克所说，连续睡六个月和永远睡下去，这几乎没什么区别。它从这个想法中获取了极大的安慰。

那个老仆人也想勇敢地去死，就像它的主人一样。但老隼不愿意这样。它垂下头向我们承认，当它看到墙开始摇动时，它就像主人曾收留过的那些人一样逃走了！

雅克死里逃生，似乎只为了给我讲述这件事。我让它当我的仆人，这样，它就可以继续为他人服务，高高兴兴地死去。它后来聋了，谁问它就回答谁，就像人们在跟它谈论古堡及其住户。

"好了，您满意了吗？"我对老朋友说，"我天南海北，东拉西扯，也聊了你。"

"我们讲和吧，"它回答我说，"我压根儿就不想抱怨，您是一位忠实的历史学家。但这个结尾有点太悲惨了。"

生活起于无忧无虑，也止于无忧无虑。我的老朋友已经到了完全不愿悲伤的年龄。我们可以用歌德的话来形容它："在老人眼中我们依然是孩童。"

"我的主人翁全都死了，我觉得这个结局很合适，"我这样回答它，"为什么不呢？自然地死去，也许还很幸福，这不正是一切东西的结局吗？死亡终止了快乐，它不也终止了痛苦吗？正在和你说话的我就不会死吗？和我讲话的你难道是不朽的吗？"

我的老情人总是以这种方式回答所有难以回答的问题，用颤抖的声音唱了这段我非常讨厌的副歌：

人生苦短，朋友们

让我们及时行乐……

"唱吧！"我对它说，"唱吧！您的歌能证明什么呢？世间有人哭就有人笑，哭的人有他们的理由，笑的人也一定有笑的理由。但笑和哭又有什么用？难道不应该不哭也不笑，果断说话，简单、诚挚、不怀疑、不嘲笑，让邻居和自己一起走向智慧？所谓的智慧，就是惩恶扬善。"

可是不，人们只想唱歌！那就唱吧，一直唱下去吧！大胆地告诉我您很幸福。您看不到您的羽翼日渐削弱，开始泛白，就差最后掉落了！蒙田，一个比你年长也比你聪明的人——总结了很多人的智慧，说："只要还没有死，就没有一个人是幸福的。"

我的回答有些残酷，我的老朋友闭上了嘴。我担心伤了它，于是向它伸出爪子安慰它。我们和好了。

非洲狮游巴黎

巴尔扎克

一

雷奥王子出于何种政治意图远赴法国

　　阿特拉斯山脚，沙漠那边，由一头足智多谋的老狮子统治。年轻时，他最远到过月亮山，曾在巴巴里[①]、廷巴克图[②]、霍屯督[③]生活过，大象、老虎、鹦哥们心甘情愿地任其差遣。那时的他牙齿锋利无比，羊在他嘴中瞬间被撕成碎片。在一片阿谀奉承声中，他被冠以"世界之王"或"世界之友"的头衔。登上王位后，他想让"捕猎即学习"成为狮界的准则，由此被当作是最渊博多识的狮子王。不过这并不

[①] 坐落于北非，种族以突厥人和摩尔人为主。
[②] 位于沙漠中心一个叫做"尼日尔河之岸"的地方，距尼日尔河7公里。
[③] 位于非洲南部。

◎阿特拉斯山脚，由一头足智多谋的老狮子所统治。

妨碍他讨厌文字和文人，他说："乱的东西到了他们那里会被弄得更乱。"

不过他的算盘打错了，人民都想成为有学问的人。霎时间危机四伏，不但他的"世界之王"头衔有可能保不住，就连狮子家族也开始议论纷纷。年轻的狮子王族指责他与宠臣大狮鹫①一起闭门细数不为人知的珍宝。

这头狮子是语言上的巨人，行动上的矮子。动物们的情绪在发酵。树上的猴子经常危险地暴露问题，老虎和豹子要求瓜分战利品。最终，就像大多数群体一样，分配不均导致人心涣散。

老狮子已经不知多少次使出浑身解数来平息民众的不满，好在有狗、狼和猞猁这些中间阶层的协助，向他献计献策。"世界之王"年事已高，只想安静地老去，在自己的巢穴中闭上双眼。然而王位之争让这一切化为泡影，当幼狮王子们惹得他太生气时，他通过禁食来制服他们。旅行的经历让他深知饥饿能让一个人变得多么软弱。唉！想当年这种问题都是通过他的尖牙利齿来解决的。看到雷奥王子变得躁动

① 传说中长有狮子的身体和利爪、鹰的头和翅膀的生物。

不安，很可能做出过激的事情来，"世界之王"便萌生出一个对于动物来说超前的想法。不过内阁众臣并不感到惊讶，他年轻时所耍的花招已经让他们见怪不怪。

一天晚上，在群族的簇拥下，他连连哈欠，说了这几句聪明的话："我掌握这所谓的王权太久了，真的累死了。我的鬃毛已白，言语老钝，钱财也挥霍一空，却一无所成。我应该对那些有功之臣予以褒奖，前提是我要成功！然而怨言四起，只有我自己没有埋怨，但是这种毛病最后也会影响到我！我的孩子们，也许我应该顺其自然，传位于你们！你们年轻，充满青春活力，能摆脱所有心存不满的狮子，不让他们取胜。"

狮子王后似乎返老还童，唱起了狮子国的国歌：

磨尖利爪，竖起鬃毛！

年轻的雷奥王子说道："父王，如果您准备让位，恐怕非洲各地不满您无所事事的狮子都要兴风作浪，足以掀翻国家这艘大船。"

老狮子心想："啊！这个坏家伙，你得了王室病，巴不得我退位！……好吧，我们会让你变得乖乖的！""世界之王"大声宣布："王子们，我们不能再凭借荣誉来统治，而要看谁能干。为了让大家心服口服，我让你们自己去做。"

这个消息在非洲大陆传播开来，顿时引起了轩然大波。

在荒漠地带，从来没有出现过狮王让位的情况。曾有几个狮王被篡权者废黜，不过还没有狮子主动提出来让位过。所以，由于史无前例，仪式很可能会流产。

翌日拂晓，御前犬华服披身，全副武装，指挥差役走卒们摆好阵势，进入一级战备状态。老狮王端坐王位，上方悬着他的武器，象征着疾奔的喀迈拉①和一把匕首。当着由鹅组成的朝臣的面，狮鹫拿来了权杖和王冠。"世界之王"只给了幼狮们一些祝福，至于财宝，他明智地掌握在手中。他意味深长地低声对他们说：

"孩子们，我把王位借给你们坐几天，你们要尽量让人民开心，我等着你们的消息。"

随后，他转身向朝臣大声地说：

"经我授权，一切听从我儿子！"

年轻气盛的小狮王掌管大权后，得到了一头年轻母狮的辅佐，同样的雄心壮志、理念和热情使它们联手起来。王宫原来的顾问被辞退，人人都想出谋划策。但位置太少，野心太大，不满者重新掀起民愤，骚乱四起，年轻的暴君们不得不效仿老狮王的经验，采用强压政策。你们猜到了，挑起事端的正是老狮王。骚乱在几小时之内被平息，首都重新恢复了秩序，社会平静下来。王宫举行了一场大型庆典，庆祝恢复看似是"人民希望"的原状。年轻的王子被这一出谋划

---

① 希腊神话中拥有狮首、羊身和蛇尾的怪兽。

高明的戏所蒙蔽，把王位还给了父亲，老狮王也恢复了对他的爱。

◎"世界之王"给了幼狮们一些祝福。

为了甩掉儿子，老狮王给了他一个任务。如果说人类对东方充满疑问，狮子则对欧洲好奇无比，那里的人很久以来就篡夺他们的名号、掠取他们的鬃毛并效仿他们的征服习性。狮群对此义愤填膺。为了安抚民心，不让狮群再搅乱平静，"世界之王"觉得有必要对全世界的狮子有个交代。小狮王子在一位普通老虎侍从的陪同下，义无反顾地奔赴巴黎。

下面我们来看看年轻的王子和老虎侍从的外交急件。

二

雷奥王子在文明世界如何受到接待

第一封急信

陛下：

王子刚刚越过阿特拉斯山，法国的哨所便鸣枪示意，我们明白，这是士兵对他致以的崇高敬意。法国官方火速赶来与王子会面，给他准备了一辆嵌有空心铁栏杆的豪华汽车，让他欣赏现代工业的这一大进步。我们吃到了很好的肉，法国人的接待无可挑剔。由于是动物，王子被请上了一艘叫"海狸"的大船。法国政府一路小心翼翼地将我们运到巴黎，国家又掏钱将我们安置在一个舒适宜人的地方——"皇家花园"，人们争先恐后地赶来看我们。公园给我们配备了最专业的看护专家，安全起见，他们不得不将我们和人群用铁栅栏隔开。我们感到幸福无比，世界各地的大使都来看望我们。

我在旁边的一家酒店看到一头来自海外的白熊在为他

的政府申诉。熊王子告诉我,我们被法国骗了。巴黎的狮子担心我们的来访,让人将我们关了起来。陛下,我们成了阶下囚。

于是我问那头白熊:"哪里可以找到巴黎的狮子呢?"

陛下日后一定会发现我做事精明。事实上,狮国外交不应卑鄙到采取欺诈手段,坦荡直率比遮遮掩掩更有用。这头朴实的白熊立马就猜出了我的意图,直言不讳地告诉我,巴黎的狮子住在有宽广的柏油路的热带地区,塞纳河女神的银色河水灌溉着纵横交错的日本漆树。一直往前走,当您看到脚下的白色大理石上写着"赛赛勒①"时,那就到了!正是这个恐怖的字眼吞金噬银,泯灭狮群,让老虎无功而返,使猞狸四处流窜,老鼠为之哀嚎,蚂蟥闻之色变,马匹和蜗牛也成为被贩卖的对象!看到"赛赛勒"这几个字在阳光下闪闪发光时,您就到了动物们所藏匿的圣乔治区。

"你们统治北方地区的白熊家族没有被这样改头换面,您应该很高兴吧?"我用典型的外交官口吻彬彬有礼地说。

"请原谅,"他说,"白熊也没能逃过巴黎人的讥笑。我在一本印刷出来的东西上看到,一种所谓的熊在模仿我们威严的样子走来走去,那是我们这些深思熟虑的北方熊才有的姿势。更可气的是,他们还白纸黑字印出来糟蹋。这些熊有一群猴子帮忙搜集素材,生产出这里的学者叫做书的东

---

① 法国地区名。

西，那是人类的一种奇怪产物，有时我也听他们称之为'老山羊'①。真猜不着老山羊跟书之间有什么关系，也许因为气味相同。"

"亲爱的熊王子，盗取我们的名字却不学习我们的优点，人类这样做有什么好处呢？"

"说自己是动物比说自己是人更显聪明！此外，人类早就意识到我们的优势，一直在加以利用以提高自己的身价。看到那些白色徽章了吗？到处都是动物。"

陛下，为打探北方王族对于这一重大问题的意见，我问他："那您有没有写信向您的政府反映此事呢？"

"熊政府比狮政府更骄傲，我们压根不承认人类。"

"长期生活在极寒冰川地区的您，难道不认为我的陛下狮子是万兽之王？"

白熊不想作答，那种倨傲不屑的态度气得我一巴掌打烂了寓所的栏杆。白熊是打架老手了，打算出手，我也准备捍卫您的荣誉。这时，王子殿下十分理智地提醒我，当下正是在巴黎讨说法的时候，不宜与北方强权者产生摩擦。

此事发生在夜间，所以我们跳了几步就到了林荫大道。拂晓时分，我们听到人们在说："啊！瞧这些家伙！""他们伪装得可真好！""简直就跟真的动物一样！"

---

① 法语原文为 bouquin，有"旧书"的意思，也有"老山羊"之义。

三

雷奥王子在巴黎正赶上狂欢节

——这是他根据自己的所见所闻做出的判断

第二封急信

王子殿下敏锐地猜出，当时应该正是狂欢节，我们可以毫无危险地来来往往。容我稍后再向您讲述狂欢节的盛况。因为对当地的习俗和语言一无所知，我们很难清楚地表达想说的话。不过，这种尴尬的局面终于结束了。

（因寒冷的天气而中断。）

雷奥王子写给父王的第一封信

亲爱而尊贵的父王：

你儿我才疏学浅，很难在巴黎立足。几乎一踏上林荫大道，我就注意到了这座大都市与荒漠的不同之处。一切都可以买卖，喝东西要花钱，空着肚子都很贵，吃东西就更贵得离谱。我和老虎由一只聪明绝顶的狗负责运送和陪同，一路上我们都在寻找所谓的狮子，但压根没有人注意到我们，我们简直就像人类一样。这只狗对巴黎了如指掌，同意担任我们的向导和翻译。就这样我们有了一个翻译，我们跟对手一样，也被当成是化装成动物的人类。父王，您要是早知道巴黎是什么样，就不会用这个任务诱我前来。有时，为了让您满意，我不得不辱没我的尊严，这让我恐慌不已。在意大利大街上，我以为只要抽着烟就能步入时尚潮流，结果把自己呛着了，引起好一阵骚动。一位路过的报纸专栏作家盯着我的脑袋，说："现在这些年轻人打扮得越来越像狮子了。"

"问题自然会解决的。"我对老虎说。

狗却对我们说："我觉得，这就跟东方问题一样，最好的方法就是任其悬而不决。"

父王，这只狗无时无刻不显示自己超群的才智，所以，得知他是耶路撒冷大街上一个著名行政机构的成员，而该机构又乐于关心和关注来法国访问的外国人，您应该不会感到震惊。

正如我刚刚跟您说的那样，他把我们带到了意大利大街。这个大都市所有的大街都千篇一律，很难觅到自然的踪迹。当然有绿树的，但这是怎样的绿树啊！没有清新的空气，但见烟雾弥漫；不见露水，但见尘土；树叶也只有我的指甲那么大。

此外，巴黎毫无宏伟可言，一切都显得狭隘平庸，伙食也乏善可陈。我走进一家咖啡馆吃午饭，想点一匹马，侍应显得十分惊讶，我们趁他惊吓的当儿带走了他，并在一个角落里把他给吃了。狗建议我们下次不要这么做，如再发生此类情况，我们可能会被带到轻罪警察局。说着，他结果我们递过去的一块骨头，美美地享用起来。

　　我们的这个向导非常喜欢谈论政治，他的奇谈怪论对我来说并非毫无用处，我从他那儿了解到许多东西。我现在就可以告诉您，日后回到狮王国，我不会让国家再陷入混乱，我现在掌握了一种世界上最简单实用的统治办法。

　　巴黎并非由国王统治和主宰。如果您不理解这种体系，让我来跟您解释：他们分三四百批将全国上流社会中有教养的人士聚集到一起，每一批由其中一个人代表。由此选出了459个人负责制定法律。这些人真的很有趣：他们认为这样做就可以让大家都变得聪明，以为一个人被冠上某种名号，就能了解并处理国家事务，甚至觉得上流人物就是立法者的代名词。在他们看来，只要对一只想变成狮子的羊说"变吧"，他就会成为狮子。真的是这样吗？这459个当选者会坐在长凳上，国王向他们征收钱或对当政有用的工具，如大炮或军舰。每个人依次讲述不同的东西，事实上大家对各位演说家的慷慨陈词都心不在焉。有人谈论捕获鳕鱼，有人则对东方问题发表见解。要是有人要为文学发声，下面就会嚷嚷起来，足以使之闭嘴。无数类似的发言之后，国王对一切了然于胸。只不过，为了让这400多个当选者相信自己是完全独立的，他会时不时故意让自己的过分要求遭到拒绝。

　　尊贵的父王，我在王宫看到了您的肖像。这是一个叫巴里①的雕塑家创作的您与反动派蛇搏斗的画面。您远比周

---

① 安托万·路易斯·巴里（1795—1875），法国雕塑家、画家，其现实主义动物雕塑表现运动、力量和冲突，代表画作为《狮子踩蛇》。

围的人物肖像英俊，有的像仆人一样左臂扎着毛巾，有的头上顶着锅。这种对比毫无疑问彰显出我们对人类的优势。此外，人类无穷的想象还在于把花围起来，用石头一块一块垒起围墙。

这个国家几乎无法生存，人多得你一脚踩下去肯定会踩到别人的脚。学会了当地语言之后，我来到了某个地方，我的那个向导狗向我保证，在这里可以看到非法篡夺我们名字、诋毁我们品德并效仿我们习性的稀奇动物，父王您曾命令我们向其索要合理解释。

"您在那里肯定会看到巴黎的狮子、猞猁、豹子和老鼠。"

"我的朋友，一只猞猁在这样的国家靠什么生存呢？"

狗回答道："在国王的默许下，猞猁习惯了巧取豪夺、胡作非为。他藏身于过道中，他的狡黠之处在于总是张着嘴，而其主要食物来源鸽子总是自己送上门来。"

"怎么会呢？"

"似乎是他聪明地在舌头上写了护符文字，正是这个吸引了鸽子。"

"是什么字呢？"

"'利'。有好几个字。'利'用完后，他就写'神'，接着是'备'或'益'……鸽子每次都上当。"

"为什么？"

"啊！在这个国家，人与人之间互相抱有偏见，最愚蠢无知的人都确信可以找到比他更蠢的人，并让对方相信一堆废纸就是一座金矿……"政府起带头作用，号召大家相信飞舞的落叶比地产还贵。这就叫建立"公众信用"，当没有"信用"，只剩下"公众"时，一切都荡然无存。

父王，信用在非洲尚不存在，我们可以建立一个基金会，来掌控那里的骚乱分子。我的军师（因为我不能称呼我的狗为随从）一边向我解释人类的愚蠢行径，一边带着我走向一个著名的咖啡馆，在那里真的看到了狮子、猞猁、豹子和我们所寻找的由人类假扮的动物。问题渐渐浮出水面。请想象一下，尊敬的父王，巴黎的一头狮子实际上是一个年轻人，他脚穿 30 法郎的皮靴，头戴 20 法郎的短毛帽，身穿 120 法郎的上衣和 40 多法郎的背心，裤子价值 60 法郎。除了这些褴褛的衣衫，他的鬈发价值 50 生丁[①]，手套值 3 法郎，领带值 20 法郎，手杖值 100 法郎，以及一些小饰物，至少值 200 法郎，还不算一块极其难得的手表。以上种种一共是583.5 法郎，这笔钱就可以让一个人变得如此骄傲，以至于要篡夺我们高贵的名字。由此，凭借 583.5 法郎似乎就可以凌驾于巴黎所有才俊之上，得到众人的仰慕。有了这 583.5法郎，您就会变得英俊潇洒、卓尔不凡，就可以对路人那身价值 200 多法郎的破衣服嗤之以鼻，成了一个伟大的诗人、一个大演说家、一个善良勇敢的人、一个著名的艺术家。但褪去这身衣裳，就没有人会看您一眼。给靴子上点蜡，换条

[①] 100 生丁等于 1 法郎。

贵点的领带，打个特别的结，加上手套和袖套，这就是激起我们民愤的那些鬃毛狮子的显著特征。唉！父王，我担心所有的问题都是这样，仔细一看，这些问题并没有解决，或者在铮亮的皮鞋和特别的领结的掩盖下，可以发现一种过去如此、现在依然如此的利益，那就是您用"拿"这个动词来概括的不朽原则。

看到这些破旧衣衫，我感到很惊讶，军师对此很高兴，说："王子殿下，谁都知道怎么穿这身衣裳。在这个国家，有一种特别的方式，一切都是方式问题。"

于是我问他："要是有人懂得这种方式，却没有这身行头呢？"

"那就奇了怪了。"狗从容不迫地说，"而且，王子殿下，巴黎的狮子更多是通过巨鼠来彰显自己的身份，没有一头狮子会不带老鼠单独出行的。抱歉，王子殿下，我把这两个如此风马牛不相及的名字相提并论，那是因为我说的是方言。"

"那是什么新奇的动物？"

"我的王子，所谓巨鼠，就是一种六古尺①长的活蹦乱跳的动物。没有比他更危险的了，因为他会说话、吃喝、散步，而且反复无常，到了最后，竟然能把狮子的财产吞噬殆尽，即使三万埃居②也会被挥霍一空！"

---

① 1 古尺约合 1.2 米。
② 法国古钱币。

第三封急件

要向大王您解释巨鼠和母狮之间的区别，就等于解释无数细微区别，那些区别细微得连戴着夹鼻眼镜的巴黎狮子自己都会弄错！美洲绿的法国披肩与苹果绿的印度披肩、真正的镂空花边与造假的镂空花边、鲁莽的行为与得体的举止之间的那种不同您怎么分辨！母狮的府邸陈设着大师雕刻的乌木家具，巨鼠家里只有普通的桃木家具。陛下啊，巨鼠租了一个车库，而母狮有自己的汽车；巨鼠跳舞，母狮在布洛涅①森林骑马；巨鼠领的是虚拟薪水，母狮则拥有相当多的定期收益；巨鼠将钱财挥霍一空，母狮支出有度；母狮的宅邸铺满了天鹅绒，巨鼠几乎是在花花绿绿的假印花布中长大的。对于甚少关心不切实际的表面文章、只考虑增强自身实力的陛下您来说，这是不是迷雾重重呢？那个向导，也就是王子所说的军师，他清楚地告诉我们，该国正处于变革时期，也就是说，我们只能知道现在的事，因为时局变化得太快了。国家形势动荡，导致个人地位不稳。显然，该国人民将成为一群乌合之众。他们迫切需要大动，尤其是这十年来，看着一切付诸东流，他们开始了行动：一切都在闹腾。局势的发展速度如此之快，让人摸不着头脑。人们一心想着行动。由于这种全民运动，财富流水般逝去，其他东西也

---

① 法国北部港口城市。

◎ 一头母狮子。

同样，谁都觉得自己穷，娱乐也得凑份子。一切都要分摊费用：大家聚在一起玩耍、聊天、沉默、抽烟、吃饭、唱歌、弹奏音乐、跳舞，俱乐部和米萨尔①舞会就是由此发展而来。没有这个军师，我们会对这些触目惊心的场景一头雾水。

他告诉我们，那些闹剧、疯狂的合唱、讽刺剧和奇形怪

---

① 菲利普·米萨尔 (1792—1859)，法国作曲家、乐队指挥，19 世纪法国节庆音乐的代表人物，他组织的歌剧舞会在当时很出名。

状的形象有过黄金时期，有人追捧。如果王子殿下去米萨尔的舞厅领略快步舞，回国后对该国的政治和挥霍就会有个概念。

王子殿下对于参加舞会表现出十分强烈的愿望，尽管要满足他的这种愿望非常艰难，但顾问们还是不得不服从，虽然知道有违王令。不过话说回来，这位年轻的王位继承者的命令不也是王令吗？当我们作了自我介绍，准备进入舞会大厅时，站在门口的那个怯懦的官员看到王子殿下向他打招呼，显得十分惶恐，结果我们没付钱就进去了。

年轻王子给父亲的最后一封信

父王啊，米萨尔就是米萨尔，短号就是他的音乐。装卸工风格的服饰①万岁！如果您像我一样见识了快步舞，您就会明白那种激情是怎么回事！一位诗人曾说，死者动作迅速，但生者更快！父王，狂欢节是人类唯一优于动物的地方，这一点毋庸置疑！由此我们可以确定人类与动物密不可分的关系，因为人身上有那么多兽性，所以谁都无法否定我们之间的相似性。这座大都市中最杰出的人都变成了萎靡不振的老人，络绎不绝，一副丑陋怪异的样子。在这巨大的混乱中，我近距离看到了人们所说的母狮，这让我想起小时候人们给我讲过的一个关于狮子恋爱的故事。今天，我觉得这

①19世纪中叶法国社交界化装舞会上流行的一种服饰，即用红带系紧的宽松黑对襟。

个故事就像一个可笑的寓言。这种母狮绝不可能让一头真正的雄狮为之吼叫。

◎ 狂欢节是人类唯一优于动物的地方。

四
雷奥王子意识到自己离乡是个大错，
最好还是待在非洲

第四封急件

陛下，正是在米萨尔舞会上，王子殿下终于正面看到了一头巴黎狮子。相遇时与戏中所演的场面完全不一样。巴

◎ 巴黎的一头狮子。

黎的狮子见到王子时并没有像一头真正的狮子一样扑到王子的怀里，看清面前是谁时，他面色苍白，差点晕倒。不过，他缓过神来，逃走了……您也许会说：是用武力？不，陛下，是用诡计。

◎ 米萨尔舞会。

"先生，"您的儿子问他，"我来是想知道您为什么要盗用我们的名字。"

这位巴黎之子声音谦卑地答道："荒漠之子，我很荣幸地告诉您，你们叫狮子，而我们叫狝子①，英国人也是这样叫的。"

我试图平息此事，对王子说："确实，狝子跟您的名字完全不同。"

"而且，"巴黎的狮子又说，"我们哪有你们强壮呢？我们吃的是熟肉，而你们直接吃生肉。你们也不戴戒指。"

王子殿下回答道："这样的理由我可不买账。"

"我们可以讨论嘛，"巴黎狮子说，"事情越辩越明。哎，你们有五种不同的刷子来洗漱和梳理毛发吗？拿着，圆刷子指甲专用，平刷子手部专用，竖刷子牙齿专用，糙刷子皮肤专用，两排刷头的头发专用！你们有尖头剪刀来剪指甲、平

---

① 此处巴黎的狮子是在利用谐音生造词汇，进行狡辩。

剪刀剪胡子吗？你们有七瓶不同气味的香水吗？你们会每个月把自己交给一个男人修脚吗？你们知道什么是修脚师吗？你们不穿鞋子，您刚刚问我为什么人们叫我们狮子！我来告诉您吧：我们是狮子，因为我们骑马、写书、注重时尚，我们走路姿态万方，我们是天之骄子。您会找裁缝做衣裳吗？"

"不会。"荒漠王子说。

"那就是了，我们之间有共同之处吗？您会驾驶双轮马车吗？"

"不会。"

"所以，您看，我们秉性迥异。您会玩惠斯特牌①吗？您知道赛马俱乐部吗？"

"不知道。"王子说。

"好了，亲爱的王子，您看见了，惠斯特牌和俱乐部是我们生活中最重要的两件事。我们温顺得跟绵羊一样，而你们却脾气急躁。"

"您不会否认你们的人曾关押过我吧？"这么多谦恭之辞让王子有些不耐烦。

"即使我想把您关起来，我也做不到。"那头假狮子说，身子几乎弯到了地面，"我并不是政府。"

这回轮到我发问了："政府为什么要囚禁王子殿下？"

巴黎之子回答说："政府有时有自己的理由，但从不

---

① 桥牌的前身。

道明。"

王子听到这样侮辱性的语言，您可以想见他有多惊讶。

巴黎的狮子趁机说了声再见，调转头，逃之夭夭。

陛下，王子殿下由此认为，他在巴黎已无事可做，动物关心人类大错特错，让他们与巨鼠、母狮、手杖、镶金玩具、小汽车和手套一起尽情玩乐吧，用不着担心。他觉得他最好回到荒漠，待在您的身边。

————————

几天后，人们在马赛的《信号》报上看到了这样的消息：

　　昨天，雷奥王子经过我市前往土伦，他将从那里坐船回非洲。据说，其父之死是他这次匆匆回国的原因。

对于狮子来说，只有死后才会受到公正的审判。报纸上还说，国王的驾崩让狮子国的许多人都悲伤不已，不知所措。

　　狮国爆发了大规模的骚乱，恐怕还会发生全面政变。老狮王的许多拥趸都陷入绝望之中，大声叫喊："我们将何去何从！"人们信誓旦旦地说，得知这些可怕的消息时，给雷奥王子担任翻译的狗刚好在场，向他献计说："我的王子，如果您无法拯救一切，那就拯救财富！"此言典型地反映了巴黎狗的不道德状况。

报纸上还说："所以，年轻王子从如此浮夸的巴黎唯一学到的不是自由，而是弄虚作假的江湖骗术。"

这则故事纯属虚构，因为我们在《哥达年鉴》上找不到关于雷奥王朝的记录。

中文版版本与翻译说明

　　《动物私生活与公共生活场景》是1840年到1842年分期刊登在杂志上的讽刺文章、故事和小说的汇编，1841年到1842年配以插图，并加上一个副书名——"现代习俗研究"，分两册由黑泽尔出版社出版。文章的写作由皮埃尔－儒勒·黑泽尔发起，他也是主要作者之一，化名为P.-J.斯塔尔，参与写作的有奥诺雷·巴尔扎克、夏尔·诺迪埃、乔治·桑、爱弥尔·德拉贝多里埃、居斯塔夫·特罗兹、儒勒·雅南、保尔·德·缪塞等，插图作者为著名版画家格兰德维尔。该书出版后获得巨大成功，至1845年已重版5次。

　　本书根据法国J.Hetzel, éditeur 1842年版和MM.Marescq Et Compagnie1852年版译出。中文版注释除有特别标注外，均为译注。翻译分工为：《动物医生》《动物刑事法庭》《熊，或山中来信》《驴子指南》《老鼠哲学家》《一只巴黎麻雀的旅行》由由沛健翻译；《序言》《大会总结》《野兔的故事》《鳄鱼的回忆》《心烦意乱的英国母猫》《蝴蝶历险记》由周梦凡翻译；《落入陷阱的狐狸》《手枪的第一篇连载》《一只老鸦的回忆》（其中"一座古堡"及后文由范晓菁翻译）《非洲狮游巴黎》《致读者》由房美翻译。